AF320946

JEAN AICARD

(de l'Académie Française)

L'IBIS BLEU

PARIS
E. FLAMMARION, Éditeur.

Prix: 95 Centimes

L'IBIS BLEU

... Puis, par saccades, le repoussait en criant : « Non ! non ! » (Page 91.)

JEAN AICARD

de l'Académie française

L'IBIS BLEU

Illustrations de LÉON COUTURIER

PARIS

ERNEST FLAMMARION, ÉDITEUR

26, RUE RACINE, 26

L'IBIS BLEU

PREMIÈRE PARTIE

I

Paris, sale et froid. A peine assis, les pieds sur la chaude bouillotte, dans un coupé du rapide de huit heures du matin, gare de Lyon, entre sa jeune femme convalescente à qui les médecins ordonnaient un brusque départ pour le Midi, et son fils, le petit Georges, âgé de sept ans, bien portant mais svelte et frêle, M. Denis Marcant, chef de division au ministère de l'intérieur, ouvrit son vaste portefeuille, lourdement gonflé, en tira une épaisse liasse de dossiers, et, inattentif à tout le reste, un long crayon carré entre ses doigts courts, il se mit à consteller les marges de petits signes brefs, tantôt rouges, tantôt bleus.

M. le chef de gare se présenta à la portière :

— Etes-vous bien installés, cher ami?

— Merci, parfaitement.

— Avez-vous prévenu le wagon-restaurant?

— Oui, parfaitement. Nous sommes de la fournée qui monte à Laroche.

— Avez-vous des coussins, madame?

— Nous avons les nôtres... un, deux et trois... fit la jolie voix douce, un peu traînante, de Mme Marcant.

Elle comptait les jolis coussins de soie, brodés par elle-même, qu'elle avait emportés pour le voyage.

— Et moi, je n'en use pas, fit Marcant.

— Comment! vous ne dormirez pas un moment, avant Marseille?

Le chef de division eut le sourire un peu grimaçant d'un athlète qui porte cent kilos à bras tendu, et souleva à deux mains le portefeuille magistral ouvert sur ses genoux.

— J'ai dans mon sac une excellente lanterne de wagon, dit-il, c'est très commode.

— Bien du plaisir, mon cher !... Et c'est cela que vous allez faire dans le Midi?

— Oh ! j'y vais pour ma femme. J'installe Mme Marcant et son fils, et avant la fin de la semaine, je serai de retour.

— Allons, bon voyage.

— Adieu.

Madame Marcant eut l'inclination de tête, à peine indiquée et pourtant souple, jolie, d'une grande dame, ce que ne put s'empêcher de se dire M. le chef de la gare de Lyon, l'homme de France qui connaît le plus de femmes du monde... puisqu'il connaît celles du monde entier...

— Georges, prends garde !

Le petit Georges, impatient, se penchait à la portière pour « voir partir » le train.

— C'est l'heure, maman !

Marcant s'était remis à sa besogne, mécaniquement, dans le demi-jour triste, jaunâtre, de cette voiture enfermée sous la toiture vitrée de la gare. Il régnait là-dessous une lumière maladive de serre froide, de galerie d'Exposition, obscurcie, diminuée encore dans la chambre resserrée du coupé. Et l'odeur du wagon (poussière de charbon, mouillure d'air venu du dehors et pénétrant les tapis, le drap des banquettes, relent de parfums composites laissés là par les voyageurs de la veille et des avant-veilles), cette atmosphère très spéciale, vulgaire, écœurait un peu, montait au cerveau en tristesse obscurcissante. Ici, Paris sentait la banlieue industrielle, la fabrique graisseuse, mal entretenue, l'usine noire et salissante. Et au cœur de tous les voyageurs, l'envie redoublait de se mettre en marche, d'agiter l'air, qui par les vitres laissées ouvertes un moment, traverse les voitures, et de s'éloigner de *cela*, de courir chacun vers son désir, son espérance ou sa douleur, d'aller à l'inconnu qui attend, — fût-il triste, — mais qui du moins est *ailleurs*.

Marcant ne voyait que ses dossiers, et, d'un geste menu, il couvrait de signes rouges et bleus les marges de ses grands papiers à en-tête imprimés : PRÉFECTURE DU VAR.

OBJET : *Erection en commune de la section du Pradet, Commune de La Garde.* — COMMUNE DE Z : *De l'application déplorable, dans la commune de Z, des justes arrêtés concernant les chiens... Pétition d'un groupe de contribuables.*

Madame Marcant avait quitté son coin et tenait d'une main inquiète son petit Georges

par la ceinture. Il était vêtu d'un complet de velours noir, — veste à grand col et culotte courte, — taillé et cousu entièrement par sa mère, — auquel sa sveltesse, sa grâce naturelle, donnaient un cachet de distinction rare.

Il ressemblait à sa mère.

Il battit des mains et sauta sur place :

— Nous partons ! nous partons, maman !

Rarement, il disait : « Papa ».

Cette agitation dérangea Marcant dans son honnête besogne. Il grogna, machinal.

Le crayon, sur les papiers poussés brusquement, avait tracé un zigzag antiadministratif :

— Fais attention, Georges, tu m'ennuies !

Et à sa femme :

— Il ne va pas m'ennuyer tout le temps, j'espère !... Il faut que je trime, moi !... occupe-toi de lui !

L'enfant regarda son père avec cet œil des bons chiens qu'on repousse, et qui semble mesurer avec désespoir la distance infranchissable qui les sépare de ce qu'ils aiment. Dans ce doux œil bleu d'enfant, il y avait surtout, très visible, le sentiment de l'impuissance à s'exprimer mieux. Marcant adorait son fils, comme il adorait sa femme, persuadé que, travaillant pour eux du matin au soir, et souvent du soir au matin, il était en règle avec sa conscience — lorsque ses dossiers étaient au courant.

La fine nature nerveuse de l'enfant n'acceptait pas sans souffrance ce point de vue rationnel. Il éprouvait plus que de la peine, une angoisse, une sorte de désespoir profond, d'autant plus pénible qu'il était muet, à ne pas être assez souvent caressé par son père, surtout à être rebuté par lui, pour des raisons au-dessus de son intelligence, peut-être au-dessous de sa nature.

Le premier malentendu entre le père et le petit garçon avait commencé depuis deux ans déjà.

Le chef de division, en temps ordinaire, déjeunait seul chez lui, à dix heures exactement, puis il courait à son ministère. Sa femme et son fils déjeunaient deux heures plus tard. C'était l'ordre de la maison, et rien de ce que réglait le méticuleux fonctionnaire ne pouvait être dérangé aisément. Il étudiait les plus simples questions domestiques comme « affaires d'Etat » et son coup de crayon rouge ou bleu, approbation ou improbation, était moralement ineffaçable.

C'est à cet esprit d'ordre, à cette rigueur de méthode, à cette inflexibilité dans l'énergie, que Denis Marcant, étudiant en droit, fils et héritier d'un libraire aisé de Mâcon, avait dû son avancement rapide. En vérité, il n'avait jamais eu d'autre protection que les sympathies conquises par sa loyauté. On disait : l'intègre Marcant. Il apportait, dans sa façon de juger toutes les affaires et de prendre un parti, quelque chose de la solennité du magistrat. Il ne rendait pas le devoir aimable, n'ayant pas plus de souplesse et de grâce dans l'esprit qu'au physique, mais il imposait l'estime.

Un jour donc, deux années auparavant, Marcant s'était mis à table à dix heures du matin, avec un appétit féroce. Il avait travaillé toute la nuit.

— Si monsieur veut... dit la bonne, le voyant attaquer sa seconde côtelette d'un air emporté, si monsieur veut, j'en mettrai une autre.

— Merci, il faudrait attendre.

Et comme il se versait à boire, il aperçut son Georges qui, pas plus haut que la table, le regardait faire, avec une attention de chiennot familier et gourmand.

Marcant, affamé, reprit sa fourchette, et le petit, avec un joli mouvement de tête inclinée, accompagnait d'un regard de mendiant chacun des bons morceaux dans le trajet qu'ils faisaient de l'assiette aux dents du maître. Georges aimait beaucoup « le gras doré » des côtelettes. Sa maman, si elle avait été là, même pressée, même préoccupée, même ayant très faim, lui en aurait donné gros comme un pois chiche, et Georges eût été le plus heureux des petits garçons gourmands. Le chef de division, affamé, préoccupé, pressé, s'aperçut tardivement du manège de l'enfant, du va-et-vient de ses yeux écarquillés pour mieux suivre l'objet de sa convoitise, apparu, disparu...

— Vois-tu, mon mignon, dit-il de sa voix forte, j'ai besoin de manger parce que j'ai besoin de travailler, et j'ai besoin de travailler parce qu'il faut que je gagne ta vie et celle de ta maman. Elle te fera déjeuner tout à l'heure. Moi, il me faut toute ma côtelette.

Et le dernier morceau convoité par l'enfant fut englouti par le brave homme. On lui demandait une tendresse. Il avait donné une leçon. Il était même assez content, le digne Marcant, de commencer si bien l'éducation de son fils... « C'est en les prenant tout jeunes qu'on en fait quelque chose. »

Hélas ! le petit cœur du pauvre mignon, pendant ce discours, s'était gonflé, gonflé... puis, gonflées aussi ses paupières. Et quand les grosses jambes du père et le pan flottant de son éternelle redingote trop longue eurent disparu derrière la porte refermée, Georges, aussitôt, s'était élancé dans la chambre de sa maman, afin de sentir, en pleurant, la chère robe sur ses yeux, sur sa figure : « Oh ! ma maman ! »

— Qu'as-tu ?...

Pourquoi n'avait-il pas voulu répondre, l'enfant ?

Le père, interrogé, s'expliqua, le soir.

— Tu n'avais pas tort, lui dit la mère, mais comment veux-tu qu'il comprenne ? Il vaut bien mieux le contenter en pareil cas ; c'est si facile. Tu sais qu'il est sensible comme une fillette. Je m'explique à présent pourquoi il n'a pas voulu de côtelette, à déjeuner ! C'est parce qu'il avait gros cœur, en pensant à cette histoire... Il ne pouvait pas... Les morceaux l'étranglaient.

— Mais aussi comment imaginer pareille sensiblerie ! grommelait le bon Marcant.

Et tandis qu'on disait : « Comment veux-tu qu'il comprenne ? » il comprenait très bien tout le principal de l'aventure, le petit garçon. Son coude s'était oublié sur la table... Les quatre piquants de sa fourchette lui retroussaient sa lèvre rouge. Il ne bougeait pas. Il écoutait avec tous ses yeux. Il épelait la vie, et la vie lui entrait au cœur, pénible et douce. « Maman me défend... Elle m'aime bien plus. C'est papa qui ne comprend pas... Moi je comprends très bien... »

— Mange ta viande ce soir, au moins !

Il se leva et courut à sa maman. Elle le couvrit de baisers passionnés.

— Et moi ? dit Marcant en riant. Il ne voyait rien du drame formidable qui venait de passer sur le cœur de l'enfant, de l'impressionner pour la vie, formant et déformant quelque chose en lui — pour toujours peut-être.

Georges alla à son père et se laissa embrasser.

Et entre ce père et ce fils âgé de sept ans, il y avait, depuis deux années, ce drame oublié de l'homme et qui, au cœur du tout petit, tenait une grande place.

II

Comme madame Marcant attirait à elle son Georges pour mettre hors de sa portée, dans l'étroit coupé, les précieux manuscrits du chef de division, le train en marche sortait de la gare, au fracas cadencé des plaques tournantes traversées successivement...

Madame Marcant soupira.

Elle prit son enfant sur ses genoux, et tous deux, elle et lui, regardèrent le triste ciel de Paris mouillé, sous une neige qui fondait en l'air. A travers cette brume apparaissaient de jaunes bâtisses rectangulaires, des cheminées d'usine, de hautes murailles nues, les devantures chocolat des marchands de vin, les vitres rouges d'une lanterne de commissariat de police, et plus loin le lourd Panthéon sur sa montagne Sainte-Geneviève ; — et tout près la Seine grise, morne, où semblaient se résoudre en eau, lamentablement, se traîner à terre toutes les tristesses du ciel...

Madame Marcant soupirait. Pourquoi ?

Ce n'était pas une romanesque. C'était une simple femme, bonne, loyale, tendre, avec — chose plus rare que ne le croient les malins eux-mêmes — un esprit juste, une vue tranquille et nette de la vie, une exacte appréciation de ce qu'elle peut donner à l'ordinaire, et de ce qu'on doit lui demander.

Que pensait-elle de Marcant ? Eh ! mon Dieu, ce que pensait de lui-même, au fond, le digne employé. Elle vénérait sa patience, son activité régulière et féconde; son esprit d'ordre, sa volonté établie, toutes ses vertus domestiques et sociales. Elle voyait très bien qu'il avait le cou, les jambes et les doigts trop courts, — et ne l'en aimait pas moins. Elle s'était attachée à lui, à cause de toutes ses bonnes qualités, et une fois conquise, elle avait cessé de songer à ses défauts. Elle s'apercevait bien que l'esprit, chez lui, pour excellent qu'il fût, était, comme ses doigts et son cou, un peu court, ou plutôt trapu; sans élégance, comme sa personne. C'était en effet un esprit tassé, qui tenait plus de place en largeur sur la terre solide qu'en élévation dans l'espace libre. Mais elle le sentait bon, foncièrement, et surtout de bonne volonté, capable de s'élever enfin, par la seule force d'un raisonnement moral, aux plus hauts désintéressements. En un mot, le trouvant supérieur en quelque manière, elle lui avait pardonné, une fois pour toutes, de n'être pas en tout homme de distinction.

Fille d'un officier de marine mort aux colonies, elle était venue, toute petite fille, vivre à Mâcon, avec sa mère qui y était née.

La veuve, modestement, rue de la Barre, vécut avec sa fille, d'une petite pension de retraite obtenue à grand'peine, le mari étant mort quelques mois avant l'époque exacte où sa veuve y aurait eu des droits réglementaires.

Et à mesure que la vitesse du train s'accélérait, et que, sous le gribouillis morne de la brume, fondait l'image de Paris, il semblait à la douce madame Marcant que le train, en la ramenant, à travers l'espace, vers le pays de Mâcon, où s'était écoulée son enfance, la ramenait, dans le temps, vers son passé.

Marcant crayonnait toujours. Le petit maintenant, sans quitter des yeux la vitre, s'était renversé sur la poitrine de sa mère... Elle revoyait les pentes de la rue de la Barre pavées en galets pointus, descendant vers la Saône; elle entendait ce bruit particulier de l'hiver dans les villes sans charroi : le roulement sans fin des galoches de bois qui battent le galet sonore... Le départ excitant son cerveau, elle s'oubliait — pour se mieux ressouvenir... Voici sa mère avec ses bandeaux plats et blancs, collés sur le front en ondes paisibles. La chère dame travaille à quelque ouvrage de broderie qui ajoutera aux ressources du petit ménage. Pourtant, par fidélité aux idées de son mari l'officier de marine, qui méprisait un peu tout commerçant ayant boutique sur rue, elle s'est refusée à l'achat d'un magasin de papeterie, le plus fréquenté de la ville, que lui conseillait le libraire Marcant. Madame Lefraîne rêve pour sa fille Elise, non pas un officier de marine qui la laisserait veuve de deux ans en deux ans — ni un officier de terre, grand Dieu, quelle horreur ! — mais un avocat,

un médecin... qui pourrait devenir ministre !

La petite Elise grandit, douce, bien élevée par sa mère qui lui apprend tout ce qu'elle sait, c'est-à-dire beaucoup de choses, y compris l'anglais et la cuisine... La petite Elise a seize ans. Le fils du libraire en a vingt. Il étudie le droit à Paris. Il a fait à Mâcon des études brillantes. Il est sorti du lycée Lamartine en triomphateur. Toute la ville en a parlé. Il deviendra un avocat hors ligne. Il paraît qu'il est très sage, à Paris, le petit Denis Marcant. Tout le monde en félicite l'heureux père. Elise et Denis se sont connus tout enfants. On va quelquefois à la promenade, le dimanche, le long de la Saône, au printemps et l'été. Denis Marcant, dans les saulaies, prend pour sa petite amie des capricornes musqués, qu'on nourrit d'un peu de poire, d'un peu de cerise. Un jour, à son premier retour de Paris, Denis a proposé une promenade en bande, sous les ombrages de Monceaux, domaine de Lamartine.

— C'est drôle, de toute la compagnie, disait-il en route, personne n'y est jamais allé, à Monceaux !

— Pas même vous, madame ?

On s'adressait à la mère d'Elise, qui se piquait de littérature. Mais elle avait un principe : « Les auteurs, les plus beaux parleurs du monde, c'est comme les prêtres qu'il ne faut voir qu'à la messe et à confesse. Les auteurs, disait-elle, il faut les voir dans leurs livres, voyez-vous ! En dehors de leurs ouvrages, ce sont des hommes, — pires parfois que les autres. » Elle ne s'expliquait pas davantage, et tout le monde approuvait. Elle était pieuse, pourtant sans excès, — et elle aimait Lamartine comme au temps où tout le monde l'aimait.

Arrivés à Monceaux, on se fit ouvrir le château.

— Ça n'a rien d'extraordinaire, disait-on à l'envi.

Dans le salon pourtant, — où tout était encore à sa place, — les vieux fauteuils aux étoffes fanées, la vieille table, le papier de tenture même, avaient je ne sais quel air de noblesse fière, sans pose, bien simple.

Et sous les vieux arbres du parc, Denis se mit à lire tout haut des vers, dans le deuxième volume des *Méditations* qu'il avait apporté.

Denis lisait d'une bonne voix. Quand il allait au café, à Paris, ce qui arrivait rarement, il y rencontrait parfois des poètes, des jeunes, qui d'ailleurs méprisaient Lamartine et qui passaient leurs soirées à se réciter leurs propres ouvrages...

Il répétait involontairement leurs intonations chantantes, et pour qui n'avait pas entendu mieux *dire*, il « disait bien ». Il avait vingt ans, des gaucheries que rend jolies la jeunesse: il n'avait pas découvert encore sa théorie un peu rêche du devoir. Il avait

Elle prit son enfant sur ses genoux... (Page 7.)

de beaux yeux intelligents. Le printemps ajoutait à sa jeunesse le charme de l'éternel rajeunissement... La petite Elise le regardait... Très gentiment, il avait choisi la première pièce du livre, à cause du nom propre qui commence le dernier vers. Il comptait sur « n effet »...

semble qu'en ces nuits la nature respire
Et se plaint, comme nous, de sa félicité !

. . . .

Mortel, ouvre ton âme à ces torrents de vie,
Reçois par tous les sens les charmes de la nuit...

. . . .

Sous ce ciel où la vie, où le bonheur abonde,
Sur ces rives que l'œil se plaît à parcourir,
Nous avons respiré cet air d'un autre monde,
Elise !...

Il sembla à la jeune fille qu'il lui parlait à elle, à elle-même, puisqu'il la nommait. Elle prêta au lecteur toutes les grâces de parole du poète. Denis Marcant soupirait son amour. C'était lui l'inspiré ! que dis-je, il était l'amour lui-même ! Jamais elle n'avait rien entendu de pareil...

Elise !... et cependant on dit qu'il faut mourir !

Elle n'écouta même point la fin du vers. Au mot d'Elise, prolongé savamment par le lecteur, elle sentit son jeune sein doucement gonflé. Il lui sembla que quelque chose dans sa poitrine, au plus profond de son cœur, frémissait, quelque chose comme un oiseau, captif dans la main fermée, qui veut ouvrir l'aile et fait un doux effort pour s'élancer à l'espace, s'envoler au loin, se perdre au ciel... Et tout bas, dans le secret même, elle prononça, en réponse à ce nom d'Elise, le nom de Denis !

Cette journée était restée unique dans la vie d'Elise. Sensation, émotion, poésie, — tout avait été vécu pour elle ce jour-là.

Au retour, le soir, sur la grand'route, dans l'ombre commençante, Denis avait répété plusieurs fois le vers charmeur :

Elise !... et cependant on dit qu'il faut mourir !

Et elle avait gardé, dans l'exemplaire des *Méditations* qu'il lui avait offert en souvenir, un brin de lilas cueilli par lui ce même jour : « Je vois bien que je vous aime !... Et vous, m'aimez-vous ? » — Il avait compris : *oui !* — à la manière dont elle n'avait pas répondu. C'est ainsi qu'ils s'étaient fiancés.

Quand le brave garçon avait conté cela à son père le libraire, — qui pourtant était arrivé à Mâcon, vingt-cinq ans auparavant, en colporteur, la balle au dos, — le bonhomme fit la grimace. Il se considérait comme une espèce de riche. La petite n'avait rien. Pourtant il ne fut pas insensible.

— Voilà, dit-il, mon garçon, tu attendras sept ans, — et puis, si tu n'as pas changé d'avis, eh bien, ça ira, — foi de Marcant !

Pourquoi *sept ans ?* C'est le chiffre fatidique des amours bibliques et des amours de contes et de chansons populaires. Le colporteur, qui vendait des *Bibles* et des *Contes de Perrault*, avait prononcé *sept ans*, sans réflexion. Sept ans pour lui, c'était le Nombre, et sa cabalistique était bien inconsciente.

Il comptait sans son hôte.

Le jeune homme avait d'abord travaillé ses examens de licence et, une fois licencié, redemandé à son père de lui laisser épouser sa petite amie.

— Tarare ! dit le bonhomme, il n'y a que trois ans d'écoulés. J'ai fixé sept ans... Pas un trimestre de moins ! « Avant quatre ans, songeait-il, le roi, l'âne ou moi — nous mourrons. » — Il faut d'abord, ajouta-t-il, que nous soyons docteur à toutes boules blanches.

Deux ans plus tard, Denis Marcant réalisait le vœu de son père.

— Et maintenant ? lui dit-il.

Le père Marcant, laconique, répondit

— Trois et deux font cinq.

Denis entra dans l'administration avec un tel sérieux au travail qu'il fut remarqué tout de suite, parmi tant d'employés que le métier désole ou même exaspère. Un grand chef, frappé de ses facultés spéciales et de son zèle, le poussa fortement, le chargea de lui débrouiller des affaires très compliquées, s'engagea à l'aider de tout son pouvoir et tint parole plus tard.

Pendant ce temps, Marcant père, comprenant enfin que M. Denis serait exact à l'échéance, étudiait « la petite ».

La petite devenait, auprès de sa mère, un modèle de femme de ménage.

Denis eut un jour vingt-sept ans et c'était un homme fait. Elle en eut vingt-deux, et n'était toujours qu'une petite fille...

— Tu penses encore à ça, mon garçon ? Sais-tu que la mère Lefraîne est très malade ?

— Alors, dépêchons-nous, mon père.

— Et sais-tu bien qu'elle emportera avec elle sa pension de veuve ?

— Alors, allons-y tout de suite, papa.

Le vieux libraire, qui aurait préféré que mamzelle Elise eût cinquante mille livres de rente, se mit à rire : — Il faut convenir tout de même que tu es un brave garçon, mais bigrement entêté ! Tiens, embrasse-moi... et vas-y tout seul ! Quand ça sera convenu, vois-tu, je n'aurai plus rien à dire. Pour ce qui est de bâcler ça moi-même, ça m'ennuie trop. Tu ne comprends pas ? Je vais t'expliquer. Comme commerçant, ça m'ennuie : c'est une affaire noire. Comme papa, eh ! eh ! je me dis que, peut-être bien, c'est une affaire blanche... Tu me désoles et tu me fais plaisir... Vas-y tout seul, polisson !... A ta place, c'est moi qui aurais couru, sans écouter si longtemps ma vieille bête de père !

Cent fois, Denis avait raconté ça à Elise.

— Est-il bon, hein ?... Est-il assez bon !

En résumé, Denis, riche des six ou sept mille livres de rente que devait lui laisser son père, — et que son travail pouvait tripler un jour, — avait épousé une fille sans dot. Denis Marcant avait perdu son père peu de semaines après son mariage, et on avait quitté depuis lors et pour toujours la bonne ville de Mâcon. La mère d'Elise était venue mourir à Paris deux ans plus tard, heureuse d'avoir connu le petit Georges.

Elise n'avait pas d'autre histoire.

Ses cheveux châtains étaient foncés, mêlés de quelques coulées blondes, trop lourds pour sa tête mignonne qui pliait avec grâce sous cette massive coiffure. Mince et bien prise, point maigre, nullement grasse, elle était jolie. Le cou un peu long. La poitrine jeune. Une distinction innée lui donnait un peu de hauteur. Elle ne semblait pas la femme de son mari. Une qualité les rapprochait : tous deux étaient bons. Mais elle était de plus infiniment délicate. Peut-être n'en savait-il rien, tant il était occupé.

III

— Laroche ! cinq minutes d'arrêt !

— Ah ! s'écria Marcant. Laroche ! Je n'en suis pas fâché. J'ai bien gagné mon repos : j'ai griffonné au moins dix brouillons de lettres ! je déjeunerai avec plaisir.

Son portefeuille bouclé, il le jeta sur le filet, sauta à bas du wagon et tendit les bras à Georges qui s'y précipita, comme si c'eût été là un geste de réconciliation. Il y avait beau temps que le père avait oublié son : « Tu m'ennuies, Georges », mais le petit homme avait dans le cœur une mémoire profonde.

En posant son enfant à terre, il l'embrassa; et Georges se mit à être heureux.

Marcant aida sa femme à descendre, à s'emmitoufler de fourrures, fit fermer le coupé à clef par le chef de train, — et ils gagnèrent le wagon-restaurant.

— Quel sale temps ! Quel chien de temps ! grommelaient les gens autour d'eux... On courait en frappant les pieds à chaque pas, fortement, sur les trottoirs d'asphalte gluante. Les hommes avaient les mains dans les poches, des bonnets et des casquettes qui leur couvraient les oreilles.

Des gens se heurtaient, parce qu'à force de relever jusqu'aux yeux les cols de fourrure et les cache-nez, on n'y voyait plus... Et c'étaient des demi-glissades, dans des viscosités fangeuses.

— Il faut avouer, dit Marcant, qu'il fait bien sale ! Brr !... Tiens ! Edouard !

Il serrait la main d'un député.

— Un camarade de l'Ecole de droit, dit-il à sa femme, dès qu'ils furent installés à leur table, dans le wagon-restaurant.

— Mais tu m'as présenté monsieur, dit-elle.

— Où cela, donc ?

— Au dernier bal des Affaires étrangères, dit le député.

Les deux hommes aussitôt se mirent à causer, sans s'occuper davantage de la mère et de l'enfant — qui, de nouveau, se prirent à suivre des yeux le paysage monotone, les longues lignes d'horizon, mornes dans la bruine, indifférentes, sur lesquelles s'élevait çà et là la perpendiculaire d'un tronc de peuplier. Et le roulement saccadé des voitures, auquel se mêlaient des grincements, semblait la musique savamment appropriée à ce genre de tableau.

— Beau pays tout de même ! fit Marcant. Il désignait des armées d'échalas grimpant à l'assaut d'un mamelon.

— Il y a mieux ! fit le député. Vous allez dans le Midi, madame ?... Est-ce pour la première fois ?

— Pour la première fois.

— Alors, je vous en laisse la surprise... C'est dommage que vous ne soyez pas partis par le rapide du soir. Vous auriez eu la magique arrivée au bord de la mer, à neuf ou dix heures du matin : — la vue de Marseille au soleil... si toutefois vous trouvez le soleil...

— Ce sera pour demain.

— Allez voir la Corniche... au bout du Prado.

— Certainement, si nous passons la nuit à Marseille; mais peut-être, si ma femme n'est pas trop fatiguée, pousserai-je tout droit, cette nuit même, jusqu'à Saint-Raphaël.

On était au café. Marcant avait coutume, après le déjeuner, de fumer un cigare « bien gagné ».

— Passons dans l'estaminet. Ma femme attendra ici. Quand elle a son Georges, elle ne s'ennuie jamais...

C'était vrai.

— Je ne t'ai pas demandé ce qu'a ta femme, pour mériter d'être emmenée dans le Midi? Rien de grave? C'est un prétexte, j'espère, sa maladie.

Marcant expliqua les choses. Elle avait pris un gros rhume et l'avait négligé. Maintenant le médecin craignait que l'extrémité d'un poumon ne fût légèrement atteinte. On ne l'avait même pas avertie, elle, pour ne pas l'effrayer. Ce voyage était un acte de prudence. On faisait de la médecine préventive. Il n'avait pas hésité. Leur fortune ne leur permettait aucune fantaisie. Jamais ils n'avaient voyagé pour leur plaisir. Ils s'étaient privés même d'un voyage à Dieppe ou à Trouville. Depuis leur mariage, ils n'avaient plus quitté Paris ni l'un ni l'autre. Elle ne connaissait même pas Fontainebleau. Le bois, c'était toute leur « nature » et Versailles l'extrême limite de leurs courses rustiques du dimanche. Mais vraiment les sites de Meudon et de Saint-Cloud étaient bien assez beaux pour suffire aux besoins de campagne d'un « rond de cuir », comme il s'appelait en riant. Pourtant, il se faisait une joie de la surprise qu'ils auraient, sa femme et lui-même, dans ce Midi dont on parlait tant, dans la patrie du « grand Tartarin, troun de l'air ! » Et les *clichés* s'échangeaient à plaisir.

Marcant aurait pu ajouter, s'il eût jugé convenable de faire une confidence, qu'un frère de son père, enrichi dans les soieries, veuf sans enfant, lui avait depuis quelque temps montré de l'affection. Flatté d'avoir un neveu dans les affaires d'Etat, il s'était pris d'une belle passion pour le petit Georges, et, depuis un an, lui promettait son héritage trois fois par jour. En attendant, pour preuve décisive de sa sincérité, le bonhomme, après être allé voir le médecin d'Elise, les avait décidés au départ par son insistance appuyée d'une offre de six bons billets de mille francs à dépenser là-bas... — « La santé avant tout, vois-tu, avait dit l'oncle. Emmène ta femme. Ça fera du bien au petit. J'irai vous rendre visite un de ces matins... Avec tes six mille francs, vous avez pour six mois là-bas de bonne vie facile. Je n'ai plus de famille, moi... je ne veux pas vous perdre. S'il y a des oncles avares, chacun son vice. Moi, je suis gourmand. Vous me ferez des plats doux, Elise. Vous êtes remarquable dans le pudding... »

Marcant, de son oncle, ne soufflait mot, mais sur la santé de sa femme, il ne tarissait pas.

Le député, accoudé au chêne lisse des tables de l'estaminet roulant, écoutait à peine... Il rencontrait par hasard cet ancien condisciple avec qui il n'entretiendrait jamais aucune relation suivie; il allait descendre à Lyon; il l'avait interrogé par politesse sur la santé de madame Marcant... Il ne tarda pas à l'interrompre pour lui parler de tout autre chose. Il avait notamment une demande à faire aboutir à l'Intérieur : Marcant pouvait le servir, mieux que le ministre en personne... Et comme le moment était venu de

quitter le wagon-restaurant, il demanda la permission de monter un instant dans le coupé de Marcant... On y serait donc quatre, mais l'enfant tenait si peu de place !... Il fut, avec madame Marcant, d'une politesse empressée, dans le trajet d'un wagon à l'autre. — C'étaient de banals « Prenez garde... oh ! pardon ! Par ici, madame ». Marcant suivait, donnant la main à l'enfant.

Ils étaient quatre maintenant, dans l'étroit coupé. Mais madame Marcant n'avait point l'air nerveuse, ni même impatiente... Elle tiendrait son Georges à côté d'elle, tout contre elle. Il aimait tant cela ! Et elle reprit sa rêverie calme, les yeux sur le paysage toujours plus morne et plus froid. Elle tenait Georges enveloppé dans son manteau de fourrure. Les hommes l'oublièrent. Le député se mit à assommer le chef de division en l'entretenant avec minutie des intérêts de la commune de Z, divisée en deux sections... La section B, qu'il soutenait, voulait s'ériger en commune indépendante. La section A y résistait de toutes ses forces.

— Ces questions-là ne sont pas toujours des plus simples, disait Marcant. La condition *sine qua non*, c'est que la section B puisse présenter un budget suffisant pour « voler de ses propres ailes ». Le conseil d'Etat n'accueillera ses prétentions que si la condition est remplie. L'est-elle?

— La section séparatiste le croit.

— Mais l'autre conteste?

— Oui, car tout est dans la façon dont le partage sera fait, l'unique propriété territoriale de la commune étant tout entière sur le territoire de la section séparatiste.

— Heu ! c'est tout à fait le cas d'une commune dont je viens d'examiner le dossier, répondait Marcant... La commune de La Garde-près-Toulon est composée de deux sections... Il y a bien vingt-cinq ans que la section du Pradet postule pour être érigée en commune. Elle finira par y réussir, sans doute, mais dans les conditions que j'ai dites. Ce sont des questions, je vous le répète, qui ne vont jamais sans difficultés. Un riche armateur de Marseille, M. Dauphin, s'est rendu acquéreur, dans la commune de La Garde, section du Pradet, d'une propriété sise au bord de la mer, — et depuis plus de trois ans, intéressé aux affaires de sa section, il m'accable de notes, de rapports et d'explications. Je la connais, votre question ! La section du Pradet propose une soulte. Et votre section B?

— Ma section B offre une soulte, également.

— Mais la section A n'en voudra pas, si les avantages du bien territorial commun — droit par exemple pour les habitants pauvres de ramasser du bois mort — ne peuvent, à ses yeux, ce que je conçois, être remplacés par aucune somme une fois donnée?

— C'est bien cela. Ma section A refuse la soulte, affirma le député.

— Voyez-vous !... C'est point par point l'affaire que je viens d'examiner, répondit Marcant. Je conclus dans mon rapport au partage équitable du bien territorial commun, — à condition, toujours, que le budget de la commune séparatiste soit suffisant...

Elle entendait tout cela, et, sur le même inépuisable sujet, bien d'autres choses encore. C'était là les ordinaires conversations de Denis avec les uns, avec les autres. Elle voyait la vie à travers une poussière de dossiers remués. Doucement elle regarda son petit Georges, et comme il avait fermé les yeux, tout blotti dans le pan de son manteau ramené contre elle, elle s'endormit à son tour, paisiblement.

IV

Elise !... et cependant on dit qu'il faut mourir !

L'oiseau mystérieux qui, en son cœur, avait tenté de soulever ses ailes lorsqu'elle avait seize ans, les avait reployées pour ne plus les rouvrir jamais. Elle avait cru épouser le jeune homme qui lui avait donné cette émotion première. Elle en avait épousé, en réalité, un autre. Le Denis de vingt-sept ans n'était plus le Denis de la vingtième année. Il avait la même probité, il est vrai. Socialement, moralement même, il valait mieux sans doute, mais il avait perdu, au regard physique de l'amour, cet inexprimable attrait que la nature prête aux êtres vraiment jeunes, en des heures diverses, et qu'elle retire quand elle veut. Celui qu'Elise avait aimé était un adolescent que n'étaient pas parvenues à déprimer complètement huit ou neuf années d'internat universitaire. Celui qu'elle avait épousé était un jeune homme que cinq ans de ministère « pris au grand sérieux » avaient voûté et vieilli, assagi peut-être, mais beaucoup trop, et bien avant l'âge

Elle ne s'en était pas aperçue !

— Elle est, grâce à Dieu, très province, disait Marcant, qui l'épousait à cause de cela, avec le dessein bien arrêté de la maintenir telle. J'épouse, disait-il, une femme pour moi !

Toujours aux côtés de sa mère attentive et tendre, n'ayant autour d'elle aucun terme de comparaison, point de confidences de petites amies, elle ne savait littéralement rien de l'amour ; à peine ce que lui en avait appris l'émotion sourde et voilée d'un jour de promenade à Monceaux. Que la suite n'eût pas répondu à ce souvenir, que le bonheur n'eût pas grandi en elle avec les ans, cela ne l'étonnait point. Tant de gens répétaient si souvent autour d'elle : « La vie est triste, ma chère ! Quand on se porte bien, voyez-vous, c'est le bonheur ; il n'y en a pas d'autre ; seulement, on ne s'en doute pas ! »

Elle cousait, brodait, aux côtés de sa mère, l'aidait au petit ménage, allait avec elle à la promenade, pas trop loin, la bonne dame étant vite lasse. On voisinait avec une vieille demoiselle, — qui, à l'église, le dimanche, s'asseyait près d'elles, — chez qui on allait le soir de temps en temps passer une heure. C'était tout. Couchée à neuf heures et demie, levée à six ou à cinq, selon la saison, Elise croissait dans l'ombre comme un lis pâle mais plein de grâce. Longtemps sa mère l'avait vêtue de noir comme elle. Cela permettait des économies. D'une robe déchirée de la mère, on tirait aisément une robe intacte pour la petite.

Et dans cette ombre, obscurcie, par la veuve, d'un éternel souvenir de deuil, Elise était heureuse, d'abord par l'absence de maux, et puis par l'affection grave et tendre, un peu réservée dans l'expression, dont sa mère l'enveloppait. Si Elise n'avait pas eu son petit Georges quand mourut sa mère, elle n'eût pu se consoler sans doute. Un vide immense se serait fait dans son cœur, mais ce cœur chaste, profond, son amour maternel avait suffi à le combler, comme y avait suffi jadis l'amour filial, et elle aimait, de plus, son excellent mari. Pour lui, elle éprouvait une tendresse peut-être un peu trop tranquille. Elle l'aimait comme un bienfaiteur. Fiancé, elle l'avait aimé en bon parent. Il n'avait éveillé en elle aucune passion. Il avait laissé dormir le lac paisible et pur de cette âme de jeune fille... Jeune fille, en vérité, elle l'était encore ! Elle ignorait encore qu'il y eût une volupté, noble et sacrée, mais impérieuse et souveraine. Le rêve qu'elle en formait parfois devant une œuvre d'art, une peinture, ou au théâtre, ou en écoutant de la musique, demeurait voilé... comme une révélation commencée, aussitôt reprise.

Pour qui regardait attentivement, cette froide jeune femme de trente ans avait, au coin des lèvres, une ombre, un rien inexprimable que la jeunesse ne pouvait voir sans ressentir la jeunesse. Il y avait là du sourire involontaire, de la passion qui s'ignore, du charme insaisissable et impérieux, de la perfidie qui n'est pas possible et qui pourrait bien devenir, un monde enfin, on ne sait quoi d'infini et de subtil, comme le parfum de désir enfermé dans le bouton clos d'une fleur et qui se révèle sans s'exhaler : le songe d'un rêve !

Ce qui se lisait au coin de cette bouche, c'était la toute-puissance virtuelle de la vie, enfermée dans l'admirable créature qui n'en savait rien encore.

V

Comment cela se faisait-il ? C'est qu'il n'y avait eu entre eux que des affinités de jeunesse, non point de nature personnelle. Les bons sentiments avaient rendu ce ménage très convenablement heureux. Un jeune homme avait désiré une jeune fille... voilà quelle était leur histoire... Denis n'avait pas aimé Elise. — Mais alors, cette fidélité à la promesse de mariage ?

Eh, mon Dieu ! M. Denis s'était établi avec l'idée d'épouser une honnête fille qu'il connaissait bien, dont il se sentait sûr. Sa vue pratique, son goût pour la vie régulière, son respect pour la probité, l'aidaient à tenir la parole du fils Marcant. Son sentiment était honorable, sage, ému même dans la cordialité franche. Mais l'amour ? l'amour qui fait réciter aux apprentis notaires des vers de Lamartine et leur donne un air inspiré, le grand élan du cœur vers tout un infini; ce remuement, au fond de soi, de tous les éléments de la vie mis en tumulte; l'oppression mystérieuse ? De tout cela l'heure sans doute était passée. La jeune fille attendait un Denis qui ne revint pas. M. Denis, en sept ans, avait jeté par-dessus les Moulins rouges sa fleur de jeunesse. Une ferme volonté de travailler et de s'établir honnêtement le préservait des excès, des exagérations — mais il ne crut pas devoir garder, à une fiancée si lointaine dans l'avenir, une fidélité angélique. Aucun sentimentalisme ne l'y inclinait. Il fit comme les camarades, sans aucun remords et sans grande joie. Il en vint même, par mesure d'hygiène, à consacrer un jour, qui était le samedi, de huit heures à minuit, à des plaisirs raisonnés et méthodiques. L'essentiel avait été d'abord de passer de bons examens, — puis, une fois dans l'administration, d'avancer le plus vite possible, à force d'assiduité, de zèle, d'intelligence prouvée, de travail effectif.

En résumé, Denis Marcant était un modèle d'honnête homme moderne, le pendant au rebours de ceux qui oublient tout devoir pour ne se donner que du bon temps.

Il les connaissait bien, ceux-là, et les tenait en horreur. Il en avait autour de lui, dans ses bureaux... Albert des Lys, par exemple, qui écrivait en deux mots et avec un y son nom de Délis, le type du bureaucrate moderne, fignolé, pomponné, en habit tous les soirs, le gardénia à la boutonnière, grand metteur à mal de femmes du monde. Oh ! ces femmes du monde ! En parlait-il assez, ce Délis ! — « Alors, lui disait Marcant avec son gros bon rire de roturier, nous ne sommes pas tous du monde ? Moi, par exemple, je suis hors du monde ? Je m'y suis égaré quelquefois, dans votre monde ! On y est pour le moins aussi bête qu'ailleurs, et souvent beaucoup moins honnête ! »

Il disait cela avant son mariage et sincèrement il s'indignait, Marcant, de la facilité de langage et de mœurs qu'il voyait tout autour de lui.

Le rude gaillard était un bourgeois de ce matin. Le fils du colporteur n'avait pas encore affiné, autant dire corrompu, sa nature de paysan. L'amour, selon lui, c'était de travailler pour sa femme et d'avoir des enfants. Mais aussi, toute la légitime folie d'aimer, le bonheur d'en avoir conscience et de s'y arrêter un temps, il les confondait avec cette préoccupation maladive des raffinés qui ne pensent qu'au féminin et à ce qui s'ensuit, ne parlent que par allu-

Denis se mit à lire tout haut des vers... (Page 8.)

sion, spirituelle ou non, toujours suspecte, au même éternel sujet. Cette vibration perpétuelle de la corde sensible, pincée d'un mot à tout bout de champ, mettait cet équilibré hors de lui et il répétait souvent un proverbe populaire :

> Brave qui le fait
> Coquin qui le dit !

Il avait assisté, en des recoins de salons mondains, à tant de *fleurts* qui lui semblaient des indécences, que le monde lui paraissait moins aimable que son cabinet vert-olive du ministère. « — Et tous ces pauvres maris, disait-il souvent, qui s'imaginent qu'on ne leur a rien pris quand on a fleurté trois heures avec leur femme !... En voilà des endroits où je ne conduirai pas la mienne ! » Ces endroits, c'était partout. Et, en vérité, sans les soirées officielles où il était convenable qu'elle parût, pour saluer les ministres et leurs femmes, madame Marcant ne se serait montrée nulle part.

Marcant, physiquement très fort, autoritaire, entêté, brutal, était, au fond, un passionné et un jaloux. Derrière ses théories morales et dans ses charges à fond de train contre la corruption du jour, il y avait une âpre passion de mari calme et conservateur, — mais sa passion ne se trahissait que par la violence de l'attaque contre l'Ennemi, jamais par l'expression ardente envers l'aimée. L'Ennemi, c'était le bal, la licence de langage, la grossièreté des hommes provoquée par l'accueil riant que lui font les femmes. Oh ! la toilette ! les raffinements de la toilette, l'impudicité subtile qui joue dans les moindres colifichets féminins, tout ce je ne sais quoi qui est le suprême du « genre » et qui ne vise qu'à appeler, qu'à irriter, à agacer le désir des hommes, l'imagination lasse des vieux, celle déjà blasée des jeunes, tout le moderne artifice de l'habillement féminin, dont l'essayeur à la mode éprouve d'abord sur lui-même l'effet aphrodisiaque, cela mettait Marcant dans des colères de chien de garde, risibles et touchantes à voir.

— Ça n'est pas ça, la distinction ! hurlait-il parfois au fumoir, où on aimait à le lancer sur ce sujet « pour voir ». Ça n'est pas ça, bien sûr. J'en ai connu, des femmes distinguées. J'en ai connu... deux ou trois ! Elles sont mortes. Elles avaient entre soixante-dix et quatre-vingts ans. Elles n'avaient donc plus d'âge. Elles n'étaient plus des femmes et elles étaient encore la Femme, par un étonnant prodige de distinction. Mais le diable n'y était pour rien ; — et des jeunes filles qui auraient aujourd'hui ce qu'avaient ces délicieuses grand'mères seraient l'honneur de la France, tout simplement !

Et l'on riait :

— Courage, Marcant !

— Riez, riez, mes amis, et traitez-moi, si cela vous plaît, de paysan du Danube ! Il n'en est pas moins vrai que la robe fendue du Directoire vous a donné Bonaparte. Elle vous le rendra, soyez tranquille !

— Eh ! va donc, Marcant ! J'aime ton boutoir !

Alors il chargeait :

— La femme honnête rivalise avec la cocotte. Mais qui donc payera la robe fendue des deux rivales ? La petite épargne, messieurs, que le financier s'approprie avec la permission de tout le monde. S'il n'y avait pas tant de robes fendues, il n'y aurait pas tant d'agio... Vous embêtez le peuple, et vous le provoquez. Gare la vraie fin, — messieurs les « fin de siècle » !

— Oh ! oh !

— Je ne suis pas suspect de socialisme, moi, n'est-ce pas ?

— Eh ! eh !

— Eh bien ! je vous déclare que si j'étais forcé d'opter entre la corruption de tout en haut et la colère furieuse de tout en bas, — je trouverais honorable de descendre !...

— Ah ! ah !

— Et quand le pétard éclatera, pendant que vous accuserez le gueux qui aura allumé la mèche, j'accuserai, moi, tous ceux qui auront allumé le gueux ! En fin de compte, une société n'exerce légitimement le droit de répression que quand elle a su se discipliner elle-même...

— Il est superbe ! Bravo, Marcant !... Si tu disais ça à Fourmies, tu serais député du coup !...

— Fichez-moi la paix, tas de blagueurs !

Il sortait, furieux, un peu bourru avec sa femme, qu'il emmenait à l'heure où l'on arrive.

Après des sorties pareilles, il s'obstinait pendant des semaines à ne plus aller nulle part. Elle ne s'en plaignait pas. Elle s'était refait à Paris une vie de province, recevait quelques femmes d'employés et de chefs de bureau, au choix de Marcant, — et se contentait sur sa toilette des éloges de ces Parisiennes modestes, mais qui, pour porter joliment une robe bien troussée et bien moderne, valent des princesses. C'est là, — on le sait dans le monde entier, — le triomphe de toutes les Parisiennes. L'essayeuse des grands costumiers féminins n'est qu'une ouvrière qui donne aux reines des leçons de maintien, et qui pourrait dire : « ... Voilà, Majesté, comme on porte une couronne...

VI

— Marseille ! Marseille !
Le cri des employés retentissait avec un

accent tout nouveau pour les Marcant.

Elise avait dormi beaucoup, passé Mâcon sans s'en apercevoir, à son grand regret.

A Lyon, le député fâcheux était descendu. Alors on s'était installé le plus commodément possible et tout le monde avait dormi. Marcant avait renoncé à allumer sa lanterne de wagon.

— Eh bien ! filons-nous sur Saint-Raphaël ? Es-tu assez forte ?... Il faut aller où l'on va. Nous verrons Marseille une autre fois. Nous y viendrons exprès, avec l'oncle, s'il veut; ce sera bien mieux.

— Je suis très bien, j'ai trop dormi. Je me sens tout à fait bien. Tu as raison. Allons droit où nous devons aller. On se reposera beaucoup mieux avec le sentiment d'être au bout du voyage.

Marcant fit « suivre les bagages ». Et, le chef de gare prévenu, — on repartit... Il était minuit. Ils n'avaient pas vu autour d'eux changer le paysage.

Au sortir de Lyon, ils avaient revu, — dans la nuit cette fois, — sous du brouillard rayé de pluie, — des ponts, des lanternes, des cheminées d'usine, un fleuve sale flamboyant çà et là de reflets glacés, et qui semblait, lui aussi, charrier toute la tristesse du ciel et de la terre, mêlée à ses eaux mornes. Et toujours des bruits de plaques tournantes, des coups de sifflet stridents. On pouvait croire n'avoir pas quitté Paris. La physionomie du coupé toujours le même perpétuait l'impression du départ. Avançait-on ? On ne savait plus. Derrière les vitres des portières, du noir, du noir, — piqué çà et là par la lumière de quelque fenêtre lointaine, par des étincellements de réverbères. Puis, on fermait les yeux, et, au changement des sonorités, on se disait confusément : « Nous traversons une ville, un pont; nous suivons une tranchée, nous sommes sous un tunnel... » Et à cause du froid noir, on s'assurait parfois, machinalement, que les stores et les cadres capitonnés n'étaient pas retombés d'eux-mêmes.

Georges dormait avec, de temps en temps, de petites plaintes gentilles. Marcant ronflait consciencieusement, comme par devoir. Parfois elle se soulevait, les regardait tous deux d'un bon regard de tendresse rassurée, et, rencoignée à nouveau, reprenait le somme vague, imparfait, dans les trépidations... Puis, peu à peu, au bercement du tintamarre régulier des roues, elle s'était endormie pour ne plus se réveiller qu'à Marseille... Maintenant, on criait :

— *Toulon ! Toulon !*

Ils entendaient cet appel, sans le comprendre, le confondaient avec tous les précédents.

Denis pourtant y attacha une importance de rêve, et dit, ou crut dire :

— C'est là qu'autrefois était le bagne.

Le train repartit. Il était deux heures. A quatre heures, sous un ciel d'une obscurité mate, ils entendirent crier :

— *Saint-Raphaël !*

L'omnibus d'un hôtel, prévenu par dépêche, les attendait. Le grand bourdonnement du rapide retentissait encore dans leurs oreilles, emplissait leur tête. On prit une chambre à deux lits pour la mère et le fils, une chambre contiguë pour Marcant. Et tous, harassés, étourdis, se rendormirent sans parler.

VII

— Maman ! maman ! maman !

Elle s'éveilla; il était près de midi. Georges avait ouvert la fenêtre toute grande. Il criait, du balcon, en frappant dans ses mains. Elle s'accouda sur l'oreiller et demeura là un instant, éblouie, étonnée, pensive, comme le serait un réprouvé jeté tout à coup au seuil des paradis entr'ouverts.

La fenêtre encadrait un tableau de mer et de ciel. — Cela, littéralement, entrait dans la chambre. Ciel et mer, également bleus et étincelants de soleil, semblaient être chacun le miroir de l'autre.

Au-dessous de la simple ligne d'horizon, qui s'estompait sous une merveilleuse gaze d'un blanc bleuté, frémissante et pailletée d'or, — un yacht à vapeur, qui jetait au ciel une fumée indolente, filait vers l'horizon, les mâts cambrés, les flammes joyeuses à l'air au bout des mâts. Rien d'autre.

Rien d'autre. Il lui sembla que quelque chose d'elle s'élançait de son cœur, prenait sa volée vers le grand large, à la suite du navire qui, vu ainsi dès le réveil, la visitait dans son lit, comme les songes...

Marcant entra.

— Je suis levé depuis huit heures, moi. J'ai achevé tout mon travail, et alors je suis sorti. Je suis allé aux informations... Nous trouverons aisément une villa. Cher, par exemple ! — mais ta santé avant tout. Nous ferons des sacrifices. Et puis il y a l'oncle... le bon oncle...

Il avait la volubilité, l'excitation du voyageur content, arrivé, reposé. Il souriait et la baisa au front.

Elle ne sentit pas ce baiser. Toujours accoudée, elle suivait, d'une pensée emportée loin d'elle malgré elle, le navire qui, maintenant, renonçant à la vapeur, déployait ses voiles et, vent arrière, prenait son vol blanc, entre les deux bleus.

Marcant suivit le regard de sa femme; il aperçut le yacht, et, du même coup d'œil, son petit Georges qui, devant la grandeur simple du spectacle, avait fini par ne plus bouger et qui, le menton écrasé contre la balustrade du balcon, buvait des yeux toute la lumière joyeuse et tiède.

— Il a un drôle de nom, tout de même, ce bateau... C'est un yacht de plaisance.

— Comment donc qu'il s'appelle, mon papa?

— *L'Ibis Bleu*. C'est drôle, hein?

Marcant ajouta qu'il n'y a pas d'ibis de cette couleur et plusieurs autres réflexions sur les fantaisies des yachtmen. Le yacht appartenait à Pierre Dauphin, le fils de ce

de mon amour perdu, et perdu par ma faute, je ne mourrai pas sans t'avoir dit, tout comme s'il pouvait encore se mêler à notre avenir, le charme infini, tout nouveau pour moi, de mon pays que je découvre.

« Pourquoi notre année d'amour ne s'est-elle pas passée tout entière au milieu de ces enchantements de nature où me voici, sur cette côte merveilleuse, au bruit de la mer et des pins, au flanc des falaises d'or, au bord des plages d'argent, sur ces petits promontoires qui portent jusque dans l'eau des bouquets d'eucalyptus et de pins,

riche armateur de Marseille « dont nous parlions justement hier, en wagon, avec ce député, tu sais?... ».

Elle n'écoutait plus. Que lui faisaient tous ces gens-là? Toujours accoudée, elle regardait, émue, le sein gonflé, ce tableau tout nouveau pour elle, ce navire de songe et d'inconnu qui, déjà, vers un vague pays de merveilles, emportait, dans ses voiles tendues, quelque chose d'elle...

au fond de ces golfes qui sont comme les seins émus de la mer, mollement pressés contre la terre... »

Le jeune homme qui écrivait s'interrompit...

— Tout ça, c'est de la littérature... Quel chien de métier! s'écria-t-il tout haut en jetant sa plume dans un vaste plateau de cuivre où se trouvaient, à côté de son écritoire en vieille faïence, une tasse de café et quantité de cigarettes d'Orient.

Il se leva, but une gorgée de café, regarda la mer à travers la grosse lentille d'un hublot, prit sur le plateau une cigarette, alluma, à la flamme d'une lampe d'argent qui brûlait bleue sous un rayon de soleil, l'éponge mi-

VIII

* A bord de l'*Ibis Bleu*, rade de Saint-Raphaël.

20 février 188...

« ... Non, non, cara mia, ombre très chère

nuscule au bout d'un bâtonnet ciselé, huma deux gorgées de fumée, et lança aussitôt la cigarette à la mer...

— Il n'y a pas à dire, songeait-il, je m'ennuie ! Oh, mais là, dans les grands prix !... Trop de bleu, trop de soleil, trop de ciel, trop de Méditerranée, trop de temps, trop d'argent, trop de souvenirs, trop de tout ce qui excite le désir ! et pas assez de ce qu'on désire !... J'ai bien peur de ne plus souffrir assez... déjà ! Et c'est l'ennui, ma parole, qui m'aura guéri de ma douleur... Je la regretterai, ma douleur. Elle piquait dur, mais elle m'amusait : nous étions deux ! Je commence à me trouver trop seul. Ça se gâte... Est-ce que la douleur serait du bonheur ?

Cette pensée, qui lui parut profonde, eut l'honneur de fixer quelques instants son esprit mobile, et il continua à monologuer mentalement, curieux et ravi des mots qui se jouaient à travers sa cervelle...

Pierre Dauphin était un être très simplement compliqué, sceptique et naïf, un véritable enfant, toujours en péril lui-même et dangereux aux autres; au fond un bon jobard prêt à tout faire pour ne pas le paraître. La plupart des sceptiques ne sont pas autrement ! c'est bien ce qui les rend redoutables.

Pierre Dauphin habitait Paris. Entraîné par une violente passion pour une femme qu'il croyait libre parce qu'elle était divorcée, il venait, pendant deux années, de vivre avec cet amour en tête. La seconde année lui avait été un enchantement. Tout à coup, il avait découvert qu'il n'était pas le seul maître de cette créature passionnément adorée. De cela, il y avait deux mois. Alors, jouant les inconstants, il avait fui, déclarant à la bien-aimée qu'il ne l'aimait plus, et ne lui donnant point d'autre raison. De ce moment, sa maîtresse s'était mise à le préférer, et « l'autre » avait passé de très vilains moments. Pierre, les croyant heureux, souffrait étrangement. Il continuait son rôle et écrivait à la dame des lettres où, entre deux descriptions de paysages maritimes, il se blâmait de ne pouvoir aimer longtemps... C'était une infirmité. Il était trop *de son siècle*, etc... Ainsi il vengeait son orgueil. Et celle dont il avait dû faire patiemment la difficile conquête, celle que, sans le savoir, il avait disputée à un rival jusque-là très heureux, lui répondait par des rappels toujours plus ardents. Et à mesure qu'elle s'emportait davantage, prise par la vivacité des souvenirs, des regrets, des remords peut-être, irritée et excitée par l'étrangeté de l'obstacle, par tout ce qui lui semblait l'audace, l'originalité de l'amant perdu, à mesure, en un mot, qu'elle était plus sincère, Pierre, la trouvant plus fausse, s'en séparait toujours davan-

tage de par sa volonté, bien que le désir en lui fût toujours plus âpre. Toute la partie saine de son amour s'en allait, tombait, séparée de l'élément passionnel qui fermentait davantage. Il souffrait d'une véritable gangrène d'amour.

En réalité, fidèle à son tempérament intellectuel, il s'était trompé cruellement sur un point capital de la situation, et cela de peur d'être trompé. Il s'en doutait parfois, mais n'ayant aucun moyen d'éclaircir ses doutes, il se dépitait toujours davantage.

Dans cet état, il était venu demander à son pays natal, aux libres horizons de mer, une distraction salubre. Mais ni la solitude ni la poésie des choses n'étaient faites pour le sauver. Seul maître à bord du magnifique yacht de son père, il s'exaltait sans fin dans ses espoirs, dans ses regrets, dans ses désespérances, alternés, égaux...

« Le remède, songeait-il, je le connais : un autre amour. Mais où le prendre ? » Et il se rendait très bien compte que, au fond, s'il se rattachait encore, par des lettres quotidiennes, à celle qu'il fuyait, il n'y avait plus guère à cela, dans l'heure présente, qu'une seule raison : il trouvait difficile de la remplacer !

Ses souffrances étaient réelles. Tout saignait en lui. Son esprit n'était qu'incertitude parce que la pensée ne trouve appui et repos que dans le bien réel qu'on fait, et, à la vérité, il n'en faisait aucun. Il ne faisait rien. Il n'avait qu'un idéal ou plutôt qu'un objectif : se distraire. Or la suprême distraction lui semblait l'amour. Et il se croyait abandonné. Il était donc en plein marasme; son égoïsme et son orgueil en pleine détresse. La trivialité des amours de rencontre l'écœurait; et il était difficile à ce jeune bourgeois, artiste et grand seigneur, à la fois loyal et sceptique, de trouver une créature qui eût l'éducation, les élégances dignes de ses habitudes, la franche liberté qui rend estimables les amours libres, et l'esprit qui sait tolérer les tristesses du doute, inévitables chez un « moderne » digne de ce nom.

Avec cela, ne voulant point se donner à ses propres yeux le ridicule de paraître élégiaque, Pierre, profondément triste, était enjoué et ne parlait guère sans plaisanter. Tout ce qui était sérieux en lui, il le cachait comme honteux — selon l'usage établi.

Artiste agréable, il dessinait, écrivait, prose et vers, et musiquait gentiment, sans exceller dans aucun des trois arts. Mais, du haut de son énorme fortune, il ne les considérait tous trois que comme des moyens aimables d'employer son temps, de s'amuser lui-même avec une expression quelconque de ses sentiments vrais, souvent contradictoires.

Oh ! celui-là n'était pas tout d'une pièce,

non ! Et tout triste, comme il était véritablement, il s'écria, parodiant Shakespeare, avec l'exact souvenir de la pièce, de l'acte et de la scène : « Mon royaume pour une femme ! »

Il venait de juger, en la relisant, sa lettre « trop littéraire ». Il la brûla.

— Je ne lui écrirai plus; à quoi bon? Je vais lui renvoyer ses lettres. Tant que quelque chose de matériel me rattachera à elle, je me débattrai dans son souvenir sans pouvoir m'en évader.

Il regarda, en soupirant, le joli salon où il se trouvait, qu'il avait fait tendre, au départ, de vieilles étoffes rares, et dont le large divan lui servait de lit. Il souleva l'étoffe qui couvrait ce divan... On a peu de place à bord des plus grands navires. On utilise les moindres recoins : il y avait un tiroir dans le bois du divan. Il y prit une boîte de fer, un petit coffre-fort banal, mais plein de lettres chères. Il couchait sur les lettres de l'aimée, — et, depuis ce temps, ne dormait plus.

Il referma le tiroir, posa la boîte sur la table et l'ouvrit avec hésitation, puis, s'asseyant, il se prit à relire quelques-unes des chères lettres... Mais, sentant son cœur éclater, il les remit toutes brusquement sous clef.

— Une épitaphe à présent, dit-il.

Et d'un trait, il écrivit, sur une feuille blanche, quatre vers bien courts :

Je vous tire ma révérence,
Petit fantôme d'un passé
Qui fut amour, joie, espérance,
Et n'est plus qu'un rien... effacé.

Il trouva cela drôle et il sourit.

Il posa la feuille de papier dans la boîte rouverte, sur les lettres, puis il prit sur sa table une photographie encadrée. Il ouvrit un des côtés du cadre épais, regarda un instant une longue boucle de cheveux fauves qui s'y trouvait cachée, ensevelit le tout dans le coffret de fer refermé, et monta sur le pont.

— Je vais lui renvoyer tout ça... avec la clef.

Il portait cette clef à l'anneau de sa montre.

Il était près de midi.

L'*Ibis Bleu* quittait la rade de Saint-Raphaël. Pierre promena ses yeux éblouis sur ce rivage de rêve. « Ah ! oui, pensa-t-il, voilà un pays fait pour l'amour ! Etre ici, être jeune, avoir sous ses pieds un bateau comme celui-là, devant soi l'espace ! à sa portée ce paradis terrestre ! Et n'être qu'un amant trahi, un homme riche et sans femme ! jeune et sans amour !... »

Un besoin de vivre, furieux, entra dans sa poitrine avec la fraîche brise saline, mêlée d'une tiédeur hivernale qui, au Nord, eût été déjà du printemps ! Il étira ses bras tendus, avec une mollesse rêveuse, et sentit sa vigueur s'éveiller en lui. Une mouette blanche rasa la mâture, filant vers la terre. Il la suivit un instant de l'œil. Son rêve vague l'accompagnait avec des ailes. L'oiseau semblait une colombe qui serait retournée à terre, vers le colombier. Il volait à la hauteur des toitures du rivage. Les blanches villas avec leurs balcons, leurs terrasses, leurs fenêtres entr'ouvertes, appelaient toutes la lumière du large. Elles se détachaient sur l'ondulation des collines chargées de pins et de bruyères, verts en toute saison, si bien que par ces jours de soleil, en plein février, ce paysage donne la sensation d'un printemps frais. Par delà ces croupes, ces ondulations, ces mamelonnements, l'Estérel dressait ses crêtes pierreuses, rougeâtres, au-dessus desquelles il élevait, lui aussi, fièrement, des pinèdes frissonnantes.

A gauche du jeune homme, qui regardait la terre, appuyé sur la lisse de tribord, — par delà l'église neuve de Saint-Raphaël, avec ses deux dômes, purement découpés en plein azur, et qui mêlaient au paysage méridional un rêve de mosquée orientale ou de temple russe, le vieux Fréjus apparaissait noirâtre, dominé par la pointe aiguë de son clocher épiscopal. Et, derrière les aqueducs romains, noirs de lierres feuillus, tout là-bas, c'était la partie haute du Var, les Maures Grises, demi-nues, les premiers massifs des Basses-Alpes, où le genêt se met à fleurir quand il est depuis longtemps fané dans la basse Provence.

Pierre gagna l'arrière du yacht, et fut frappé par le contraste de la plaine de Fréjus, — delta de l'Argens, — plate comme une petite Camargue, qui bordait la mer d'une longue plage de sable, toute droite, où s'effrangeaient les vagues en écumes diamantées. Dans cette plaine semée de flaques d'eau saumâtre, de petits étangs, s'étalait l'Argens. La plaine, à mesure qu'elle s'éloignait des bords, verdis çà et là de tamaris et de roseaux, devenait cultivée, portait des blés et des vignes, jusqu'aux rochers de Roquebrune où commencent les Maures Vertes, — séparées de l'Estérel par l'Argens, des Maures Grises par la belle vallée qui court de Toulon à Fréjus.

Ces Maures Vertes, ainsi groupées en massif isolé, surplombent la mer, d'Hyères à Saint-Egulf.

Appuyé maintenant sur la lisse de bâbord, Pierre regardait s'ouvrir le golfe de Grimaud, qui prenait la mer à deux bras amoureusement. Saint-Tropez se mettait à paraître sous un paillettement d'étincelles accrochées aux mailles légères d'une fine brume en train de fondre.

Il revint à l'avant. Par delà les grisailles de la carrière de porphyre du Dramont, par delà le sémaphore d'Agay, qui s'érige au sommet d'un cône de verdure, c'était l'île Sainte-Marguerite qui regarde Cannes, — et c'était Nice, et c'était l'Italie...

Des souvenirs de poète et de voyageur se mirent à murmurer au fond de sa mémoire. Naples, Procida, Ischia étaient-ils plus beaux ?

Une volupté de stances lamartiniennes flottait dans l'air. Tout ce paysage s'amollissait en courbes fondantes, en paresse rêveuse mêlée d'éclat glorieux.

Les strophes de Lamartine *A Ischia* lui vinrent naturellement à l'esprit, et, en souvenir de la charmeresse à laquelle il venait de dire adieu, il se récita à lui-même les deux vers mélancoliques et célèbres :

Nous avons respiré cet air
   [d'un autre monde,
Elise !... et cependant on di.
   [qu'il faut mourir !

Une indignation le prit... Mourir ! Ce mot s'imposa à lui. Il faudrait mourir, en effet ! La mort, cela existe. On meurt ! Et cette magique nature lui cria, par les mille susurrements des vagues ondulantes au flanc de son yacht, le « *Hâte-toi, cueille le jour,* » de la sagesse latine...

— Oui pardieu ! je vivrai !... Au diable les morts !

Une idée lui vint :

— François, va me chercher au salon le petit coffret de fer qui est sur ma table.

Il ajouta en lui-même : « Oui, cela vaudra mieux ! »

Le valet de chambre descendit, revint. Pierre prit la boîte de fer poli qui luisait dans son neuf, et, penché à l'avant du yacht, il regarda l'eau. Elle riait par instants. Les cassures du clapotis avaient des caprices charmants. Des lignes de feu s'entre-croisaient sur le bleu violent de la mer lentement houleuse. Un immense réseau de ces fils de feu, entre-croisés, ondulait sur le glacis des eaux. Elle semblait prise tout entière et comme captive du soleil amoureux, la mer féminine, sous ce filet merveilleux où la proue de l'*Ibis Bleu* entrait avec un bruit de soie déchirée. Pierre s'amusait à suivre sur la poitrine de son joli yacht, d'un blanc bleuté, un ondoyant reflet de la lu-

mière mêlée d'ombre. Puis ses yeux, de nouveau portés sur la mer, cherchèrent à juger les fonds.

Une accalmie de tous ces papillotements suivit une large ondulation de houle venue par le travers, et il entrevit du sombre, du bleu opaque, un abîme.

Il balança un instant le lourd petit coffre afin de le projeter le plus loin possible, et le

lâcha enfin... La boîte, tournoyante, creva l'eau qui cracha des perles et qui se referma. Un éclair. Plus rien. La boîte lourde descendait. Pierre, en esprit, la suivait, très amusé par la poésie de ce sacrifice définitif. Il croyait la voir encore. Il voyait tout... L'eau, par les joints, tout de suite entrait, baignait les chères lettres, déjà dévorait l'écriture, noyait l'image, le portrait, la femme... Et l'*Ibis Bleu* passait dessus, laissant la trace peu durable de son sillage sur une trace deux fois effacée...

Pierre se releva.

— C'est drôle, dit-il. Est-ce que je serais délivré ?

Il se sentait allègre, dispos étrangement. On eût dit qu'un poids moral avait quitté son cœur, juste au moment où ce poids matériel avait quitté ses mains.

— Pourvu, songea-t-il, que cela dure !

Il se sentait le cœur dilaté, léger, actif, comme en marche sous un bon vent. Si l'*Ibis Bleu* eût été doué de sensibilité, il eût éprouvé, par ce joli temps, sensation pareille. Et c'est à ce moment que, sur l'ordre du jeune homme, les voiles furent établies... L'*Ibis Bleu*, vent arrière, emportait son maître vers l'inconnu, dans la lumière...

— Tiens ! dit-il, j'ai gardé la clef...

Il la prit pour la jeter aussi à la mer. Puis, il réfléchit un instant, et la garda. Cela lui parut drôle, d'avoir sur lui la clef d'une boîte qui était maintenant au fond de l'eau, introuvable... Tout de suite il pensa qu'il y avait dans ce détail un charmant motif pour un sonnet et il se promit de l'écrire...

Fer, et *cher* ou *chair*, *amer* et *mer*... Il tenait les rimes... Non, vraiment quel joli sujet : *L'Inutile Clef !*

Clou mordant du cruel cilice qui m'est cher,
Cette mignonne clef me meurtrit la poitrine,
Tandis qu'il dort, rongé par la rouille marine,
Au fond des grandes eaux, le lourd coffret de fer.

Oh ! l'inutile clef, à mon cou suspendue,
Qui ne peut plus l'ouvrir, qui seule l'ouvrirait,
Mon secret enfoui sous la bleue étendue !

— Ça viendra, ça viendra...

Mais comme la suite ne venait pas toute seule, il descendit pour la chercher dans son écritoire. La mer, les grands horizons, cela dérange... On ne peut travailler devant la nature. Elle nous écrase... Quelle chance tout de même que ce coffret fût en fer !... Si c'eût été une cassette de bois, il n'y avait plus de sonnet possible... *fer* — *enfer*... Ah ! la rime ! quelle puissance !

IX

Cet inconnu vers lequel courait l'*Ibis Bleu* n'était pas loin. Il devait le rencontrer, le lendemain, dans la rade d'Agay, où il était venu s'abriter pour la nuit, après une journée errante et mélancolique.

Marcant voulait voir un peu le pays, le connaître avant d'y laisser sa femme. Il était allé, le matin du premier jour, visiter des villas dans la colline, le long du boulevard de Valescure qui serpente à travers les mamelons verts, jusqu'à Fréjus.

Dans l'après-midi, il s'était décidé pour une villa tout au bord de la mer, à un quart de lieue de la ville, entre la *Maison-Close*, d'Alphonse Karr, dont les bateaux, à peine tirés à terre, entrent dans les jardins, et l'*Oustalet du Capelan*, la première de celles qui se sont établies sur une étroite bande de rivage, entre le chemin, où s'ouvrent leurs portes de service, et la mer qui baigne leur seuil de plaisance.

Le lendemain, on lui avait conseillé d'aller voir la rade d'Agay, et, en passant, les carrières de porphyre du Dramont. Ils trouveraient là-bas une hôtellerie excellente, où ils pourraient déjeuner.

— Malheureusement, la route cesse d'être commode au delà du Dramont, mais le chemin de fer, en douze minutes, vous y conduira.

Ils prirent le train pour Agay.

Ainsi allaient directement l'une vers l'autre, à l'insu l'une de l'autre, deux destinées...

En route, Marcant expliqua à sa femme que, toute réflexion faite, il ramènerait de Paris, à son prochain voyage, Germaine, la vieille servante qu'on avait cru devoir laisser pour lui rue de Lille. (Ils habitaient cette rue tranquille.) La vieille Germaine aimait beaucoup Georges. On avait eu tort de la laisser. Lui, s'arrangerait là-bas d'une femme de ménage, mangerait au cabaret. Et ici, en attendant Germaine, il fallait chercher une fille du pays... Il avait déjà demandé. On en trouverait une aisément, pour trois semaines ou quinze jours... Mais Élise n'aurait-elle pas peur, seule avec cette fille, dans la grande villa ? non ; le pays était parfaitement sûr, étant en dehors de la grande route ancienne, qui, à partir de Fréjus, commence la fameuse corniche... On coucherait à l'hôtel jusqu'à ce que la femme fût trouvée et engagée.

Les choses réglées ainsi, on ne pensa plus qu'à jouir de la beauté, de la nouveauté des lieux.

En un quart d'heure, on devait être rendu. Le train traversait les collines, les éternelles pentes de hautes bruyères sous le couvert des pins d'Alep ; et, par échappées, entre deux mamelons, la mer semblait suivre.

— Et l'*Ibis Bleu*, maman ? Il n'y est donc plus ?

— L'*Ibis Bleu* ? dit la mère, crois-tu que je distinguerais un bateau d'un autre, à peu près semblable ?

— Et crois-tu, petit bêta, fit Marcant, libéré de ses dossiers, que les bateaux ont des jambes pour ne pas marcher ?... Ce jeune monsieur, ajouta-t-il en s'adressant à sa femme, devait aller en Italie, je pense... Ça n'a rien à faire... Il est bien heureux !... C'est égal, c'est une riche idée que j'ai eue de travailler beaucoup hier, en wagon, pour me débarrasser de mes dossiers. Tout ça est parti par la poste en paquet recommandé. J'en recevrai d'autres ce soir ou demain...que je rapporterai en personne... Ah ! le bon air !

Le train s'arrêtait...

— Comment, déjà Agay? non... Boulouris.

— Oh ! papa, comme c'est drôle, cette gare toute seule au milieu du bois !...

— Et, dit Marcant à Elise, que ce serait

amusant de venir par ici à pied !

On repartit, on traversa les carrières du Dramont. Le porphyre taillé en pavés innombrables mettait sur la côte une vaste tache éclatante, d'un blanc bleuâtre. On eût dit que la colline, par éboulements, dégringolait toute à la mer. Puis la verdure reprenait, sombre. Le rouge sanglant du sol apparaissait par bandes horizontales, au-dessous des arbres, au-dessus des eaux d'un violet profond.

C'était Agay, dont la rade, un golfe assez spacieux, mais ouvert au vent du sud, est une solitude un peu austère, en admirable contraste avec la gaieté des plages qu'ils venaient de quitter. Au fond du golfe, la rivière d'Agay, qui descend de l'Estérel, et où abonde le laurier-rose, passe aujourd'hui sous la voie ferrée pour se jeter dans la mer. L'hôtellerie, entourée de quatre ou cinq maisons, du haut de la petite falaise regarde la grande courbe de la baie muette, sombre un peu, vrai golfe de légende, où l'on s'attend à voir surgir quelque château féerique d'architecture étrange, celui peut-être de la Belle au Bois dormant. C'est bien ainsi que l'Estérel doit arriver à la mer, avec je ne sais quelle majesté à peine assoupie, attirée vers l'eau mais hautaine encore, et qui résiste au charme de la mer trop claire...:

Avant de se laisser dévorer par elle, d'y plonger ses promontoires, de s'y fondre, — il l'assombrit de l'ombre portée de ses pins, renversés sur les rocs à pic ; et le rouge de ses rochers, tombant dans le bleu des eaux, l'attriste de teintes violettes...

Georges, décidément plus joyeux qu'à Paris, battait des mains.

— L'Ibis Bleu ! l'Ibis Bleu, maman !... Papa, l'Ibis Bleu !

Le yacht, en effet, se balançait, non loin du rivage, à l'est de la rade d'Agay. Ses voiles carguées festonnaient ses vergues. Ni Marcant ni sa femme ne le reconnurent.

— Tu vois ton Ibis Bleu partout, petit nigaud !

Leur attention d'ailleurs était saisie par l'apparition brusque, à l'entrée de la rade, d'un bateau étrange, sorte de cétacé portant sur son dos un balcon auquel se tenaient cramponnés quelques hommes, et soufflant une fumée noire. Il allait à grande vitesse, suivi d'un autre tout pareil qui, exactement filait sur son sillage, imitant tous ses mouvements.

C'étaient deux torpilleurs. Ils se suivaient à quelque cent mètres. Ils se rapprochèrent du fond du golfe, firent le rond, s'éloignèrent.

Les voyageurs, arrêtés, regardaient attentivement. Marcant avait tiré sa lorgnette de l'étui.

Un vieux pêcheur s'arrêta près d'eux et grommela :

— Où diable va-t-il passer si vite, celui-là ? Il y a de la houle, sans que ça paraisse. De la terre, quand on n'a pas l'habitude, on ne sait pas comprendre si la mer est méchante... Ça ne tient pas la mer, ces carcasses-là ! Ils ont beau dire, elle les leur prendra tous, l'un après l'autre, jusqu'au dernier. Je connais la rade, moi. Le premier a passé, c'est un miracle. Si l'autre suit la même route, il pourrait arriver qu'il se plante dans le ventre un bon bout du rocher qui est par là... Nom de « pas Dieu » !

Le torpilleur *230*, qui suivait son camarade, déjà disparu au tournant de la sortie, venait en effet, pris par une irrésistible lame de fond, de se clouer au rocher !

De l'endroit où était Marcant, on n'entendait rien, que le bruit de l'eau. L'avant du *230* plongeait sous la vague. A l'arrière, sensiblement relevé, se réfugiait tout l'équipage autour du commandant.

— Mon Dieu ! mon Dieu ! que vont-ils faire ? interrogea Élise.

Elle s'adressait au pêcheur ; mais il n'était plus là.

L'homme avait dévalé vers la plage, et, déjà dans son « rafiot », il s'éloignait et, crispant ses deux pieds nus sur le banc du milieu, y arc-boutant ses jambes nerveuses, il suspendait aux avirons, solidement saisis, tout son corps oblique, alternativement assis et relevé...

En même temps, du bord de l'*Ibis Bleu* se détachait une embarcation montée par un seul homme. C'était Dauphin. Le capitaine et l'équipage du yacht étaient à terre en ce moment.

Le petit Georges, au cri de sa mère, s'était blotti contre elle... Comme si on eût voulu la lui prendre, il la tenait à deux bras, les doigts accrochés aux plis de la robe — et regardait, là-bas, tout ce mouvement incompris.

— J'aimerais mieux ne pas assister à ça, murmura-t-elle. Le voir et ne rien pouvoir, c'est trop pénible !

— Que faire ? dit Marcant. Nous n'y pouvons rien, en effet, mais comment ne pas regarder !

Ils avaient le cœur serré... La lorgnette de Marcant tremblait dans sa main. Il la remit dans l'étui. Elise se sentit faiblir de crainte pour ces gens en péril... Elle s'assit au bord du chemin et, attirant la tête de Georges sur ses genoux, elle couvrit de sa main les chers petits yeux qui se fermèrent, préférant à tout cette obscurité caressante...

On distinguait mal ce qui se passait là-bas.

Une troisième embarcation se portait au secours du torpilleur. C'étaient le capitaine et les hommes de l'*Ibis Bleu*... Un mouvement incompréhensible continuait autour du bateau en péril, sur les embarcations si mobiles elles-mêmes ! Le premier des deux torpilleurs n'avait rien vu, déjà disparu derrière le tournant de la rade au moment où le second s'arrêtait net, s'échouait.

Marcant expliquait :

— C'est si instable, figure-toi, ces bateaux-là, qu'en se portant brusquement du même côté, les rares hommes qui les montent les balancent comme des escarpolettes !

Deux des bateaux accourus s'éloignèrent du torpilleur blessé, chacun emportant sans doute une fraction de l'équipage. Un seul demeura, le youyou de l'*Ibis Bleu*.

Marcant reprit sa lorgnette.

— Il n'y a sans doute plus à bord que le commandant, qui est à l'ordinaire un lieutenant de vaisseau, fit-il. En effet... regarde !

Il se sentait ému, à l'idée de cette attitude d'un commandant de navire que tout oblige à ne quitter son bord que le dernier.

Elle aussi était troublée d'une sorte d'admiration douloureuse. Elle se rappelait des lectures, et le chagrin de ces vaillants quand leur bateau, le bateau qu'on leur a confié, qu'ils aiment, vient à périr. Elle essaya de regarder avec la lorgnette que lui tendait Marcant. Elle entrevit en effet un homme qui passa du torpilleur sur le youyou.

— Il est sauvé ! dit-elle.

— Mais non, fit Marcant. Il y a dans la petite barque l'homme venu du yacht, sans doute... mais le commandant du torpilleur est encore à son bord...

On voyait maintenant le torpilleur s'affaisser, englouti lentement, irrésistiblement, comme s'il se fût fondu, comme s'il eût été aspiré par l'eau, bouillonnante autour de lui ; — et, très distinctement, sur ce bout de plancher oblique, un homme, en redingote noire, — par conséquent l'officier, — s'entêtait à demeurer seul.

— Ça l'ennuie de s'en aller, grommelait Marcant. Il le faut bien, pourtant !... Va-t'en donc, mon brave homme !... Sacrebleu ! enfin !

La petite silhouette venait de passer sur le youyou, qui s'éloigna rapidement. Quelques instants après, ce qui émergeait encore du torpilleur plongea. Le haut de la cheminée resta visible aussi longtemps que l'arrière. A peine tout cela eut-il sombré que, sur ce point des vastes eaux, déjà semblable à tous les autres points de la mer houleuse, une éruption se produisit... Comme un monstre marin expirant, la bête de fer rendait sous les eaux son dernier soupir. L'air comprimé dans ses flancs s'en échappait en hoquets violents, remontait des fonds, lançant, avec des crachats d'écume et un dernier vomissement de fumée noire, quelques méconnaissables éclats de bois ou de fer, jaillis en fusées.

Elise pleurait.

— Un rude métier, tout de même ! fit Marcant. Espérons qu'ils sont tous sauvés. Nous saurons ça tout à l'heure.

Toutes les embarcations de sauvetage avaient gagné la terre au plus près.

X

Le patron de l'hôtellerie s'efforçait de retenir ses hôtes.

— Vous aurez des détails sur le naufrage. Le commandant du torpilleur m'a fait retenir une chambre. Il viendra dîner ici. Dès demain les scaphandriers vont arriver de Toulon. Ce sera curieux. Des Parisiens, n'est-ce pas, madame, ne voient pas ça tous les jours?... Les chambres sont bonnes. De votre fenêtre, vous verrez le mouvement.

— Hôtel pour hôtel, fit Marcant, soit, nous resterons...

Il était commencé, le mouvement. De Saint-Raphaël, on accourait pour voir. Des batelets passaient, repassaient, sur le lieu du naufrage. On essayait d'apercevoir, au fond de l'eau, la carcasse échouée.

Il n'y avait pas eu mort d'homme. Deux blessés dans la machine, pas trop gravement. L'équipage campait à terre, secouru, entouré de soins et de gaieté par les pêcheurs de Saint-Raphaël et d'Agay. C'était à qui les aiderait, leur serait agréable et bon.

La nuit se fit.

— Il y a quelque part des fanaux qui ne s'allumeront pas ce soir ! disait le vieux pêcheur assis dans la salle basse de l'hôtellerie, devant un verre de *torino*.

Un feu de pignes et d'épaves brûlait activement dans l'étroite cheminée regorgeante. Il faisait bon là dedans.

Elise, Denis et l'enfant, pendant qu'on faisait chauffer leurs chambres, étaient venus s'asseoir dans cette salle commune.

— C'est très amusant ! fit observer Georges, toujours appuyé contre sa maman.

La nouveauté d'un voyage l'enchantait. L'aventure l'excitait au rêve. Il croyait vivre dans un conte qu'il ne comprenait pas bien, mais où il se sentait jouer, lui aussi, un personnage.

Elle lissait de sa main longue les jolis cheveux qui tombaient jusque sur les épaules de son fils.

Au dehors, un froid de nuit marine courait salubre, léger.

— Que nous sommes loin de la neige fondue,

de la boue sale, du ciel triste ! dit Elise. Comme on est bien ici !

Marcant lui prit la main.

— Alors, dit-il, je suis content. Je me reprochais déjà notre escapade... Si tu allais prendre froid !

Elle le regarda, reconnaissante.

— D'abord, je ne suis pas malade, et puis je vais mieux !

— Arrangez ça ! dit-il.

Il riait, heureux simplement. Il reposa avec douceur, sur les genoux d'Elise, sa main qu'il avait prise.

— J'ai bien dit, mon ami. C'est la nuance.

Assis sur une chaise, tout près du fauteuil de sa maman, ses deux petits pieds sur le barreau de sa chaise, ses genoux hauts, ses mains dans les plis de la chère robe, Georges avait appuyé sa tête contre la poitrine bien-aimée, et, de ses yeux trop ouverts, il regardait le feu pétillant. Peu à peu, cela l'endormait, et des rêves, nés du réel, venaient en lui.

— Il y a des choses dans le feu, dit-il.

— Et quoi, mignon ?

— Des choses qui dansent, fit-il en chantonnant, des petits esprits du feu, comme ceux des contes. Ils disent que le dîner sera bon. C'est eux qui le font, en dansant sous la marmite où est la soupe. Glou, glou, glou. Pendant que la marmite chante, les petits lutins dansent en rond par-dessous avec leurs lampes sur la tête... Et quand la marmite verse, bonsoir, elle éteint le feu !... Et alors la soupe est prête.

— Qu'est-ce que tu barbouilles là, mon petit ?... Est-ce qu'il aurait la fièvre ?

Déjà, elle s'inquiétait, et Marcant s'était levé, s'était agenouillé près de lui.

— Il dort, dit-il, ce sont des histoires qui lui reviennent.

Et pendant plus d'une heure, elle demeura immobile, retenant parfois son souffle pour ne pas remuer du tout, afin que le cher petit reposât.

— Assez, fit Marcant. Tu es fatiguée. Je vais l'emporter sur son lit...

— Il resterait là-haut tout seul ?...

— Eh bien, sur ce canapé, alors.

— Nous sommes si bien comme ça ! dit la mère.

Marcant se rassit.

A ce moment, un bruit de guitare entra dans le corridor de l'hôtellerie, accompagnant une voix d'homme qui chantonnait :

C'est les filles de La Rochelle
Qu'ont armé un bâtiment,
Pour aller faire la course
Dedans les mers du Levant...
Et lon lon la,
Je n'ai pas de maîtresse;
Je passe mon temps
Fort joliment !

Le chanteur s'interrompit pour parler:

— Bonjour, madame l'hôtesse, votre fille est-elle belle ?

La littérature de l'hôtesse, pas plus que celle de Marcant, ne reconnut dans cette question le commencement d'une célèbre ballade allemande.

L'hôtesse en riant répondait :

— Ma fille est encore à naître, monsieur Dauphin, et elle aura du bon sens que vous ne saurez pas encore ce que c'est !

— Bien répondu, femme ! répliqua Pierre Dauphin avec une gaieté qui continuait à être littéraire. Et il reprit sa chanson.

La voix, un peu moins proche, était charmante dans la résonance de la salle voisine où s'était attablé le chanteur.

C'est une fine goélette
Qui porte la voile au vent,
La coque est en bois de rose
Travaillé fort proprement..
Et lon lon la

Je n'ai pas de maîtresse;
Je passe mon temps
Fort joliment !

La grand' voile est en dentelle
La misaine en ruban blanc;
Les filles de l'équipage
N'ont pas plus de dix-huit ans..
Et lon lon la,
Je n'ai pas de maîtresse,
Je passe mon temps
Fort joliment !

— La jolie musique, maman ! dit Georges qui, dès les premiers sons de la guitare, s'était éveillé tout heureux et qui penchait la tête pour prêter l'oreille, comme un oiseau qui en écoute un autre.

— Oui, murmura-t-elle.

Il se passait en elle quelque chose de tout pareil à ce qui troublait l'esprit de l'enfant. Nouveauté des lieux, aventure, poésie flottante, étrangeté, tout cela entrait tout à coup dans son âme où régnait l'habituelle monotonie de vivre... Il lui semblait, à elle aussi, qu'on lui contait un conte. Ses émotions se succédaient, abondantes. Quoi ! avant-hier Paris, quitté pour la première fois ! Et depuis hier matin seulement, toutes ces visions de bleu, de lumière, de bateaux en marche, d'activité puissante et joyeuse, puis de naufrage et de tristesse ! Il lui semblait avoir vécu plus d'une année depuis deux jours. Et pourtant, non, c'était avant-hier. Le tableau qui l'avait visitée, le jour d'avant, à son réveil, s'était fixé en contours précis et en couleurs violentes dans son cerveau étonné et tout neuf... Il s'y était peint, photographié et gravé à la fois, ineffaçablement, sur une plaque sympathique où les images nouvelles ne parvenaient pas à le noyer. Au-dessus de tout le reste, il revenait à tout instant, remontait, repassait...

— Es-tu lasse ?

— Non, je suis heureuse.

— A quelle heure dîne-t-on ?

— Quand madame et monsieur voudront, fit l'hôtesse qui entrait. Je viens préparer les tables.

Elle en dressa deux. L'une avec trois couverts : celle de Marcant. L'autre avec deux couverts.

— C'est la table du commandant, dit-elle. Il causera avec son ami... Ça vous donnera des détails. Son ami, c'est ce gentil M. Dauphin qui, depuis deux mois, nous visite assez souvent... C'est un gros riche !... le fils d'un armateur de Marseille.

— Je sais, je sais, fit Marcant.

— Vous le connaissez ? demanda familièrement l'aimable hôtesse.

— Je connais son père, dit Marcant, souriant de l'affabilité, du sans-gêne méridional.

— Alors vous pourrez causer. Et puis, sans ça, vous auriez fait sa connaissance !... C'est un monsieur comme vous. Mais, même avec nous autres, il n'est pas fier. Il est bien brave ! Les pêcheurs d'ici l'aiment beaucoup. Jamais il ne passerait sans saluer le premier. A l'occasion, il leur envoie de bonnes bouteilles. C'est généreux... Et ça a des talents... Il a étudié. A bord, il mène, quand il veut, sa machine comme un mécanicien... L'autre jour, il a fait, sur notre terrasse, le portrait de la maison. Et puis, il chante beaucoup de chansons, et des vieilles, comme nos matelots. Avec la fortune, on sait tout.

Sur cette idée générale, l'hôtesse se reposa un instant. Elle réfléchissait, tout en remuant sa vaisselle, ses couverts, à la puissance de la fortune.

Les tables étaient prêtes. Elle jeta sur son œuvre un dernier coup d'œil, puis :

— J'ai oublié les salières !... Que vous dirai-je ! je suis trop étourdie !

Elle ouvrit une armoire et en tira, avec les salières, un dessin épinglé sur un carton.

Elle vint à Marcant.

— Tenez, voilà la chose, le dessin qu'il a fait. Voyez ! c'est tout en couleurs... Et sur sa guitare, il faut l'entendre ! On aime la guitare par ici. C'est comme en Italie, comprenez ! Est-ce qu'il n'a pas fait danser les filles, l'autre soir, dans cette salle... Si on a ri, « vous dites » ! Ah ! oui, on a ri ! une vraie fête, quoi ! au moment où personne ne s'y attendait !... Et pourtant, des fois, il a l'air beaucoup triste. Ça doit avoir des chagrins, comme de juste. Chacun les siens. La fortune n'abrite pas, de sûr !... Et des fois, c'est tout le contraire...

Elle revenait à son idée : « La fortune !... »

Marcant tenait la jolie aquarelle qu'Elise regardait aussi, penchée sur l'épaule de son mari.

La femme reprit le cours de son monologue :

— Le commandant vient d'arriver. C'est un ami de M. Dauphin, il paraît... Des amis d'école. Ils se tutoient. Le commandant n'est pas gai, pas trop malheureux non plus, puisqu'il n'y a pas mort d'homme et que, bien sûr, à l'opinion de tous nos matelots comme des siens, il n'y a pas de sa faute. M. Dauphin le console et lui dit, avec son accent parisien : « Je vas t'en jouer, des airs de guitare ! Je vas t'en conter, des bêtises ! » Et puis, il a fait venir de son bateau « des bonnes bouteilles » de vin de Champagne. Dame ! il en a du bon... Vous en goûterez, je suis bien sûre !... A tout à l'heure, excusez-moi ! Ma soupe doit se plaindre...

— Voilà mon moulin qui tourne ! cria, du seuil, l'hôtelier, sévère.

XI

La femme s'en alla et, à la porte, rencontra Pierre Dauphin qui, ignorant la présence des « étrangers », arrivait, toujours chantant, la guitare au cou :

> Et lon lon la,
> Je n'ai pas de maîtresse !

— Oh ! pardon, fit-il, interloqué.

Et, d'un tour de bras rapide, il enleva sa guitare qu'il portait en bandoulière, suspendue à un large ruban blanc... Lui-même, vêtu d'un complet d'épaisse laine blanche, ressemblait à un Pierrot d'opéra. Il y pensa et fut gêné en rencontrant l'œil curieux de la jeune femme.

A ce moment, Georges demandait :

— Un peu voir l'image, papa !

Pierre vit qu'on regardait son aquarelle — ce qui acheva de le gêner. Il posa sa guitare sur le canapé et, ne sachant au fond quelle contenance prendre, bien qu'il parût parfaitement à son aise, il s'en alla.

— C'est de plus en plus curieux, tout ça ! fit Marcant, qui se sentait, lui aussi, plus peut-être encore que sa femme, sorti complètement de sa vie.

— Est-ce que c'est Pierrot, maman ? viens voir son joujou !

Georges s'était approché de la guitare et la regardait, émerveillé. Il y toucha. Elle rendit un son léger, joli, comme une plainte d'oiseau qui sommeille.

— Veux-tu bien laisser ça tranquille ! cria Marcant qui courut à Georges pour le prendre par la main.

Pierre revenu, et suivi du lieutenant de vaisseau, enleva l'instrument, et en s'asseyant à sa table avec son ami :

— Voulez-vous voir mon joujou de près, mon petit homme ?

Georges approcha hardiment. Pierrot lui plaisait. Arrivé près de lui, Georges s'arrêta, confus, le buste un peu rejeté en arrière. Pierrot lui passa la guitare au cou. Le ruban étant trop long, elle descendait plus bas que les genoux du petit garçon. Pierrot la reprit, accourcit le ruban, la replaça sur la poitrine de l'enfant :

— Vous êtes beau comme ça, dit il, il faut en jouer.

Tous s'amusaient à cette jolie scène et, muets, s'oubliant les uns les autres, ils regardaient, et l'hôtelier avec eux.

Georges se mit à toucher les cordes.

— Pas trop fort ! recommanda Marcant.

Les vibrations des six cordes, touchées au hasard, charmaient le petit ; mais il regarda sa mère, et tout de suite :

— Merci, monsieur, il faut la reprendre; j'ai trop peur de la casser !

Avec ses grands cheveux sur son col marin, sa sveltesse de prince, sa douce voix, sa politesse inspirée par un regard de la Femme, et son embarras gracieux que la guitare trop grande rendait un peu comique, il était si charmant que — d'un involontaire mouvement d'enthousiasme jeune, paternel peut-

— Merci, monsieur.

Chacune des gentillesses faites à l'enfant remuait délicieusement le cœur de la mère.

— Il est très bien, ce monsieur.

La glace était rompue. On causa, d'une table à l'autre. L'officier contait le naufrage, tous les détails, le cri des chauffeurs blessés, la sensation du choc terrible, le sang-froid et le grand silence de l'équipage.

être, artiste à coup sûr, — Pierre, s'étant dressé, le saisit par-dessous les bras et l'enleva en criant :

— Est-il gentil !... Est-il joli !... La voulez-vous, ma guitare ?

— Oh ! non.

— Pourquoi cela ?...

— Je ne sais pas.

Remis à terre, l'enfant s'efforçait de sortir du grand ruban qui tranchait sur son velours sombre. Il ne pouvait pas. On riait.

Pierre l'aida, le tira de là, remit la guitare en place.

— Enfin, tout est pour le mieux. Personne n'est mort.

— Et vos effets ? dit Marcant.

— Tous nos effets sont perdus. Je regrette certains objets qui étaient des souvenirs... Enfin, on verra ce que sauveront les scaphandriers... C'est égal, c'est des rudes moments tout de même ! Allons, oublions ça un instant... Vous nous ferez l'honneur d'accepter une coupe de vin de Champagne, monsieur ?

— Il serait peut-être convenable, dit Pierre, en réponse à la nuance d'hésitation qu'il devina chez Marcant, — de nous présenter les uns aux autres.

— Je vous connais... un peu, dit Marcant, mis à l'aise. Ou du moins, je connais monsieur votre père.

— Ah ! vraiment ?

Tous deux échangèrent leurs cartes.

— Moi, fit le lieutenant de vaisseau, mes cartes sont au fond de la mer... en compagnie des cartes marines.

— Mon ami de collège, Edouard Legrain, ajouta Pierre, présentant l'officier d'un geste.

Et, à l'officier, il tendit la carte de Marcant.

— Vous acceptez notre verre de vin de Champagne, j'espère? dit l'officier.

— A condition, dit Marcant, que j'offrirai le second.

— Ce serait vraiment dommage ! riposta Pierre. Vous ne trouveriez certainement pas ici, où pourtant la cave est bonne, de quoi faire oublier, je m'en flatte, le champagne de l'*Ibis Bleu*.

Les coupes se levèrent.

— Au renflouement du *230 !*

— L'opération sera-t-elle difficile ?

— Je ne crois pas. C'est pourquoi vous me voyez l'esprit libre. Et puis, je n'ai fait aucune faute.

— Avez-vous pensé à la mort, dans ce moment-là ? interrogea Elise.

Tous éprouvèrent une légère secousse. Quelque chose de très grand venait de passer dans cette pauvre salle d'auberge. Elise sentit une petite larme piquer le coin de ses yeux. Marcant était conquis, sa prudence habituelle en défaut. Il se sentit une égale sympathie pour l'officier et pour l'homme qui avait un tel ami. Ah ! mais, oui, on était bien, ici ! et si loin du monde qu'il détestait !

L'officier savourait son champagne à petits coups.

— Ma foi, non. On n'y pense pas. On pense à ses hommes... Et puis... la mort !...

Il eut un geste d'insouciance.

— La mort? interrogea-t-elle ; et elle ajouta aussitôt : Tout le monde la craint.

— Mais non, madame.

— Ah?

— Il y a une bonne mort. Celle-là, on ne la craint pas.

— Et quelle est-elle ?

L'officier portait la coupe à ses lèvres. Il arrêta ce mouvement, et, sans se donner la peine de souder par des mots sa réplique à la question, il dit simplement :

— Rien à se reprocher.

— C'est beau, ça ! dit tout haut, à la fin, Marcant qui réfléchissait.

— Quoi donc, monsieur ?... demanda l'officier.

— Si vous croyez, riposta Pierre, qu'il s'est aperçu de son mot !... A ta santé, mon vieux camarade ! Et vive la marine !

Dauphin et Marcant étaient presque dos à dos, forcés de se retourner à demi pour se parler. Ce mouvement permettait à Pierre de voir chaque fois la jeune femme. « Elle est diablement jolie et distinguée, » pensait il. Nulle autre pensée ne lui venait. La présence d'une femme, jolie et jeune, mettait pour lui, dans cette salle d'auberge, un charme très subtil, bien connu, toujours le même, infiniment délicieux. Voilà tout. Le naufrage du torpilleur, l'activité salubre, le péril, lui avaient fait oublier un temps l'immersion du coffret qui contenait ses lettres d'amour. A de certains moments, il valait mieux qu'en de certains autres, il était dans un des meilleurs. Les milieux avaient très vite fait de l'impressionner, de le modifier. Aussi sa mère l'avait toujours averti du danger pour lui des fréquentations douteuses. Il était très femme.

—Et vous connaissez mon père, monsieur ?

— Il est venu me voir au ministère.

— Pour sa section à ériger en commune, je parie.

— Justement ! Il vous a donc mis au courant !

— Je le crois bien ! il ne parle que de cela… Il faut te dire, Edouard, que mon père a acheté à la Garonne, près de Toulon, commune de La Garde, une fort belle pro-

priété toute « complantée », comme disent les papiers timbrés, en palmiers de belle venue… Et il s'occupe, depuis cet achat, des affaires de sa commune avec un zèle extraordinaire… Nous en reparlerons, si vous voulez bien, monsieur, car je connais la question et je suis sûr de faire plaisir à mon père si je lui apporte, de votre part, quelque éclaircissement nouveau sur son affaire.

— Nous en reparlerons quand vous voudrez.

— L'équipage de l'*Ibis Bleu* est là ! annonça l'hôtelier, qui s'était mis en tenue de grand chef, blanc comme une hermine, de la tête aux pieds.

— Mon équipage ? Permettez-vous qu'on le fasse entrer ? demanda Pierre.

— Oh oui ! oh oui ! s'écria Georges.

— Georges ! fit lentement la mère, grondeuse.

— Le commandant a quelque chose à dire à ces braves gens, ajouta Pierre. Et cela, j'en suis certain, vous amusera.

Les hommes entrèrent. Ils étaient six, de tenue soignée, — le bonnet à la main, et sur le bleu marine de leur tricot, au-dessus d'un oiseau brodé en soie d'un bleu pâle, on lisait ces mots, brodés également et de même soie, en arc de cercle : IBIS BLEU, et les lettres : U. Y. F.

Le lieutenant de vaisseau se leva.

— Mes amis, dit-il, j'ai voulu remercier l'équipage de l'*Ibis Bleu* qui s'est vaillamment comporté. Vous étiez presque tous à terre et vous êtes venus, le plus tôt que vous avez pu, nous donner la main. Il y avait là aussi des pêcheurs d'Agay et de Saint-Raphaël. Dans le moment de l'action, je n'ai pas pu les remercier. La place n'était pas bonne pour les discours. Vous vous rencontrerez certainement les uns et les autres, aujourd'hui ou demain. Portez-leur les remerciements du commandant du 230, lequel sera renfloué bientôt, je l'espère. Dites-leur que ce sont tous de braves gens, et donnez-leur cette poignée de main.

L'officier serra la main aux six hommes enchantés.

— Vive le 230 !

— Vive l'*Ibis Bleu !* répondit le commandant.

L'hôtelier, sur un signe de M. Dauphin, apportait des coupes qu'il distribua aux hommes. La mousse du champagne les faisait rire à belles dents blanches sous les poils rudes de leurs larges faces de cuir fauve.

Tout le monde, même Elise, même Georges, éleva sa coupe.

— Vive le commandant du 230 !

— Et celui de l'*Ibis Bleu !* dit le commandant.

Pierre répondit, avec le joli demi-sourire d'un yachtman qui ne se prend pas tout à fait au sérieux comme marin de haute mer :

— Le commandant de l'*Ibis Bleu* remercie celui du 230… Rompez, les amis !

A son tour, il serra la main à chacun de ses hommes qui se retirèrent en bon ordre, la joie au cœur, une joie de simples qui croient au devoir, à l'éloge, à l'honneur, et à la vie comme à la mort — dès qu'on se donne la peine de leur accorder la moindre marque de cordialité sans orgueil.

— Tu as eu une excellente idée, Pierre… car c'est lui, madame, qui a voulu que je remercie les pêcheurs de Saint-Raphaël. C'est vrai, Pierre, ce sont des choses qu'on a le tort d'oublier… Mais, dans ces moments-là, je te dis — c'est le diable de penser à tout !

— Comme ils étaient contents ! dit Elise.

— Ce sont de braves gens ! fit Pierre. Il

ajouta : Qui navigue, dit le proverbe, danse au bord du tombeau.

— Vive l'*Ibis Bleu!* cria tout à coup Georges à tue-tête, très excité, sa coupe à la main. Dans son enthousiasme, il la répandit tout entière sur la robe de sa maman.

— Tant mieux, dit-elle doucement. Tu ne la boiras pas... En voilà assez !

— Il se fait tard pour nous, messieurs. Vous nous permettrez de vous quitter, dit Marcant.

— Pas avant, dit Dauphin avec empressement, de m'avoir promis une visite à mon bord, pour demain matin.

— Il faut que je sois à Saint-Raphaël demain sans faute, monsieur Dauphin.

— Eh bien, dit Pierre, ce sera pour après demain, si vous le voulez bien... Me per-

On se sépara. Une heure après, de la chambre où elle dormait mal (voyage, champagne, changement de lit !), Elise entendit un son de guitare qui accompagnait une voix.

La coque est en bois de rose
Travaillé fort proprement,
La grand' voile est en dentelle,
La misaine en ruban blanc.

C'était Pierre qui regagnait son bord.
La lune luisait aux fentes de la fenêtre

mettez-vous d'aller vous chercher là-bas?... Où demeurez-vous, monsieur ?

— A la villa de la Terrasse...

— A côté de l'Oustalet? Le youyou ira vous y prendre... A quelle heure?... à huit heures du matin?... à neuf heures?... Est-ce trop tôt, madame?

— Que décides-tu, Denis ?

— A huit heures, papa ! fit Georges, attentif et décidé.

Ils se mirent tous à rire.

— Le roi a parlé, dit Pierre. On obéira, je pense !

— Il le faut bien ! conclut Marcant, bonhomme.

d'Elise. Elle entr'ouvrit les volets intérieurs. Elle ne résistait pas au désir de regarder, sous la lune, à travers sa vitre, la mer qu'elle avait vue tantôt si étincelante au soleil !

... Dans le chemin argenté, déployé en éventail, que faisait sur l'eau le reflet lunaire, une barque filait. Elise vit distinctement les avirons, découpés en noir sur la lumière du reflet, plonger dans l'eau, se relever tout emperlés d'étincelles.

Le pierrot blanc, tout blanc, sa guitare au dos, toute lumineuse sous un rayon de lune, s'éloignait dans la barque... Il glissait, assis sur l'eau, — et tout cela, qui semblait irréel, était charmant.

Là-bas, dans le même resplendissement de la lune, sur l'eau paisible mais frissonnante comme une étoffe de moire aux mille plis cassés, l'*Ibis Bleu*, ses vergues, ses mâts, sa coque bordés d'un filigrane de lumière argentée, se berçait, secouant dans les airs, près des vives étoiles, sa longue flamme onduleuse...

> La grand' voile est en dentelle
> Le pavillon de ruban !
> Et lon lon la,
> Je n'ai pas de maîtresse !...

XII

La grosse affaire pressante pour les Marcant, c'était maintenant de trouver une femme de service.

A l'agence de location des villas, on avait gracieusement indiqué à Marcant une misé Saulnier, fermière à *la Toinette*. *La Toinette* était une ferme de la plaine de Fréjus, à une demi-lieue de Saint-Raphaël, près de la mer, entre l'Argens et le Petit-Argens.

— Cette misé Saulnier, quel âge a-t-elle ?

— Elle doit avoir une quarantaine d'années. Elle a une grande fille qui peut la remplacer à la ferme, ce qui lui a permis de se louer plusieurs fois, pour une saison, chez des étrangers quand les gages lui ont paru en valoir la peine. C'est une femme « très allante », comme on dit ici, travailleuse, propre. Si elle consent, prenez-la. Vous ne trouverez pas mieux. Ou bien allez à Nice, chez les bonnes Sœurs, ou à Cannes, voir la maison protestante...

On fit de la visite à misé Saulnier une partie de plaisir, et les Marcant y allèrent à pied.

— Vous ne pouvez pas vous tromper. Suivez la plage. Arrivés à cette énorme maison blanche, que vous voyez d'ici tout au bord de la mer, demandez... On vous indiquera.

Ils partirent.

Cette fois, ce n'était plus les pins verts et toujours murmurants, entre lesquels apparaissent les luisants joyeux de la mer. Ce n'était plus les golfes gracieux, ourlés d'écumes éternelles, que regardent en souriant les villas ouvertes, dont le luxe intérieur apparaît au passant du chemin et d'où sort parfois un bruit de piano, une jolie voix de Parisienne ou d'Anglaise... C'était la longue plage droite, nue, le sable mouillé dont on ne peut dire s'il prolonge la plaine dans la mer ou la mer dans la plaine. Au soleil, pourtant, par temps calme, elle était souriante encore, cette plage mélancolique, se-

mée de petits tamaris en herbe, de rares ajoncs et de beaux chardons bleus, aux feuilles de velours.

La bande de sable, qui borde de gris pâle la plaine verte, s'en allait toute droite jusqu'à Saint-Egulf où commencent, en mamelonnements doux, jolis, les premières assises du massif des Maures. Une chaussée, trop peu surélevée et trop voisine de la mer, la suit dans toute sa longueur, jette deux ou trois ponts par-dessus les ruisseaux, par-dessus le Reïran et l'Argens — et la mer s'amuse à défaire chaque jour le travail des ingénieurs et des cantonniers. Elle reprend à la chaussée les galets que la chaussée lui a dérobés ; elle les attire à elle, les rejette à la route qu'elle ronge et qui croule sans cesse, sans cesse inutilement reconstruite. Puis, à son heure, elle attaque les ponts, construits en bois, et les disloque. On voit les charpentes fléchir par le milieu, avec des poutres qui pendent, cassées comme des allumettes. On dirait des squelettes de navires échoués, des débris qui ont navigué et qui sont venus s'enliser là. Alors, et cela est fréquent, il faut faire un long détour pour aller de Saint-Egulf à Saint-Raphaël, il faut passer par la ferme de Villepéi et par Fréjus.

Toutes ces explications, qu'on leur donnait peu à peu sur le pays, les intéressaient beaucoup. Ils interrogeaient à chaque instant un passant, un paysan, un pêcheur.

— Les romans, disait Marcant, certainement c'est quelquefois intéressant (je n'en lis jamais), mais les détails vrais sur la vie d'un pays, j'aime bien mieux ça, moi. Chacun son goût.

Georges s'arrêta émerveillé devant des pêcheurs qui tiraient leur immense filet, l'*issaoùgo* (la seine).

Ils étaient cinq ou six à haler sur la corde, hommes et femmes. Pour tirer l'issaoùgo, chacun des travailleurs, au bout de la solide bretelle qu'ils portent en sautoir, saisit devant lui une cordelette à laquelle est suspendu un morceau de liège. Ils le font virer, ce liège, comme une pierre de fronde, et la cordelette, qu'ils rapprochent brusquement de la corde tendue sous l'effort de traction, s'y enroule, rapide. Certains alors que le câble ne leur échappera pas, ils s'arc-boutent des pieds dans le sable, pèsent, penchés en arrière de tout leur poids, sur la corde, et à mesure que le filet avance, l'homme du dernier rang vient reprendre place au premier, et toujours ainsi, avec — quelquefois — des han ! rythmés, ou des chansons mélancoliques, des berceuses marines.

Georges voulut attendre le poisson. Tout le monde fut déçu. Il n'y avait pas grand'-chose pour un si grand effort — mais quelles merveilles de couleurs dans cette poignée de dorades, de rouquiers verts, de sars argentés, rayés de noir, en travers; de girelles, rayées en long d'orange, de bleu, de jaune... Il y avait là un étincellement de rubis, d'émeraudes et de saphirs, d'argent et d'or mobiles. Toute cette matière animée avait des mouvements pareils à ceux de l'élément fluide où elle vit, et tout cela ondulait, scintillait et ruisselait sous des perles encore, sous des diamants d'eau et de soleil.

Les pêcheurs maugréaient. On leur acheta du poisson « la bouille-abaisse ».

— On nous le fera cuire à la ferme! cria Georges.

— C'est une bonne idée.

On leur prêta un vieux panier que Georges voulut porter tout seul.

XIII

La Toinette est une ferme importante entre la mer, l'Argens et le Petit-Argens.

Elise fut tout de suite frappée par la propreté des abords de la ferme, des petits chemins qui y conduisent, de l'emplacement où, devant le seuil, une femme était en train d'éplucher des pommes de terre.

— La fermière de la Toinette, madame, s'il vous plaît?... C'est vous, je pense?

Misé Saulnier s'était levée, ses pommes de terre dans son tablier bleu replié. Elle ne déplut pas aux Marcant, avec sa face ronde, large, ses cheveux bien noirs encore, son regard de charbon noir piqué d'une étincelle.

— Misé Saulnier, c'est moi, oui, madame. Qu'y a-t-il pour votre service?

On s'expliqua.

— Il n'y a pas à s'occuper de l'enfant, insistait Elise. Il reste toujours avec moi. Un peu de cuisine simple, la cuisine du pays... Et je vous aiderai pour les chambres... Je mets la main aux choses de la maison, moi. Je ne suis pas une grande dame. L'essentiel pour moi, vous comprenez, c'est d'avoir quelqu'un de sûr, quelqu'un de connu dans le pays. On vous a bien recommandée à nous...

— Oh! oui, je suis connue dans le pays! et je connais le service... Et... combien donnerait madame?... Les accords sont tout.

Tout de suite misé Saulnier, en parlant à la troisième personne, entrait dans le rôle nouveau qu'on lui proposait, afin de bien prouver qu'elle l'avait appris. Elle mettait un certain orgueil naïf à montrer une marque de servilité.

— Quarante-cinq francs.

— Et le vin?

— Oui.

— Madame donnerait cinquante?... Si

madame est étrangère et ne reçoit pas, il n'y a donc jamais d'étrennes!

Elle pensait à tout. On reconnaissait la villageoise d'un pays d'étrangers, qui a étudié la question. Elle aperçut clairement une nuance de surprise à son désavantage dans la mine de ses visiteurs.

— Je demande bien pardon à madame, mais si, dans notre position, qui est bonne, il m'est arrivé de quitter notre « train » et de me placer, ça n'a été naturellement que pour les gages... Nous avons une fille à marier... Les petits ruisseaux font les grandes rivières... Il n'y a pas de petit argent. Des gens comme nous, ça ne travaille que pour « lever la vie » !

Et elle répéta, pour conclure, le mot habituel : Les accords sont tout.

Tout était dit avec un accent du Midi bien sonore, et un sourire avenant qui découvrait des dents d'une blancheur étonnante, des dents de négresse.

— A-t-elle de belles dents ! fit Elise en regardant son mari.

— Ils sont tous comme ça dans ce pays-ci, fit Marcant. Les paysans du moins, pas les bourgeois. J'ai demandé... On m'a dit que c'est l'ail !

Il fit la grimace obligée de l'homme du Nord au mot d'*ail !*

Misé Saulnier se mit à rire et on lui vit, jusqu'au fond de la gorge, toutes ses dents, à les compter.

— L'ail ? non. C'est le pain, dit-elle.

— Comment cela ?

— La pâte de notre pain est comme ça, c'est « sa manière ». Elle frotte nos dents et les maintient toutes blanches, comme vous le voyez... Il est bien joli, votre enfant, monsieur, madame, poursuivit-elle sans transition... Et que porte-t-il là, le petit monsieur ? Il faut le poser, le paquet : vous vous fatiguez, mon petit maître !

Elle le lui prit des mains et le déposa sur un banc.

— Eh bien, dit Elise, vous décidez-vous ?

— Faut voir d'abord si cela convient aux hommes... et à la petite, fit-elle.

— Vous avez des fils ?

— Non, répondit-elle, sans embarras. Je n'ai qu'une fille.

Elle rentra déposer ses pommes de terre dans la salle basse.

— C'est joli, ici, dit Elise.

Elle regardait les deux puits, l'un avec sa poulie attachée au milieu de la traverse que soutiennent horizontale deux troncs d'arbres morts, debout sur les côtés; l'autre avec sa *cigogne*, — c'est-à-dire son antenne oblique au bout de laquelle est suspendue une perche qui, pendante verticalement, supporte le seau, — tandis qu'à l'autre bout une grosse pierre, faisant contrepoids, aide, quand il est plein, à le soulever hors du puits, et quand il est vide, le maintient en l'air.

— C'est le puits d'Egypte, dit Marcant, je le reconnais. Je l'ai vu dans des images... Et c'est aussi le puits de Camargue...

A quelques pas de la ferme, trois ou quatre pins parasols s'ouvraient larges et sombres.

— Regardez celui-là comme il est beau ! pas aussi beau, bien sûr, que le pin Berthaud, de Saint-Tropez, — mais il est bien vieux tout de même !... Et tout là-bas, voyez, au plein mitan de nos vignes, ce gros, gros arbre ! c'est un chêne qui en a vu passer, du temps et des hommes ! Il a, comme on dit assisté à toutes les batailles du monde.

Ils essayèrent de voir. Ils aperçurent, en effet, le dôme obscur de l'arbre énorme dans la plaine qui luisait de flaques d'eau.

— C'est grand, ce domaine de la Toinette ?

— Assez. De l'autre côté du Petit-Argens, il y a chez nous des raies de labour, monsieur, de deux cents mètres de long. Mon homme n'en fait que six dans la demi-journée...

— Ah ! le voilà, votre mari ?

Un homme arrivait, derrière deux mulets en liberté qui, la tête basse, soufflant au passage sur l'herbe du sentier avec leurs naseaux au ras du sol, portaient, accrochés au collier, les traits de la charrue. L'homme qui les suivait indolemment, après l'ouvrage, était un gaillard à larges épaules, dans la plénitude de sa force mûre. Il portait, lui, ses quarante-cinq ans avec l'aisance d'un colosse qui en portera bien davantage sans s'en apercevoir. Il était rasé de frais, le visage nu couvert de sueur. Soulevant d'une main son grand feutre, il s'essuyait le front avec un mouchoir bleu et marchait d'un pas pesant et souple, en roulant un peu sur ses hanches.

« Quel gaillard ! C'est un chêne aussi, cet homme-là, » songeait Marcant. Et il répéta :

— C'est votre mari ?

— Ce n'est pas mon mari, non ! répondit sans embarras misé Saulnier à Marcant; et en soupirant, comme à elle-même : « Plût à Dieu ! » murmura-t-elle. Elle ajouta : C'est maître Cauvin.

— Bonjour, la compagnie ! fit Cauvin en passant.

Il salua sans curiosité, comme un paysan voisin de ces villes d'hiver où on en voit tous les jours, des étrangers « de toutes les manières ».

Il allait à l'écurie rentrer les bêtes.

— Midi s'avance, donc ? fit misé Saulnier. Je vais vous dire : Si vous voulez, madame, je peux vous faire, avec votre poisson, une jolie bouille-abaisse... Je vous mettrai une table ici, au bon soleil.

Elle souriait, avec une moue prétentieuse de villageoise préoccupée de paraître bien élevée, et s'appliquait ridiculement à imiter l'accent des Franciots.

— Nous avons de bon vin, des figues *sesses*, et des confitures pour le petit maître, dit-elle en regardant Georges. Et au dessert, après avoir causé avec les hommes, je vous rendrai une réponse à vos propositions. Ça vous va-t-il, monsieur et madame ?

— Ça va, dit Marcant : ça va, misé Saulnier. Vous avez l'air d'une brave femme...

Elle répondit gravement :

— Je n'ai fait du tort à personne... du moins de ma volonté.

Elise s'amusait; tout l'amusait. Quant à Marcant, c'est la première fois de sa vie qu'il se voyait si loin de Paris, des affaires. Le ministère était oublié. Le fils du colporteur se sentait devenir voyageur, épris allégrement d'aventures, d'imprévu. Il aspira à pleine poitrine une large goulée d'air salin.

— Ça sent bon, cette campagne du Midi. L'algue, le pin, le thym, je ne sais quoi... On rajeunit ici, n'est-ce pas, Elise?

— Je vais déjà beaucoup mieux, moi ! dit-elle.

— Alors, tout est bien ! En attendant le déjeuner, on examina tout, on s'amusa de tout.

— Qu'est-ce que c'est que cet arbre?

— Un jujubier...

— Oh ! maman, la drôle de cour !

C'était le parc à moutons, le *jas*, au sol noir de fiente utile.

— Oh ! maman, le drôle de plafond !

C'était, dans l'étable, une tenture véritable formée par des myriades de toiles d'araignée antiques et récentes, cousues les unes aux autres... Cela porte bonheur et peut-être prend des mouches.

— C'est très sain pour les bêtes ! disent les paysans.

Dans l'étable, six colliers de chevaux pendaient à des crocs de bois. Il y avait sous le hangar deux charrettes et plusieurs charrues. Tout cela sentait bon l'ordre, le travail organisé.

— Voilà un drôle de filet ! ça n'est pas pour les papillons, dis, maman?

Un homme, survenant, expliqua à quoi sert le vartourin, longue poche qui va se rétrécissant et que, dans l'eau, soutient ouverte, béante comme un tunnel, une série de cercles d'osier. On l'allonge invisible au fond de l'Argens, troublé par les pluies, et avec ce filet on prend des carpes, des loups et des mulets qui quittent la mer, remontent la rivière.

Cet autre instrument, c'était le *râteau* à poche de fil de fer, pour pêcher les « clovisses » des étangs...

— Il y a dans la plaine de Fréjus, monsieur, dix hectares d'étangs, tous réunis entre eux par trois ruisseaux un peu larges et tous communiquant avec l'Argens par un canal que les hommes ont fait... Et là dedans, monsieur, les « clovisses » *font ça !*...

Sur ces mots : *font ça*, il montrait ses doigts rapprochés qu'il faisait aller sans remuer la main, les agitant de mouvements contraires et rapides pour imiter un fourmillement des bêtes grouillantes.

— Seulement, ajoutait-il, l'eau des étangs est saumâtre et les « clovisses » des étangs, il faut les faire dégorger dans l'eau de mer. Alors, oui, ils sont bons !... Oh ! moi, la pêche, c'est mon travail préféré.

Il se mit à rire grossement. — On voyait qu'en effet, il savait très bien tout ce qui se rapporte à la pêche dans les étangs.

— La pioche, c'est trop lourd, comprenez !... Vous, je parie, monsieur, fit-il tout à coup, vous êtes un homme de bureau?

— Oui, dit Marcant.

— Et, — je suis sûr, — il est à Paris, votre bureau ?

— Oui, dit Marcant.

L'homme regardait Marcant avec une sorte d'intérêt morne, avec une de ces curiosités qui ne se déplaceraient pas pour savoir, mais qui, sur place, consentent à se soulever un peu.

L'homme portait toute sa barbe qui était drue, enchevêtrée par mèches qui s'agglutinaient, mêlée de poils blancs et de poils bruns. La couleur de cette barbe s'unifiait sous une couche d'une poussière rougeâtre, dont l'humidité de la rosée avait fait comme un enduit. Il avait plus de cinquante ans. Il était trapu, plus petit que Marcant. Il avait une calvitie mate, suspecte, entourée de cheveux mal plantés, mal taillés et trop longs. Sa chemise, très propre, le gilet de laine tout neuf juraient avec l'usure de sa face, avec le désordre de sa barbe et de ses cheveux. Aux plis de ses paupières, sous ses yeux et à la patte d'oie, qu'il avait très marquée, comme par une ironie habituelle et sans esprit, demeurait prise une crasse noire.

Georges, qui avait un peu peur, tenait à deux mains les plis de la robe d'Elise.

Marcant pensait : « Qu'est-ce que c'est que cet abruti » ?

L'homme, dans l'étable, poussait avec sa fourche de la litière sous les pieds des bêtes. Tout à coup, il s'arrêta dans sa besogne, planta les pointes de sa fourche de fer dans le purin, entre les galets qui pavaient l'étable, mit les deux poings sur sa fourche, posa sa joue droite sur ses poings, et regardant les étrangers d'un œil de travers, clignotant, tout plein de son intelligence à lui :

— C'est pas l'embarras, fit-il lentement. Je vois ce que c'est.

Il parut réfléchir beaucoup et reprit :

— Tout là-haut, à Paris... à Paris, répéta-t-il par trois fois, pour donner sans doute à sa pensée le temps de se formuler fortement en lui... A Paris, tout là-haut, il y a tous les gens de bureau, pas vrai? que ça, je le calcule, c'est le gouvernement? Et puis, après, en dessous de ceux-là, il y a, voyez-vous, les bœufs, les chevaux... et les mulets...

Il promena son regard sur les bêtes qui raclaient leurs chaînes contre les auges et d'un ton découragé, avec une brusque retombée de la voix dans les notes graves, il termina :

— Et, par-dessous tout ça, il y a nous autres !

A ce mot, une expression de malignité passa sur toute sa face bestiale, comme une intelligence des profondeurs basses, réveillée brusquement, et cet éclair de l'envie s'éteignit aussitôt sous un air de stupidité. On eût dit que le diable habitait cette matière, trop paresseuse pour le laisser passer tout entier.

Cette fois, Marcant pensa : « Qu'est-ce que c'est que cette canaille ? »

L'homme releva la tête, montra son air niais afin qu'on le vît, ressaisit sa fourche, enleva du sol un épais monceau de fumier qu'il jeta dans la brouette et parut se replonger dans des réflexions infinies... Les visiteurs le laissèrent à ses occupations et à ses pensées, mais, un moment après, comme ils s'asseyaient à la table qui leur avait été préparée par misé Saulnier, il passa par là et entra dans la ferme.

Misé Saulnier cligna de l'œil :

— Ça, c'est mon homme, dit-elle, — et l'appelant à voix haute : — Saulnier !

Mais il n'entendit pas ou ne voulut pas entendre.

— Je vous le montrerai tout à l'heure, dit-elle.

Ils se regardèrent, un peu surpris.

XIV

— Maman, pourquoi donc a-t-il la figure sale, cet homme, et sa chemise est si propre?

— C'est parce qu'on lui lave sa chemise et qu'il lave sa figure lui-même ! s'écria Marcant, en riant à gorge déployée.

— Chut ! fit Elise en levant les yeux, sans lever la tête, du côté de la ferme. S'il t'entendait, Georges, tu lui ferais de la peine !

— Oh bien ! je ne voudrais pas lui faire de la peine, mais je voudrais bien lui faire honte, dit Georges, avec un grand sérieux, en hochant sa fine tête aux longs cheveux bouclés.

Misé Saulnier vint présenter sa fille Toinette.

— Voilà ma fille, madame. Toinette ou Toinon, comme il vous plaira.

C'était une belle jeunesse.

La mère et la fille ne se ressemblaient pas. Le visage de la mère était rond, très nettement. Celui de la fille, d'un joli ovale. Toinon, beaucoup moins grande que sa mère, avait, comme elle, la beauté des êtres bien proportionnés, la tête petite, et une aisance extraordinaire dans les mouvements. On sentait la vie sûre d'elle, la santé, la joie d'être, se mouvoir en chacun de ses gestes. Elle avait cette souplesse des animaux élevés en liberté, restés un peu sauvages... Elle regardait droit, sans effronterie mais sans modestie apprise. Sur ses hanches déjà fortement avancées, les mille plis de son cotillon rayé bleu et blanc faisaient une saillie large. La jeune poitrine tendait l'indienne à petites fleurs de son casaquin de mode ancienne et, au bas de sa jupe courte, le pied ni grand ni petit posait fermement sur la terre sa bonne semelle cloutée.

En arrivant, Toinette ne dit rien. Elle regardait le chapeau de la dame, qui était un petit feutre rond, à bord étroit, avec une aile d'oiseau crânement posée sur le côté. Le sien, large comme un parasol, elle l'avait jeté, en arrivant, sur la paille à demi écroulée d'une meule voisine.

— Bonjour, fit gentiment Élise, bonjour, mademoiselle Toinon.

— Bonjour, madame.

— Eh ! mais, fit Elise, j'y pense ; que nous nous accordions ou non, misé Saulnier, vous pourriez toujours nous envoyer cette jolie demoiselle de temps en temps avec des provisions, des légumes, des œufs... Est-ce qu'elle ne va pas vendre quelquefois à Saint-Raphaël ?

— Mais si, mais si, madame, et ce sera bien facile.

— Va voir, Toinon, si la bouille-abaisse marche bien... Le compère Cauvin s'en est chargé, de la faire... C'est l'homme que vous avez pris tout à l'heure pour mon mari, madame. Il sait faire la bouille-abaisse comme les vieux pêcheurs, c'est-à-dire mieux que moi qui la fais très bien... Ça fait tout bien, des races d'hommes pareilles !... Ah ! sans le compère, monsieur, madame, commença-t-elle sur un ton de confidence, il y a beau temps que Saulnier et moi, nous serions ruinés, et, faute de pouvoir payer notre rente, que nous aurions été mis à la porte d'ici... Ah ! oui, c'est un homme, ça ! Il a fait revivre la vigne dans tout « le bien »... Oh ! si mon homme avait été comme lui !...

Et, s'asseyant sur un tabouret, elle se mit à faire l'éloge du compère.

XV

Elle n'avait pas tort, misé Saulnier, d'admirer si fort ce Cauvin, à qui on ne donnait ce nom de *maître*, réservé aux fermiers, que parce qu'il avait pris littéralement le commandement de la ferme au moment où elle se perdait, dans un temps lointain, où il était payé par maître Saulnier à raison de trois francs par jour — pas nourri.

Il y avait vingt ans de cela. Saulnier en avait alors trente. Sa femme une vingtaine, et Cauvin vingt-cinq à peine.

Saulnier, fils du fermier de la Toinette, avait pris femme avant la mort de son père qui était veuf. Il avait épousé une paysanne de la plaine, qui avait un petit avoir de trois mille francs comptant, Marie Saurin :

Marion, Mion, comme on appelait quelquefois misé Saulnier. Saulnier n'était pas beau. Dans ce pays, où les gens ne sont pas de grande taille mais sont généralement bien pris, il était dédaigné comme trop petit et même mal bâti, bien qu'il ne fût aucunement difforme. Il n'avait pas la réputation d'être travailleur, mais on disait dans le pays : « Il a de quoi, ça le regarde... La ferme marche toute seule... Il n'a qu'à faire travailler les autres... » Son père se plaignait souvent de lui : « Ça n'a pas d'idées ; il faut tout lui dire... Enfin, il n'est pas méchant, mais si paresseux !... Il a *les côtes au long !*...» Jamais Marion n'eût distingué cette figure-là, mais lui l'avait choisie, à part lui, un jour de foire à Fréjus, où il était allé expressément pour acheter une « vaquette », une petite vache.

Il revint dire à son père, finement, et enchanté de sa phrase : « J'en ai trouvé deux ». Le père approuva. Ce qu'il fallait à son fils, c'était une de ces femmes de campagne, à « l'ancienne », que le voisinage des villes n'a pas métamorphosées en demi-bourgeoises « farotes » et ridicules, qui craignent toujours de salir le bas de leurs jupes trop longues, et ne veulent que des « souliers noirs ! »

Marion, elle, ne fut pas ravie. Mais l'affaire était belle. Ses parents la tourmentèrent jusqu'à ce qu'elle eût dit « oui ». Elle avait beau leur répéter : « Avec mes trois mille francs, je me marierai toujours ! » — « Oui, répondaient-ils, mais tu peux tomber sur un de ces « fénas » qui n'en veulent qu'à l'argent !... Ne va pas frapper ailleurs, ma belle. Là, à la ferme Antoinette, tu seras ta maîtresse et comme une reine. Ne fais pas mine de refus, parce qu'on lui en chercherait une autre... » Elle épousa Saulnier.

Tant que vécut le père Saulnier, tout alla bien. Le vieux menait les choses comme un empereur. Il avait du « commandement » et ne permettait à personne de perdre une miette de temps. Sous son œil perçant, Marion ne s'amusait guère à jouer dans les blés aux moissons, dans la vigne aux vendanges, non pas même une minute. Elle travaillait plus que les femmes louées à la journée. « Donne l'exemple, — maîtresse ! » lui criait de loin le vieux Saulnier en redressant de son mieux son échine un peu courbée par l'habitude de causer de près avec la terre. Elle n'avait du reste aucune envie de baguenauder. Le travail lui plaisait parce qu'elle avait de la force à en revendre. Quand Saulnier, son mari, dans la vigne, bougonnait, trouvant qu'une manne ou une cornue était trop emplie et trop lourde : « — Tu trouves ça lourd, toi, mon homme ? » Et, d'un virement de main, elle soulevait la cornue « en poids », l'élevait dans ses bras nus, fauves jusqu'au bord des manches retroussées, et la lui campait sur l'épaule. Alors on voyait rire toutes ses dents à la fois, même celles qui étaient tout au fond de sa bouche rouge comme la grenade.

Le père Saulnier mourut. Six semaines après, rien ne marchait plus à la ferme. Les gens qui prenaient le repos de midi dormaient, si cela leur faisait plaisir, une demi-heure de trop, qu'il fallait payer, le samedi, avec les heures de bon travail. Les valets ne recevaient pas d'ordre et en profitaient pour négliger le travail le plus recommandé par lui-même, comme celui de donner l'avoine aux bêtes. Il y eut des vols de poulets, de lapins. On vola même deux moutons... Le père de Mion était mort peu de temps après le ma-

riage de sa fille. Elle n'avait aucun secours à espérer de sa mère, que Saulnier détestait comme un gendre accompli. Marion, comme elle disait, « se vit mal, » très mal.

Cette année-là, pour comble de malheur, le phylloxéra, qui s'était abattu depuis deux ans sur les deux vignes du domaine, des vignes de neuf à dix hectares chacune, était décidément le maître. Il fallut arracher. Ce fut un travail de désolation, un travail qui avait l'air destiné uniquement à détruire, non pas à féconder. Par tas énormes, les vieilles souches s'accumulaient çà et là dans la plaine. On eût dit des bras tordus, des jambes de blessés; des morts tout noirs et pestiférés. C'était bien la peste, en effet, qui frappait les vignes françaises. Toutes ne mouraient pas, mais toutes étaient condamnées. Saulnier, qui s'était mis à faire le capable, arrachait en grand, défonçait tout avec rage, aveuglé, furieux contre le mal auquel il ne comprenait rien : « On dit que c'est une bête, toute petite ! Qui dit cela ? des ânes !... Je la verrais bien, moi, quoique petite, si elle y était !... Et puis, une bête si petite qu'on ne pourrait pas la voir ne ferait pas un mal si grand ! » Il fut pris d'une sorte d'excitation à arracher, d'une ivresse à défoncer, semblables à celles du soldat qui, entraîné par la bataille, dans la sauvage furie du meurtre, finit par tuer pour tuer. En cognant, avec ses hommes, sur les vieux ceps noueux, il croyait taper sur le phylloxéra en personne. Donc il tapait dur et vite. Ce fut, de toute sa vie, le travail auquel il mit le plus d'entrain.

Et quand ce fut fini, il replanta prestement de la vigne française. Là-dessus, la sottise de son entêtement eut quelque chose de touchant. Il criait : « Des américains, moi ? jamais ! les américains, c'est pour l'Amérique ! Nous sommes des Français. Et voilà. » Et tout de suite la bêtise prédominait. Ce mot de Français lui rappelait des chansons de conscrit, et il s'enfonçait patriotiquement, avec un enthousiasme de tirage au sort, dans son imbécillité d'agriculteur ignare.

Il avait pourtant raison de les regretter, les ceps français... Ils étaient d'autre allure, d'autre couleur que l'américain... Ils étaient le cep de Noé, celui de la treille de Périclès. La feuille en était plus transparente, vite dorée et légère. L'américain est d'un vert normand, pratique, dur, plein de lourdes promesses commerciales. Il parle de quantité plutôt que de qualité. Il donne trop d'ombre à la grappe, en sorte que, pour la mettre au soleil qui doit la mûrir, il faut lier les tiges, les attacher à l'échalas. Et puis, sans ce tuteur, la tige casserait à l'endroit de la greffe... Le phylloxéra a donné à la Provence les échalas, ces plantations de bois mort qui réjouissent les marchands de pieux en fagots ! Adieu, nos vignes traînantes à terre, rampantes, s'abritant d'elles-mêmes l'une l'autre contre le mistral. La grappe était terreuse? Mais la pluie la lavait, ou bien, dans la cuve, le ferment la dépouillait. A présent, en hiver, nos champs sont hérissés de ces piquets bêtes, qui ressemblent à des forêts de matraques... Et le voyageur qui traverse le Var doit atteindre l'Italie pour retrouver les vignes libres, couchées sur le sillon comme des lézards au soleil, ou encore suspendues en guirlandes élancées d'un ormeau à l'autre, comme dans l'antique Campagne romaine, comme en Toscane encore aujourd'hui, et, grâce au ciel, dans notre Dauphiné.

... Quand la vigne de Saulnier eut été replantée en ceps français, elle se refusa à porter. La seconde année elle était pareille, pour la décrépitude, à celle qu'on avait arrachée. Saulnier, qui croyait avoir tenté un coup de maître, une affaire d'habile, « un coup de fortune comme en font, disait-il, les messieurs des compagnies de chemins de fer et les constructeurs de villas », fut accablé. Il avait calculé que sa vigne neuve, toute plantée d'un seul coup, mise en plein rapport dès la seconde année, quand toutes les vignes voisines demeureraient infructueuses, le ferait riche. Et il avait englouti, en beau joueur, dans cette opération ridicule, malgré les conseils bienveillants des viticulteurs de Saint-Raphaël et de Villepéi, les trois mille francs de sa femme.

Il en demeura comme idiot, c'est-à-dire qu'il y eut aggravation notable dans son état d'inintelligence.

Ce fut bien pis, quand, un beau jour, Cauvin, un paysan qu'il employait quelquefois, l'invita à venir voir, dans un terrain de vingt mètres carrés qu'il avait autour de sa cabane en planches mal jointes, — entre Saint-Raphaël et la ferme Antoinette, — un essai de plantation américaine du même âge que la vigne nouvelle de Saulnier. Il y avait là dix ou douze pieds de vigne superbes, d'un vert vigoureux, d'un vert qui criait la santé, et ces gaillards portaient de lourdes grappes noires et blanches. « Jacquez et riparias, maître Saulnier ! » lui cria Cauvin à tue-tête, pour mieux se faire comprendre, confondant machinalement la surdité d'intelligence avec la dureté d'oreille...

« Et la grappe est française ! Tout ça est greffé ! »

— Je n'y comprends rien ! disait Saulnier, le soir, à sa femme. C'est un miracle. A moi, de sûr, on m'a jeté un sort.

— Eh bien, répondit-elle tranquillement, prends Cauvin à notre service, mon homme. Dis-lui qu'au lieu d'aller courir de droite et de gauche, il sera engagé ici pour toute l'an-née et payé comme un granger, par tous les temps ; fais-lui une position enfin. Il prendra ses repas chez nous, avec nous. Il rentrera tous les soirs, pour coucher, dans sa pauvre maison de bois. Il n'aura pas un quart de lieue à faire pour ça. Ça se trouve très commode... Et nous serons, peut-être bien, tous contents.

Ainsi fut fait, non par hasard.

Ce magnifique gars de Cauvin n'avait pas pu moissonner aux côtés d'une créature comme misé Saulnier, sans être ému d'une joie naturelle. A elle, son mari n'inspirait pas grand respect... Cauvin, un jour, au beau milieu du champ d'épis qui frissonnait autour d'eux en chantant comme une mer soleilleuse, lui avait poussé le coude d'une certaine manière... Et, depuis plus de trois mois, ils se parlaient bas dans tous les coins où ils se croyaient invisibles, quand Cauvin entra, comme associé en quelque sorte, à la ferme Antoinette. Et encore, à ce moment, misé Saulnier, depuis plus de trois mois, était grosse d'une enfant qui vint à bien, et qu'on baptisa Toinette, du nom de la ferme. Cauvin fut parrain, et la mère de misé Saulnier fut marraine, comme il convient.

Trois ans plus tard, la ferme relevée était en pleine prospérité. Cauvin, en bon pilote, avait sauvé la barque d'un complet naufrage. Et maintenant, dix-huit ans après, il était toujours chez Saulnier (qui y tenait fort) comme chez lui, ne quittant la ferme qu'au soir. Il habitait toujours, sur la plage, la pauvre cabane en planches, autour de laquelle il ne négligeait pas ses douze pieds de vigne. « Avant tout l'économie, misé Mïon !... » Et tout bas : « C'est pour la petite. » Tout ce qu'il gagnait ou à peu près, il le plaçait pour sa petite Toinette, chez le notaire de Fréjus... Que voulez-vous ? Il l'adorait, sa filleule !

Tout cela faisait jaser, même aujourd'hui, sur les marchés de Fréjus et de Saint-Raphaël. On savait très bien à quoi s'en tenir touchant la situation de Cauvin à la ferme de Saulnier, — mais, quoique on en reparlât de temps à autre, ce sujet semblait fatigué. Une si longue fidélité, et si travaillante, faisait oublier une si longue trahison. Et puis Saulnier n'intéressait personne...

Et voilà pourquoi, malgré elle ou peut-être pour aller au-devant des soupçons et y répondre le plus finement qu'elle pouvait, misé Saulnier faisait si haut, au monsieur et à la dame, venus pour l'engager comme servante, l'éloge de maître Cauvin !

XVI

Pendant que les bourgeois mangeaient au dehors, misé Saulnier, dans la ferme, attablée avec les hommes, expliquait l'affaire.

— Ça vous va-t-il, vous autres ? c'est, pour trois mois, cent cinquante francs d'argent net, de bénéfice.

— Et nourrie ! grommela Saulnier, le nez dans son assiette.

— Ça sera encore ça, pour la petite, dit-elle en regardant Cauvin. Et avec la dot

l'une, tantôt l'autre, allait dehors voir si rien ne manquait à « ces étrangers ».

C'était une véritable épreuve pour misé Mïon, dont le service fut jugé remarquable.

— Vous voulez le café, pour sûr ?

— Diable, oui ! cria Marcant.

qu'on lui prépare, nous la marierons à un prince !

— Un prince de notre espèce, fit Cauvin riant, mais mieux que nous, pas moins... Il faut y aller, misé Saulnier, voilà ce que j'en pense.

— Qu'en dis-tu. Saulnier ? insista Marion finement.

Elle ne laissait jamais son homme en dehors du conseil, surtout quand elle était sûre de l'avoir pour elle. « Ça le flatte toujours, » disait-elle à Cauvin.

— C'est pas l'embarras, grogna Saulnier. Nous nous passerons de toi aisément. La petite n'est pas là, je calcule, pour faire la soupe aux chiens !...

De temps en temps, Toinette ou Marion se levait pour servir et desservir, et tantôt

Ce fut misé Mïon qui l'apporta, dans sa plus belle cafetière.

Toinette venait derrière elle, avec le sucrier.

Les deux femmes demeuraient debout,

immobiles, leurs ustensiles à la main.

— Eh bien, voilà ! monsieur et madame. Aux conditions que nous avons dites, j'irai quand vous voudrez, c'est décidé. Et Toinette, souventes fois, apportera des provisions.

— C'est dit ? sans regret ? interrogea madame Marcant, avec un sourire.

— Sans regret, bien sûr, madame... Chacun est libre, n'est-ce pas ?

— Parce que, ajouta Elise, si cela vous arrangeait mieux de nous donner votre fille ?...

— Oh non ! s'écria Toinette d'un mouvement involontaire, en posant sur la table son sucrier de faïence à fleurs, gagné un soir de romérage, « au virevire ».

— Ah ! diable ! il y a un gros motif, je parie ? questionna Marcant.

Il souriait aussi, content de sa perspicacité facile.

Toinette était rouge comme les fleurettes de sa casaque.

Marion versait le café.

— Et pourquoi tu n'irais pas, Toinette ? dit-elle.

Elle ne voulait pas paraître désirer la place pour elle-même plutôt que pour Toinon.

Mais Toinon avait tourné sur ses talons sans rien dire et s'en allait, l'air un peu farouche, avec un pli de fâcherie entre ses deux sourcils rapprochés.

La vérité, c'est que misé Saulnier désirait la place. Un peu de liberté loin de son mari, voilà ce qui la tentait et voilà qui souriait fort à maître Cauvin.

Quant à Toinette, elle avait, dans les environs, un « calignaire », un amoureux, dont elle n'aurait pas voulu s'éloigner pour trois longs mois, car dans les sentiers entre les vignes, et sous les tamaris des bords de l'Argens, et sous le grand chêne qui se dressait là-bas au milieu du domaine, les rencontres étaient bien plus faciles et plus cachées que partout ailleurs.

Cet amour était encore un secret. Et son brusque refus de servir chez les Marcant n'avait pas suffi à la trahir, aux yeux de sa mère.

« C'était, » disait Cauvin en souriant, « une capricieuse, une enfant mal élevée... » Il la taquinait sans cesse, ce maître Cauvin... Aussi cachait-elle bien son secret, surtout à cause de lui... Elle ne l'aimait qu'à moitié. Il y a même des jours où, pour toutes les plaisanteries, souvent très malignes, qu'il inventait sans cesse, elle lui en voulait à mort; mais, lui, ne faisait qu'en rire. Dans le cœur de sa fille, il ne se voyait de rival possible qu'un amoureux et il l'avait toujours souhaité. Or, il savait, lui, qu'elle en avait un, et qui c'était; et qu'il aurait,

pour le lui donner, celui-là, à lutter contre Saulnier. Quand il travaillait au bout du domaine, son œil de « tardarasse » (d'épervier) voyait tout dans la plaine jusqu'au fond des buissons... Il n'était pas commode à tromper, maître Cauvin !...

Il fut entendu que, le surlendemain matin, afin qu'elle eût le temps de laisser toutes choses bien en ordre à la ferme, misé Saulnier prendrait son service à la villa de la Terrasse.

On renonçait à faire venir de Paris la vieille Germaine.

XVII

Elise se mit de bonne heure à la fenêtre, dans son laineux peignoir flottant. Un instant, elle y demeura, comme si c'eût été la saison chaude.

La villa toute blanche riait à la mer toute bleue, qui s'amusait à faire jouer dans les vitres de ses fenêtres un reflet d'eau lumineuse, comme pour l'agacer.

La journée s'annonçait superbe. Le sourire de la mer y creusait mille fossettes. Un moineau de toiture, confiant, s'en allait passer au-dessus des eaux, assez loin de la terre, pour se rendre à ses affaires qui étaient pourtant sur le continent. L'îlot du Lion de Mer, rougeâtre, allongeait sur l'eau sa croupe à l'ombre de laquelle un pêcheur, sur sa barque immobile, jetait ses lignes paisiblement. Les collines de Saint-Egulf se doraient au soleil levant. La plaine de Fréjus se diamantait. Un appel à la vie heureuse flottait dans l'air lumineux. Tout le paysage était sans passion, froid comme l'hiver, mais joli comme le printemps. A voir, c'était mai, et à ressentir, c'était bien l'hiver, c'est-à-dire qu'on jouissait à la fois du repos de la mort et de la splendeur de la vie. Le bonheur peut-être n'est pas autre chose. A ce moment, il ne semblait pas qu'on eût rien à craindre de cette nature. Elle n'éveillait pas même le soupçon de ses ardeurs. Elle avait la froideur indifférente d'une beauté suprahumaine. Un prêtre s'y fût confié. La jeune femme se mit à l'aimer.

— Comme c'est beau, la couleur de toutes les choses, dans ce pays ! Non, je ne pourrai plus vivre ailleurs !

C'était l'Eden retrouvé — l'Eden avant le Serpent. Le serpent dormait quelque part, engourdi, sous les bruyères.

Il y a, dans Oppien, une fable à laquelle croient encore nos pêcheurs. La couleuvre (le serpent des haies) se prend d'amour quelquefois pour le congre, ou la murène, serpent de la mer. La couleuvre sort des broussailles, le congre sort des eaux, et tous deux, sur les rochers humides de la grève, sur les sables altérés des plages, se rapprochent, pour l'amour, au mois de mai.

Jolie fable grecque, qui exprime bien la descente amoureuse des rivages méditerranéens vers la mer dans laquelle ils entrent sans se dépouiller de leurs feuillages ni de leurs fleurs, — et l'attirance du flot bleu, serpentin, qui les appelle, les enlace et les caresse.

Maintenant, l'idée de ces ardeurs était endormie. Il faisait froid, à cette heure matinale, et c'est à travers sa fenêtre close, qu'Elise regardait le paysage qui lui semblait, sous la vitre, irréel et fragile comme un pastel.

Elle se mit à sa toilette. Les boiseries, peintes en couleurs claires, les moindres objets, dans sa chambre lumineuse, lui paraissaient nouveaux, comme pénétrés d'une gaieté inusitée. Le rose lui semblait plus rose, le bleu plus bleu, plus tendrement bleu. Quelque chose de jeune était sur tout, en tout, autour d'elle, et quand la tiédeur du feu de sa cheminée se mit à flotter comme une haleine vivante dans la chambre bien close, une sorte d'artificiel printemps l'émut vaguement, indiciblement. Une envie la prit de pousser un cri de joie, comme faisait souvent Georges, de battre des mains comme lui, de sauter comme une enfant... « C'est drôle, » songeait-elle...

Puis, tout à coup :

« Et Georges? je ne l'ai pas encore entendu? »

Ainsi, sa toute première pensée n'avait pas été pour lui comme à l'ordinaire. La lumière avait dérobé à l'enfant cette première caresse du souvenir maternel, qui peut-être, quoique inexprimée, n'est pas perdue, va aux endormis, pénètre leur rêve.

Elle ne songea pas à se le reprocher. Elle ne s'apercevait même pas que quelque chose de nouveau, d'étranger à tout ce qu'elle avait connu jusqu'ici, déjà se glissait en elle, ou, si son mieux-être la surprenait un peu, elle songeait simplement : « Cela va déjà mieux... Ah! qu'on est bien, dans ce beau pays! »

Georges, la mine barbouillée de sommeil, quand sa mère entra dans sa chambre, s'assit sur son lit, et, les yeux clignotants, frotta sa petite joue contre le beau visage de sa jeune mère. Il voulut déjeuner dans son lit. Elle sonna. Misé Saulnier était en fonctions et paraissait une servante de grande mine, avec son beau tablier blanc, tout neuf.

— Et monsieur, Marion?

— Oh! il y a du temps que monsieur se promène! J'ai déjà fait la chambre de monsieur.

Elle sortit, et ne tarda pas à remonter, portant le chocolat du petit maître, bien présenté sur un plateau...

— Oh! les belles tartines grillées!

Ce fut une fête. La mère et le fils déjeunèrent ensemble, avec des chatteries d'amoureux, des jeux de caresses, des gaietés, des abandons, de jolies folies tendres, que jamais, avant d'avoir son Georges, Elise n'avait connues.

Elle ne songeait pas que des amoureux pussent jouer ainsi. Même nouvelle épousée, elle n'avait connu le jeune Marcant que fort sérieux, préoccupé. Elle n'avait jamais imaginé qu'il pût montrer, même en paroles, de ces tendres gaietés légères... Lui, une chose l'arrêtait, peut-être : il sentait bien que la grâce lui manquerait, et il restait toujours un peu notaire d'alcôve.

Elle jouait ainsi souvent avec le cher enfant adoré qui promenait, en s'écriant de joie, sa mignonne main sur la bouche, sur les yeux de la petite mère.

Doucement, du front au menton, c'est le plaisir; et du menton au front, en retroussant, d'un toucher léger, la lèvre et les paupières, c'est le déplaisir!...

Elle feignait un déplaisir véritable, profond.

— Mon petit m'a fait mal! je vais pleurer!

Assise sur le lit, elle cachait sa figure dans ses deux mains effilées, et lui, alors, debout brusquement dans sa longue chemise large, il l'entourait de ses bras, la pressait contre lui, s'amusait à la plaindre :

— Oh! la pauvre petite! ne pleurez plus, madame! Il vous a donc fait bien du mal, votre vilain petit Georges?... Eh bien, nous le battrons!

Elle le repoussait, elle lui riait des yeux à travers ses doigts écartés; et alors, comme fâché à son tour, il rentrait sous ses couvertures, tout entier, y cachait sa tête...

— Où est-il? Il est perdu! Ah! mon Dieu, si le loup allait le manger!

Il y avait longtemps qu'il n'y croyait plus, au loup...

Il montrait sa tête brusquement :

— Hou! hou!

Et de rire, dans des embrassades finales...

C'était une comédie!...

Niaiseries? Eh oui, niaiseries exquises, où la confiance des cœurs se prouve par le complet abandon! Douceur d'être enfant ou femme, d'être faible en un mot, avec pleine sécurité!...

XVIII

Elle l'aida à se lever, à se faire propre et beau.

— Allons, achève maintenant de t'habiller tout seul.

En se retournant pour regagner sa chambre, elle aperçut, sous le glacis des vitres, le yacht de M. Dauphin.

— Regarde, mon Georges : on vient nous chercher.

Il battit des mains :

— Quel bonheur ! quel bonheur !

Il était encore sans veste, et tout drôle, avec les petites bretelles en croix dans son dos, qui tiraient haut la ceinture de sa petite culotte courte. Et, en tournant sur lui-même, d'un demi-tour à chaque saut, il criait à s'essouffler :

— Quel bonheur ! quel bonheur ! quel bonheur !

— Assez ! Georges.

— Quel bonheur ! quel bonheur !

Il n'en finissait pas. Il tournait, entraîné, il répandait sa vie dans la répétition exaspérée de ces deux mots... Il tournait, tournait, dans un vertige de joie ; et sous ses yeux passaient et repassaient son petit lit bien blanc, la cheminée qui soufflait son haleine bien tiède, sa maman, grondeuse et souriante, et, dans le cadre de la fenêtre, le bateau qui, vu d'ici, lui semblait un de ces joujoux qu'on lance en flottille sur les bassins du Luxembourg ou des Tuileries.

— Quel bonheur ! quel bonheur !

Il tournait, toujours plus vite, heureux de voir, grâce à cette ronde, les objets passer sous ses yeux presque tous à la fois ; de faire un voyage en restant sur place, comme aux chevaux de bois ; d'animer, tout autour de lui, les choses qu'il nommait en lui-même à chaque fois qu'il les revoyait ; de dépenser sa force d'oiseau qui s'éveille et qui, aussitôt, s'empare du monde. « ... Ça, c'est ma chambre, songeait-il. Ça, c'est la mer... un bateau !... ma maman ! » Délicieusement inconscient, il tournait, s'affolant, se grisant de mouvements et de cris, avec la sensation, à chaque fois que ses pieds quittaient le tapis, de s'envoler dans cette lumière qui, du dehors où l'on serait bientôt, entrait à flots dans la chambre comme une gaieté matérielle, fluide et étendue.

Marcant entra. Georges s'arrêta de crier et de tourner, non pas seulement pour dire bonjour à son père, mais surtout parce que, devant Marcant, il ne fallait pas « tourner comme ça ».

Et puis encore, on ne doit pas crier. Cela est d'un goût déplorable, et cela dérange (rien n'est plus juste) les chefs de division qui travaillent.

Le père embrassa son enfant, le souleva dans ses bras.

— Bonjour, mon bonhomme... Il est tout essoufflé ; je parie que vous faisiez vos bêtises tous les deux ? fit-il avec une indulgence inusitée. Tu l'as laissé sauter à volonté, je vois ça ! et hurler comme un petit loup ! Ne dis pas non... j'entendais d'en bas... Vous n'êtes pas raisonnables !... Allons, ma chérie, achève de t'habiller... M. Dauphin est en bas, au salon. Tu as dû voir arriver son *Ibis Bleu*.

— Je ne l'ai pas vu au moment de l'arrivée, dit-elle ; je jouais avec Georges.

— Drôle de nom tout de même ! poursuivit Marcant, je ne m'y ferai jamais, à son *Ibis Bleu !* L'*Ibis*, très bien ; mais pourquoi *bleu* ?... je t'ai déjà dit qu'il n'y a pas d'ibis de cette couleur... Il y en a de roses... J'ai cherché dans un dictionnaire... Et de plus, son bateau est blanc...

— Je le vois bleuté, moi, dit Elise, le front collé à la vitre.

Marcant se rapprocha d'elle, ayant toujours entre les bras son Georges devenu muet comme un poisson, et grave !

— Oui, il y a du bleu au fond de ce blanc... il y a du bleu, c'est certain... Crois-tu qu'on y ait mis du bleu quand il a été peint ?... Nous lui demanderons ça...

L'*Ibis* était peint en blanc. Sa coque se détachait, purement, sur l'indigo sombre de l'eau marine, où naissait de temps en temps un flocon d'écume neigeuse. Sur la coque blanche, couronnée d'un liston d'or, se jouait le reflet imperceptiblement azuré de la Méditerranée, et de plus, comme, « en évitant », le yacht présentait le flanc obliquement, il était bleuâtre d'ombre.

L'insaisissable teinte bleue mêlée à sa blancheur venait du ciel et de l'eau.

— Dépêche-toi ! Ce monsieur, qui est fort aimable, nous attend en bas, tu sais, depuis un quart d'heure.

Elle était prête. L'enfant, avec son grand col, semblait un petit marin... Ils descendirent.

Et en mesure, mais en silence à présent, Georges, comme s'il eût tourné, sauté encore, se répétait à lui-même :

— Quel bonheur ! quel bonheur !

Et sous son air très grave, très sérieux, il y avait des pensées profondes : « Avec maman, c'est bon ; mais il ne faut pas ennuyer le monde... je crois que tout le monde est comme papa : très raisonnable ! »

XIX

On trouva au salon M. Dauphin, qui se leva

vivement pour prendre sur la table une gerbe de roses qu'il avait apportées.

— Fleurs d'hiver, dit-il.

Et à ce mot qu'il avait prononcé sans intention, presque sans y songer, il se fit en lui un rapprochement entre ces fleurs et la femme à qui il les offrait. Elle aussi était, sur cette plage, fleur d'hiver, amenée par l'hiver, et qui s'en irait avec lui...

Elise s'extasia sur les roses qu'elle avait prises. Elle y plongeait sa figure, avec on ne sait quelle volupté sur ses lèvres frôlées par la chair délicate et transparente des roses grandes ouvertes.

Ce fut encore Georges qui voulut s'en charger jusqu'à l'embarcation, au youyou, qui attendait à quelque cent mètres de là, dans le petit port hospitalier de la Maison-Close d'Alphonse Karr.

Et tandis qu'il allait en avant, tenant dans ses deux bras la gerbe avec soin, comme une fillette porte une poupée, Elise le désigna d'un signe aux deux hommes, et aussitôt mit un doigt sur ses lèvres pour qu'ils n'exprimassent pas tout haut leur admiration, mais elle leur demandait du regard s'il n'était pas vraiment joli comme ça.

Et tous, ils souriaient, très contents.

Elise avoua une légère appréhension du mal de mer.

— Par ce beau temps? impossible ! dit Pierre.

— Tu n'auras qu'à te figurer que tu es sur une mouche et sous le pont des Arts, dit Marcant. Tu n'as jamais eu *mal au cœur*, sur la Seine.

— Me figurer que je suis sur une mouche et sous le pont des Arts?... Merci bien ! répondit-elle toute riante. Voilà une imagination qui me gâterait sûrement tout mon plaisir !... Oh ! Quand je songe qu'il y a des gens qui sont dans des rues, à Paris, en ce moment où je parle ! Et qu'il y pleut, qu'on n'y voit pas le ciel, qu'il y neige, que la neige, dans la rue, n'est qu'une boue infecte !... et que c'est là qu'il faut vivre !... Quelle horreur !... Vrai ! — je me le disais tout à l'heure en m'éveillant — je ne sais pas comment je pourrai de nouveau m'habituer à notre rue de Lille !

— A Paris, dit Marcant, très naturel, il y a le soleil intellectuel... les théâtres...

— Oh ! nous n'y allons guère, dans les théâtres. Et quant au soleil intellectuel, pour des bourgeois comme nous, mon ami, en quel moment du jour en jouissons-nous ?

— Eh ! eh ! fit Marcant, tout le monde te dira qu'il rayonne là-bas une chaleur, une lumière ambiante... On les respire, on en jouit sans y prendre garde. C'est le soleil de minuit, celui du boulevard...

— Avec un bon journal, ou deux, tu auras Paris chez toi, ou au cercle de ton village.

On arrivait devant Maison-Close, dont la porte rustique, cintrée, les bords ajourés par la vétusté, s'encadrait de lierre, d'agaves... Elle était par hasard ouverte. Au fond du jardin à demi-sauvage, à travers le gribouillis de mille branches emmêlées, l'ermite de Saint-Raphaël — tête nue aux cheveux ras, longue barbe blanche, en bras de chemise — passait, fort attentif à quelque brin d'herbe.

Ils regardèrent furtivement, une seconde.

— Voilà un homme, fit Elise, qui a choisi la bonne part.

— Oui, fit Marcant, mais après quelle vie de travail et de lutte, en pleine bataille parisienne !... Ah çà ! est-ce que, par hasard, tu vas exiger, ma chère, que je donne ma démission au ministre?... Je t'avertis que c'est impossible... La voilà folle de ce pays !... Et me voilà bien, moi, maintenant !...

— Allons ! cria Pierre, embarque !

— Et ce mal de mer? interrogea-t-elle, un pied sur l'embarcation, la main dans la main que Pierre, déjà à bord du youyou, lui avait tendue.

— Mon Dieu, c'est très simple. Comme on ne s'éloignera pas de la côte, à la moindre inquiétude, le youyou vous ramènera à terre...

Et sur le ton du commandement :

— Allons, amiral Georges, — embarque !

— Embarque ! cria Georges à tue-tête.

C'était la revanche d'un long silence. En sautant dans le bateau, il laissa tomber des roses autour de lui...

Pierre tenait la barre, ayant Elise à sa droite, avec Georges; Marcant était à sa gauche. Deux hommes nageaient vigoureusement, pesant bien en mesure sur les avirons d'où tombaient des étincelles d'eau.

Elle remarqua que M. Dauphin était aujourd'hui habillé « comme tout le monde ». Cela lui plut, sans qu'elle songeât à s'expliquer pour quelle raison.

Il la regardait. Le profil noble de la jeune femme éclatait en lumière sur le bleu profond de l'eau. Georges, toujours penché vers elle, avait laissé aller sur sa robe de ton foncé sa gerbe de roses toute déliée... Le soleil la frappait en plein visage et ses joues pures, d'une chair ambrée, transparente, ressemblaient à ces roses thé. C'était bien une vraie femme. Elle ne rayonnait pas l'éclat du printemps, mais quelque chose qui était un printemps encore plus touchant peut-être... retardé !... qui sait?... printemps d'hiver, un peu pâle, comme ces roses...

Il songeait ainsi.

— Chacun, à mon bord, dit Pierre, pourra être chez soi. Ce qui n'est pas sans importance, car si le mal de mer venait à se faire craindre, il me serait un peu pénible, je l'avoue, madame, d'imiter l'auteur des *Guêpes* qui...

Il s'interrompit pour dire très haut :

— Pas si vite, les avirons ! et bien en mesure !

— Qui ?... interrogea-t-elle.

— ... C'est une jolie anecdote de sa jeunesse. Vous savez qu'il est un des aïeux directs du *Yachting*, avec son ami Gatayes ?

— Ma foi non, dit Elise, je ne le savais pas.

— Eh bien, c'est ainsi, et en ma qualité de *yachtman* passionné, je dois savoir sur le maître bien des choses... Or, un jour, à Etretat, il avait emmené à la promenade, dans une embarcation, avec deux rameurs, une Parisienne élégante... A un mille du rivage, la voyageuse plaintive donne quelques signes d'inquiétude, pâlit d'abord affreusement... Elle le regarde avec angoisse. Il comprend, cela voulait dire : « Dans quel état indigne de ma grâce et de ma beauté vous allez me voir, bon Dieu ! et quel souvenir vous allez garder de l'élégante visiteuse ! » — « Madame, lui répondit-il, contre un si vilain mal, on ne sait point de remède, et je ne peux vous rendre, en si fâcheuse occurrence, qu'un seul service : c'est d'être absent... Je m'en vais. » — Comme d'un coupé sur le trottoir, il avait sauté du canot dans le vaste océan et il s'éloignait en tirant sa coupe avec tranquillité.

— C'est très joli, votre histoire, dit Elise. Il n'y a plus que les artistes pour être ainsi galants à la manière des grands seigneurs d'autrefois.

— Je vous remercie pour les artistes, dit Pierre, car je me pique d'en être.

— Vous dessinez ? vous êtes musicien ?

— Je suis un oisif, madame, je fais donc un peu de tout, — même des vers.

— Vrai ? Faites-m'en ! dit-elle gaiement, étourdie.

Marcant la regarda avec un peu de surprise. Elle répondit à ce regard :

— Tu sais bien que j'ai toujours aimé les vers. Mais j'en voudrais qui fussent faits pour moi, exprès pour moi,.. dans un album !

Jusqu'à : *dans un album*, ça n'allait pas trop mal. *Dans un album* inquiéta Dauphin. Son admiration naissante pour la gracieuse femme s'effarouchait d'un rien. Il redoutait la grande déception.

— Pourquoi ? dit-il, pourquoi *dans un album* ?

Il avait l'air de badiner, mais c'était l'inquisition féroce.

— Mon Dieu, je ne sais pas !... parce que je n'en ai jamais eu, d'album, et qu'il faut bien, — ajouta-t-elle en riant, — les écrire quelque part, les vers... Et aussi, parce que, dans un album, on peut en avoir beaucoup... Dites-moi franchement : Est-ce que j'ai dit une bêtise ?

Elle donnait son explication avec un naturel d'enfant, tant de simplicité gracieuse, que Pierre, charmé, se rasséréna. Dans son admiration d'artiste, parfaitement calme et désintéressé, il avait tremblé. Il dit, rassuré :

— Nous arrivons.

On monta à bord, par l'échelle aux rampes luisantes. A la coupée, le capitaine, que Dauphin présenta aussitôt à ses invités, attendait.

Le sifflet, en trilles aigus d'oiseau de mer, salua les arrivants. On hissa le pavillon...

Pierre, passé le premier, saisit Georges qui montait devant sa mère, puis il prit Elise par la main. Elle mit le pied sur le pont de l'*Ibis*, au parquet blanc comme neige à force d'être briqué avec soin... Elle poussa un cri d'admiration :

— Oh ! Denis, que c'est beau !

Elle ne savait de quoi elle parlait, du bateau ou du paysage, car c'est très beau, un bateau, même petit, — cette maison qui flotte, armée pour la lutte contre tant d'éléments... Science, prévision, courage, témérité, victoire enfin de l'homme sur l'univers, voilà ce que dit un navire !... Tout l'ensemble du spectacle la ravissait, l'élégance, visible à la simplicité même de cette habitation errante qui aurait paru froide sans la vivacité des couleurs, l'éclat, le poli de tout. Il y avait à bord deux petits canons, de vrais bijoux. Les cuivres jetaient des étincelles. Les bois de teck, mats, reluisaient aussi à force de propreté, et la cheminée, blanche comme la coque du navire, et teintée aussi d'un bleu insaisissable, qui venait de la mer et du ciel, jetait dans l'air azuré des couronnes d'une fumée bleuâtre, légère comme un rêve d'avril précoce.

— Voulez-vous visiter, tout de suite ou plus tard, l'intérieur du yacht ?

— Plus tard, dit-elle. C'est si beau, ce qu'on voit d'ici !

Extasiée, elle regardait, tout autour d'eux, le cercle d'azur, de neige, d'émeraude et d'or. Sur certains points de la mer, près de la plage de Fréjus, l'eau était lilas, gorge de tourterelle. Des mouettes y trempaient, d'un vol brusquement abaissé et relevé, le fouet de leurs ailes aiguës.

— Quelle merveille ! Quelle merveille, mon Dieu ! C'est à pleurer d'admiration.

Pierre s'enthousiasmait de son enthousiasme et il était heureux, flatté bizarrement, comme si tout cet horizon enchanté qui les entourait eût été sa propriété personnelle.

En même temps, il admirait celle qui savait admirer ainsi, ingénument, sans phrases apprises, d'un cri sincère, avec de beaux yeux bien ouverts, et un doux battement — visible sous l'étoffe — de sa gorge jeune

Le spectacle, pour lui, c'était elle. Aussi :
— N'est-ce pas, monsieur, que cela est beau? dit-il à Marcant, par courtoisie pure.

en main, la ferme Antoinette, là-bas, près de la grosse maison carrée, sur la ligne blanche des sables de Fréjus, qui s'en vient cou-

... Et sur l'arrière, le petit salon... (Page 47.)

Denis hocha la tête, et, poussé par l'esprit de nomenclature et de méthode, il se fit aussitôt nommer les divers points de la côte... Il s'entêta bientôt à chercher, sa lorgnette per à angle presque droit la plage verdoyante des villas de Saint-Raphaël. C'est au fond de l'angle même qu'est le petit port, où se mire le vieux village.

— Et voyez, madame, comme elle est jolie, vue d'ici, votre villa, avec ses fenêtres
ouvertes à la brise du matin.

— Je vois le secrétaire dans ma chambre !
dit Marcant, satisfait.

— Oh ! montre, papa !

Marcant passa dix minutes à faire voir à
Georges le meuble utile qui, sans doute,
contenait de nouveaux dossiers.

— Vous êtes deux enfants ! fit Elise, qui,
gentiment, atténuait par ce mot la drôlerie
de Marcant. Mieux vaut, je t'assure, Denis,
visiter le bateau, puisque monsieur veut
bien.

« Elle est adorable, » pensa Pierre, à qui
rien n'échappait.

Rapidement on visita le yacht, les petits
corridors aux tapis en fleurs, les petites
chambres, éclairées par le hublot qui regarde
la mer, comme un gros œil rond de monstre
marin, la salle à manger, toute en bois de
teck, avec ses lampes suspendues, à double
balancement, et sur l'arrière, le petit salon où
couchait le maître du princier logis. Très
simple, ce salon ; seulement toutes les boiseries, les murs, la table, le lit qui dans le
jour formait un large divan, étaient revêtus
d'étoffes de soie très fines, très légères, infiniment souples, ridées comme de l'eau au
moindre souffle du dehors, qui y faisait vivre
les fleurs bizarres, les chimères, palpiter le
rêve...

Un bon feu brûlait, clair et chaud, dans
la cheminée, mais les fenêtres étaient ouvertes.

Sur le divan dormait la guitare.

Sur la table, dans un de ces vases, chimé-
riques aussi de forme, avec des couleurs
étranges, profondes, changeantes, que crée,
à Vallauris, le maître potier Clément Mas-
sier, s'ouvrait une gerbe de roses mêlées
de quelques grands brins de mimosas...

— Tenez, dit Pierre. Voyez les tons de ce
vase. Est-ce de l'eau ? Est-ce du feu ou du
soleil ? Est-ce de l'émail ou de la peinture
sous un vernis ? Est-ce dessiné, ou le dessin
vient-il de l'application, à un certain moment, sur la matière encore molle, de l'objet
réel dont la trace a été fondue ensuite sous
ce ton irréel ? Je ne sais... Voyez cette plume
de paon, lumineuse et noyée pourtant dans
une atmosphère étrange, — ne dirait-on pas
un apport spirite, en train de traverser la
matière solide, devenue fluide pour lui seul ?..
quelle merveille ! quelle joie des yeux !

Il sentait qu'on admirait sa verve facile,
ce qui l'excita. Il poursuivit donc :

— Je suis persuadé, d'ailleurs, que les tons
des plus beaux émaux sont simplement copiés, oui, copiés, littéralement... ils n'ont
pas été inventés. Je les retrouve tous les
jours, dans mes promenades, au bord de la
mer. Ils recouvrent de vils galets, visibles

sous l'eau transparente. Les ombres, colo-
rées diversement, des rochers et des arbres
du rivage, tous les reflets épars dans l'eau,
la lumière et l'air qui y nagent, le glacis de
la surface des vagues mobiles, tout cela donne
aux pauvres cailloux, en de certains momer ts,
des tons d'une infinie, d'une inexprimable
beauté ! Le rêve de l'émailleur n'a jamais
rien inventé. Il copie, et péniblement !

Elle écoutait, émerveillée autant du luxe
rare qui les entourait que de la virtuosité
de l'hôte... Tout, ici, lui imposait un peu,
en ce moment... Elle éprouvait, d'être là,
une sorte d'orgueil physique, comme si le
hasard, l'ayant jugée, l'eût trouvée digne
d'être initiée à des choses très hautes, très
au-dessus de sa condition. Elle s'interrogea
même, une seconde, sur cette sensation
subtile, qui lui échappa aussitôt. Et elle n'y
songea plus. C'était le je ne sais quoi de
diabolique qui vient du luxe, — qui opérait
en faveur de Pierre, contre Marcant.

Marcant, lui, n'éprouvait rien de cela. Il
regardait tout, comme il eût, à Paris, regardé
derrière une vitrine, les merveilles des grands
joailliers, avec le même parfait désintéresse-
ment. Et il ne lui venait pas en l'esprit qu'il
y eût un danger pour lui à montrer à sa femme
cet intérieur rare d'un homme aimable, riche
et éloquent. Il ne l'eût pas conduite, à Paris,
dans l'appartement d'un garçon... mais, à
bord d'un bateau, c'est bien différent ! Même
ce qu'à l'ordinaire il condamnait dans le
luxe, et souvent à voix haute, il le perdait de
vue, ici. La mer, dans son esprit, occupait
toute la place. L'appropriation de cette riche
demeure aux nécessités des grandes traversées, aux prévisions de la lutte active contre
les eaux et le vent, la rareté même du spectacle, les énergies auxquelles il faisait songer,
tout cela trompait l'habituelle prudence du
sévère Denis... Il était en voyage... Il admirait tout... et ne s'inquiétait plus de rien.

A ce moment, Pierre, sans que son excla-
mation parût s'harmoniser suffisamment
avec ce qu'il venait de dire, s'écria, — après
un silence, employé à manier et à montrer
quelques menus bibelots :

— Ah ! que la vie est admirable !...

C'était sa manière à lui de crier, comme
avait fait Georges : « Quel bonheur ! quel
bonheur ! »

Il n'était, en somme, à ce moment, que
violemment distrait de lui-même, non pas
par les objets d'art qu'il leur montrait et dont
il parlait, mais par la présence d'une femme
qui lui plaisait comme une chose belle de la
nature. C'est ainsi, — pas autrement —
que la nature console... Elle nous retire de
nous-mêmes pour nous faire entrer dans son
charme inerte... Ainsi agissaient sur lui,
par ce clair matin, et la nature et la femme.
Nature d'hiver, et fleur d'hiver. Déjà, pour-

tant, des fonds de la vie, quelque chose était apporté vers son cœur, qui en demeurait inconscient... En hiver, le grain, sous la terre, germe, ignoré d'elle. Cette femme ne le troublait pas, mais le féminin déjà l'enveloppait, s'insinuait en lui par les yeux, « ces chemins de l'amour et des larmes, » disait Michel-Ange, le sombre amant de Vittoria Colonna.

Pierre pressa du doigt le bouton d'un timbre. Un homme entra.

— Qu'on pousse les feux ! dit Pierre brièvement.

L'homme sortit.

— Si vous le permettez, nous allons partir. Et gaiement : Tout le monde sur le pont !

Georges était tombé en arrêt devant la guitare.

— Ah ! ma guitare ! dit Pierre... Il faut me pardonner d'avoir une guitare... Cela vous semble un instrument vieillot ?... Eh bien, vous comprendrez ce soir qu'il faut une guitare à bord d'un bateau. Un des hommes du bord a aussi une guitare. C'est le charme des soirées en rade. Cela est italien, espagnol..., et dix-huit cent trente en diable ? Mais mes hommes n'en savent rien ! et pour moi c'est tout bêtement joli au possible ! C'est la joie de mon bord... et la consolation des matelots... privés du cabaret... Vous verrez, vous verrez !

Il tira quelques accords de l'instrument vite ému...

— Ah ! Paris ! Paris ! ville trois fois et quatre fois maudite, fit-il en riant. On y a trop d'esprit, voyez-vous ! Nos modernes lilettanti ont imaginé de traiter les vérités de la nature et de la morale comme des critiques blasés traitent le sujet d'une œuvre d'art. Ils leur reprochent souvent d'être banales. La vérité cependant ne peut que se répéter, à moins de mentir ! Et ni les roses, ni les amours ne sont banales, — n'est-ce pas, madame ? — puisqu'elles sont éternelles, et qu'elles doivent rester elles-mêmes sous peine de n'être plus !... Ne pas jouir d'une émotion parce qu'elle est banale, c'est la sottise des gens d'esprit et la mort même du mouvement !

Il disait tout cela, pour défendre sa guitare !

Il eût dit autre chose, s'il eût cru, avec d'autres idées, même opposées, charmer sa voisine.

L'honnête Marcant se prit à ce bavardage.

— A la bonne heure ! dit il, voilà des idées saines !

Cette volubilité venait à Pierre de sa griserie de vivre, d'un impérieux besoin de briller devant la Femme, — et aussi de se donner, de se montrer, d'offrir en quelque sorte plus de surface à la sympathie qu'il appelait,

dans son impatience d'être consolé d'une grosse peine.

On montait sur le pont.

Marcant songeait : « Vraiment, il est gentil, ce M. Dauphin ! » Elise était dans un tel étonnement de tout, que le discours de M. Dauphin n'avait pu y ajouter.

Georges montait le plus vite possible, en pesant de la main sur son genou droit, à chaque degré.

— Voulez-vous qu'on se mette en marche, madame ? Nous n'attendons que vos ordres, dit Pierre.

— Oh ! oui, partons ! dit-elle, avec l'émotion que lui eût donné un grand départ, un véritable.

— Dérapez ! cria Pierre.

— Dérapez ! répéta le capitaine.

On entendit le roulement métallique de la chaîne de l'ancre dans l'écubier de fonte de fer, puis le coup sourd de l'arrêt : l'ancre était à bloc. On la mit à son poste.

— En avant doucement !

Le battement de l'hélice commença... L'*Ibis* filait sur la mer comme un beau cygne indolent sur un bassin.

Les yeux d'Elise tombèrent sur les fenêtres ouvertes de sa villa. Elle se rappela que, trois jours auparavant, elle regardait, du rivage, l'*Ibis Bleu*, voiles tendues, glisser sur l'eau... Ainsi appareillait son âme, qui glissait de même, l'aile gonflée, vers des horizons d'un bleu vague, délicieusement inexprimables.

XX

Sous petite pression, on allait, — dans un grand calme. L'eau était lisse. Des ondulations larges et paisibles s'y suivaient sans un plissement.

Le désespéré d'amour s'étonnait de ne plus souffrir. « Ah ça ! je ne l'aimais donc pas, — songeait-il, — cette femme, puisqu'il m'a suffi de me séparer de ses lettres pour être délivré de son souvenir !... Si j'y songe à présent, c'est parce que nous repassons sur l'endroit précis où elles dorment, ses lettres, dans leur petit cercueil de métal. »

Cet endroit, il le reconnaissait aisément : le yacht venait de dépasser les Lions de Terre et de Mer, et il se trouvait juste par le travers des Moines, rochers rougeâtres qui sortent de la mer en rangs obliques, avec des profils de têtes encapuchonnées. « Oui, c'est bien là, » songeait-il. Et il regardait l'eau, trouvant singulier que des lettres, qu'on ne lirait plus, dormissent là, sous ce bleu liquide... Il se récita son sonnet. Il la voyait, la boîte de fer, recouverte d'algues mobiles, s'empâter lentement de sables, de coquilles, de mousses de coraux... puis un pêcheur, comme dans les *Mille et une Nuits*, la ramenait un jour dans son filet... Il l'ouvrait, croyant trouver un trésor de naufragé. Qu'en sortirait-il alors? un peu de fumée? Et puis, quel génie, dans cette fumée, ou quel spectre apparaîtrait au pauvre homme? l'amour? ou la trahison? ou la douleur?

Pierre n'était pas guéri. Il était dans un

Ainsi criait Georges. On était devant les carrières de porphyre du Dramont, et, au flanc de la colline, dans l'étincellement des pavés qui roulaient, innombrables, en larges cascades vers la mer, — se dressaient en effet, — légèrement palpitantes au souffle doux du matin, — les tentes, verticales comme des bannières, qui abritent les travailleurs. Chacun des tailleurs de pavés a la sienne. Sans cette ombre secourable, la réverbération de la clarté blanche dans le

de ces instants où, sous les influences extérieures, la douleur s'endort au cœur blessé. Le cœur ne sent plus la blessure? « C'est étrange !... Je suis sauvé !... » Non. Des odeurs de solanées ont passé sur lui et, à son insu, il est dans la légère ivresse qu'elles donnent...

La seule présence, le seul parfum d'une femme jolie qui avait du charme, trompait ce regret, cette soif d'aimer, si douloureux la veille au cœur du jeune homme. La petite espérance et la curiosité de revoir une aimable femme avaient suffi, depuis l'avant-veille, à le maintenir dans une attente heureuse... Il n'avait plus été seul... Qu'arriverait-il demain?

En elle, quelque chose de nouveau se passait. Pour la première fois de sa vie, elle éprouvait le désir d'aller droit devant elle, de prendre le plus d'horizon possible, avec ses yeux, avec sa mémoire, afin, plus tard, quand il faudrait retourner sous les ciels mélancoliques, d'emporter ce beau songe comme une réalité devenue impérissable.

— Oh! vois, maman, tous ces bateaux qui naviguent sur la montagne !

porphyre les aveuglerait. Les hommes sont aussi parmi les pavés et, tout le jour, ils frappent, ils frappent, faisant jaillir de tous côtés les éclats tranchants du porphyre, sous leurs tentes gonflées au vent, et l'on croirait voir une flottille en marche un jour de régates, mais en marche sur la terre ferme, dans une tempête de pierres écroulées, soulevées en vagues...

— Ferons-nous une pointe au large?

— Oh ! volontiers, il fait si beau !

Le yacht décrivit une longue et lente courbe, s'éloigna du Dramont, de la verte colline d'Agay coiffée de son sémaphore et piqua vers la haute mer

Peu à peu l'ondulation de la houle se fit plus spacieuse et plus profonde, tout en restant paisible. Le soleil était haut déjà. Le rideau des brumes à l'horizon se levait comme une toile de théâtre, et Saint-Tropez apparut. Puis, en arrière d'eux, sur bâbord, Pierre désigna l'île Sainte-Marguerite, et, sur le continent à l'extrémité de sa grande plage arrondie, la blanche Cannes, tout en longueur, entourée de villas espacées, entre lesquelles, çà et là, s'élançaient, en verts bouquets largement évasés, quelques sveltes palmiers.

Un éblouissement de merveilles était autour d'eux et en eux-mêmes. Une joie matérielle et noble les enveloppait, et les gagnait à elle.

— C'est la Grèce telle qu'on la rêve, dit Pierre, car, dans la réalité, la Grèce ne vaut pas ceci.

— L'*Ibis Bleu* la connaît donc, la Grèce?

— L'*Ibis Bleu* connaît toute la grande mer bleue, toute la Méditerranée, madame; c'est un bateau vrai : ses marins sont de vrais marins. Ce ne serait pas possible autrement. Le *yachting* est le plus utile comme le plus charmant des sports. J'ai là six hommes d'équipage, sans compter le capitaine, qui ont navigué « à l'Etat » et que l'*Ibis* maintient dans leurs qualités d'excellents marins !

De l'odieux mal de mer, il ne fut plus question.

On déjeuna au large, sur le pont, sous la tente qu'il avait fallu établir contre l'éclat du soleil de midi. La mer était comme un bouclier poli.

— Nous n'avons pas mouillé l'ancre, disait Pierre. Nous sommes posés là, sur l'eau, librement, comme la mouette.

— Et cela m'enthousiasme, fit-elle. Jamais je n'ai rien vu ni rien éprouvé de pareil !

Quant à Georges, il tournait sa tête de tous côtés, comme fait en volant la mouette elle-même, qui voit tout.

Vers deux heures, on regagna la côte, la rade d'Agay.

On vint mouiller tout près du remorqueur occupé aux travaux du renflouement du *230*.

Le canot qui portait les invités de l'*Ibis* passa et repassa plusieurs fois au-dessus de la bête de fer qu'on voyait, longue, morte, tout au fond de l'eau, comme un blanchissement animé d'un mouvement onduleux sur ce fond verdâtre... Les scaphandriers s'y promenaient suivis des manches à air qui serpentaient derrière eux et sur leurs têtes... On les entrevoyait comme des monstres, vaguement semblables à des hommes. Ils avançaient lourdement, comme des bêtes à *carapace* écrasante... L'un d'eux, au moyen du signal convenu, appelait... et il remontait, émergeait avec lenteur, saisissait l'échelle du bord, sortait de l'eau tout ruisselant, horrible, avec un globe énorme pour tête et une fenêtre grillagée pour face... Il tenait dans sa main... quoi? peu de chose. Deux fourchettes d'étain... une plaque de tôle... On le déshabillait, il sortait de sa gaine affreuse, tout défait, tout pâle de la route parcourue dans l'élément qui n'est pas celui de l'homme et qui, pour l'homme, est l'un des royaumes de la mort.

— Voilà le travail ! dit Marcant; voilà le courage et la patience ! Ah ! les vaillantes créatures que les pauvres hommes !

Elise le regarda avec joie. Elle l'aimait parce qu'il était capable de ces élans profonds du cœur vers les misères et les courages humbles, qu'on a pris l'habitude de ne plus admirer, de ne plus même voir.

— Ils sont bien payés ! dit un matelot à un autre...

Marcant l'entendit...

— Il ne manquerait plus que cela ! dit-il, qu'ils fussent mal payés !

Le commandant du *230* était là, à côté de celui du remorqueur, à bord duquel montèrent un instant les visiteurs de l'*Ibis*.

Pierre déclara que, la veille, il avait invité les deux commandants à dîner, « pour ce soir même ».

— C'est que nous prenons ce soir, dit Marcant, le train de six heures, gare d'Agay, pour Saint-Raphaël.

— Quelle folie ! c'est impossible... Vos chambres à bord sont prêtes... A la mer, voyez-vous, l'hospitalité va vite et s'offre entière, du premier coup !

Pierre allait vite en effet. Il y eut des pourparlers très longs, des répliques croisées, de bonnes raisons des deux côtés...

— J'accepterai de dîner ce soir, à une condition, dit Marcant, vaincu, étonné, roulé depuis plusieurs jours, en dehors de toutes ses habitudes, dans le charme de l'imprévu.

— Je la devine !

— Vous viendrez tous demain soir, messieurs, pendre la crémaillère à la villa de la Terrasse, — chez moi.

Les commandants ne pouvaient pas, absolument pas. Pierre accepta avec joie.

En attendant, le dîner à bord fut charmant. Elise trouva un sonnet, sous des fleurs à table, écrit sur la première page d'un album.

— Je fais mal les vers, disait Pierre, mais enfin, je fais des vers... comme vous voyez !

— Un peu de guitare, monsieur Dauphin, puisque c'est chose promise...

Georges s'étant assoupi à table, Pierre l'avait porté sur le lit de la chambre voisine où il dormait comme un bienheureux, tout vêtu sous de fines couvertures.

La guitare des hommes, sur le pont... (Page 52.)

Pierre avait aidé Elise à le border, à le soigner, et l'enfant, alors, après avoir embrassé sa mère, avait tendu ses bras au jeune homme et lui avait donné le baiser du soir.

Maintenant Pierre murmurait gentiment *les Filles de la Rochelle*, en s'accompagnant sur sa guitare.

— Ecoutez !... les hommes là-haut répondent ! Une guitare a éveillé l'autre.

La guitare des hommes, sur le pont, répondait, en effet, à celle du maître.

Les hommes chantaient *la Petite Galiote*. Pierre, muet, se mit à accompagner, sur son instrument, l'autre guitare qui sonnait là-haut, un peu lointaine, dans la brise de nuit et le bruit de l'eau susurrante. Les voix des hommes s'en allaient perdues, vite mourantes, dans ce vaste espace de mer et de montagnes... Tout le dehors infini, qu'on ne voyait pas, entrait dans cette salle sur l'aile de nuit de la romance naïve...

> *Petite galiote,*
> *Dans le port de Toulon..*

— A la bonne heure ! dit Marcant, voilà des vers comme je les aime !

— Vous n'êtes pas pour les décadents, monsieur ?

— N'attaquons pas des sujets semblables : vous me verriez jouer les Alceste ! Seulement, au lieu de *Ma mie, ô gué !* je vous chanterais du Pierre Dupont.

Et il chantonna, lui, — Marcant :

> Ma Jeanne est plus belle,
> Que le ciel et l'eau,
> Elle est plus cruelle
> Qu'un coup de couteau.

— Voilà, poursuivit-il, du bon naturel français, qui chante clair comme le coq de Gaule. Je ne nie pas qu'il y ait de mystérieuses correspondances entre couleurs, sons et parfums, mais je jouis, moi, des sensations naturelles en homme bien portant... Si vous avez des maladies, gardez-les pour vous ! Ne me parlez pas de ces pervertis qui se mettent un cornet acoustique dans l'œil et une lunette dans l'oreille ! La corruption des langues vient à la suite de l'autre, qu'elle aide d'ailleurs puissamment. Le grand éducateur d'un pays, c'est sa littérature ! et je ne suis pas pour celle qui inspire la folie, le doute, le mépris de l'homme, et la mort ! En art, décomposer, c'est trahir !... Ditesnous de vos vers, monsieur Dauphin... Je suis bien sûr qu'on n'y trouve rien de tout ça.

— Ton dernier sonnet, Pierre, *l'Inutile Clef*, insista le commandant du *230*.

— Après la profession de foi de M. Marcant, j'ai bien un peu peur !... répondit en riant M. Dauphin, quoique, à vrai dire, j'aime autant Pierre Dupont que Baudelaire, moi !

— Je vous en prie, monsieur, insista Elise.

— Le sonnet, monsieur Dauphin ! dit Marcant.

Marcant ayant réclamé, le poète amateur s'exécuta et dit de sa meilleure voix :

L'INUTILE CLEF.

> Clou mordant du cruel cilice qui m'est cher,
> Cette mignonne clef me meurtrit la poitrine,
> Tandis qu'il dort, rongé par la rouille marine,
> Au fond des grandes eaux, le lourd coffret de fer !
>
> Mon regret, plus amer que tout le gouffre amer,
> Le visite sous l'algue où nul ne le devine,
> Et je suis l'amant veuf d'une forme divine,
> Dont l'éternel soupir m'attire sous la mer !
>
> En cherchant le corail, les nacres et la perle,
> Le pêcheur, sous le flot, qui s'apaise ou déferle,
> Pourra seul entrevoir mon cœur et mon secret...
>
> O l'inutile clef à mon cou suspendue,
> Qui ne l'ouvrira plus, qui seule l'ouvrirait,
> Le coffret enfoui sous la bleue étendue !

Et comme on applaudissait, sauf Marcant :

— Oronte, dit Pierre, attend les critiques sincères du seigneur Alceste.

Marcant ne se fit pas prier.

— D'abord, dit-il, je n'ai pas compris.

— C'est déjà mauvais, ça ! dit l'auteur gaiement.

— Et, deuxièmement, je me refuse à comprendre. Je ne sais pas ce que c'est que ce coffret. Qu'y avait-il donc, dans ce coffret ? demanda-t-il brusquement.

— Des lettres.

— D'amour ?

— Dame !

— Il fallait donc le dire ! et le dire tout d'abord... La clef, où est-elle ?

— Ici, à l'anneau de ma montre, dit Pierre étourdiment.

— J'en étais sûr ! cria Marcant. Votre poésie ne correspond pas à la vérité, je dis à la vérité du sentiment, pas plus que ce détail de la clef ne correspond à la réalité. Votre clef est attachée à l'anneau de votre montre et vous prétendez qu'elle vous meurtrit la poitrine ! C'est faux ! Et ça se sent ! Vous nous parlez, dans le second quatrain, d'un soupir qui, dites-vous, vous attire sous la mer. C'est faux. Rien ne vous attire sous la mer. Dessus, je ne dis pas... Quoi encore ? je ne sais plus, mais tenez pour certain que si, ayant jeté à l'eau un *coffret*, — puisque coffret il y a ! — dont vous vouliez vous débarrasser, vous vous étiez débarrassé aussi, par le même procédé, de la clef devenue, en effet, complètement inutile, vous auriez fait un acte raisonnable et vous n'auriez pas fait un sonnet.... aussi inutile que votre clef !

Et voyant que, sauf Elise, tout le monde riait, Marcant, pour racheter sa franchise, crut devoir ajouter :

— Je suis bien sûr, du reste, que vous en avez écrit de meilleurs !

Alors l'hilarité ne connut plus de bornes.

— Je le crois aussi, en toute franchise, dit enfin Pierre. Je trouve *l'Inutile Clef* un détestable sonnet, pour les raisons que vous avez dites, et j'allumerai mon cigare avec !... Ah çà ! monsieur Marcant, vous êtes donc pour les réalistes, vous ?

— Je suis pour les sincères, dit Marcant d'un air grave. Loyauté, sincérité, franchise, cela contient tout ; tout, c'est-à-dire réalité et idéal, aveu du mal et désir du bien ! Et ça, c'est l'idéalisme sensé, contre lequel rien ne peut prévaloir, l'idéalisme de l'homme qui est bien forcé de marcher sur terre avec des pieds lourds, mais qui a tourné en haut son visage et qui regarde l'homme à la hauteur du regard ! J'appelle cela l'idéalisme à pied. Et moquez-vous de moi si vous voulez !

On ne riait plus. La réplique eut un grand succès.

Elise avait tremblé un moment. Elle avait eu grand'peur du ridicule pour son cher Alceste. Il lui avait semblé, à l'entendre parler si hardiment contre ce sonnet d'album, qu'il ne savait ce qu'il disait ! La distinction supérieure qu'il avait dans le caractère ne parvenait pas à passer dans sa personne. Au contraire, sa franchise même paraissait lourdeur. Il semblait vite ennuyeux aux gens. Elise le savait et, même, quand elle l'admirait pour son compte, elle demeurait toujours inquiète et comme gênée.

Quant au sonnet de M. Dauphin, il n'avait pas déplu à Elise. Quelque prétention dans la phrase, un peu d'incompréhensible, une affectation d'étrangeté ne sont pas pour déplaire aux femmes, qui sont portées trop souvent à admirer ce qu'elles n'entendent point, et à attribuer aux hommes aimables de transcendantes compréhensions.

Elle respira quand elle vit qu'au bout du compte Denis s'en était bien tiré, mais *l'Inutile Clef* l'intéressait toujours.

Il avait donc un chagrin d'amour, ce jeune homme fait pour plaire et pour commander ? Un peu de curiosité s'éveillait en elle. Tout, pour elle, dans le sonnet, était vrai. Oui, elle en était sûre. La clef mignonne, que certainement il portait autour de son cou, le blessait à la poitrine, comme un clou de cilice... Et aux questions de Marcant, qu'elle jugeait déplacées, il avait habilement répondu par des plaisanteries, à seule fin de rester discret !

— C'est bien, — cela !

Quand les commandants se retirèrent :

— Déjà ! fit Elise.

On applaudit.

Tous montèrent sur le pont pour saluer les officiers dans leur canot.

— Bonsoir, bonsoir ! bonne nuit !

Après leur départ, on prolongea la veillée d'une demi-heure encore... Mais lorsque M. Dauphin voulut lui désigner les chambres, Marcant déclara que ce perpétuel balancement du bateau l'incommodait, et qu'ils iraient reprendre leurs lits de l'avant-veille à l'hôtellerie d'Agay.

M. Dauphin n'insista pas. Il les reconduisit à terre dans le youyou. Ils emportaient Georges endormi, roulé dans un châle.

— Bonne nuit, mes hôtes... Revenez-vous demain avec *l'Ibis Bleu*, à Saint-Raphaël ?

— Non, merci, j'irai par le train.

On était lié.

XXI

Le lendemain, chez Marcant, le dîner fut simple et joli. Elise y avait veillé. Un chef estimé s'était surpassé. Presque tout venait d'un hôtel.

M. Dauphin demanda à Elise si elle ne chantait pas.

— Mais si... Seulement, j'aime mieux pas...

— Elle est souffrante, dit Marcant.

Pierre n'insista point.

— Vous partez demain ? fit-il en se retirant. Soyez assez bon pour penser un peu à la grosse affaire qui tourmente mon père ; je vous en prie, monsieur...

— Oui, oui, à sa section qui veut devenir commune ? J'y songerai, soyez tranquille.

— Et me sera-t-il permis madame, de venir dans quelques jours demander de vos nouvelles ?

— Certainement, dit Marcant.

Il prononçait là, — peut-être, le mot qui décidait de sa destinée, de celle d'Elise. Chose surprenante, il le prononça, ce mot décisif, sans même s'être intérieurement interrogé, — pas une seule seconde, — sur la réponse qu'il devait faire à cette demande, d'ailleurs adressée à Elise. Qu'il eût répondu, lui, au lieu d'elle, cela pourtant signifiait qu'il aurait pu s'opposer, que la demande n'était pas simple, qu'elle était peut-être indiscrète. Mais aucune de ces réflexions ne traversa son esprit tout occupé des mille incidents de la journée. C'est son habitude d'être le maître qui avait répondu pour lui.

mécaniquement... D'ailleurs, il était plein de confiance, lui, jadis ombrageux. Ce jeune homme lui plaisait. On n'était plus dans « le monde », dans la vie réelle. Tout ça, c'était « des braves gens ». La réalité humaine était pour lui transfigurée, depuis deux jours, par la beauté du décor. Il voyait **tout en clair**, en lumineux, en bleu, en rose, en beau. Et puis, après huit ans de mariage, ses premières défenses contre l'ennemi s'étaient endormies enfin. Il avait, en Elise, depuis des années, une de ces confiances absolues qui n'ont plus peur de rien. Les occasions ne l'effrayaient plus pour elle... il n'y pensait même pas. C'est bien pourquoi il répondit, sans songer : « Certainement ! »

— Certainement, avait dit Marcant. Ce serait à moi d'aller demander de vos nouvelles, mais il faudra m'excuser... Je vais être absent quelques jours.

— Quand partez-vous?

— Après-demain.

— Adieu, mon petit homme !

Georges avait veillé par faveur grande. Il s'endormait tout debout, sa main dans la main de sa mère.

— Oh ! papa, fit-il tout à coup en ouvrant des yeux allumés, j'en voudrais un, moi ! rapporte-m'en un de Paris !...

— Un quoi? demanda Pierre Dauphin.

— Un *Ibis Bleu!*

Ils se mirent tous à rire.

— Oui, oui, insista Georges. Ça ne coûte pas trop cher, je t'assure... un tout petit, mais tout pareil au grand. Il faut qu'il soit peint tout blanc et qu'il soit à vapeur... Il y en a, je le sais bien, j'en ai vu... Tu feras seulement écrire le nom dessus, en belles lettres d'or : L'IBIS BLEU... Tu veux, dis?

— Ah ! monsieur Dauphin, fit Elise, n'allez pas faire de mon Georges un marin... J'en serais désolée, moi !

— Il ne fera certainement, dit Pierre, que ce que voudra sa maman, qui est si bonne... (il hésita un quart de seconde)... — et si jolie !

On échangea les politesses obligées.

Et comme Pierre était sur le seuil :

— Papa ne m'a pas répondu tout de même ! dit Georges, audacieux avec son père contre toutes ses habitudes, excité apparemment par l'air de la mer.

— Tu l'auras, ton *Ibis Bleu!* Je te le promets, là ! dit le père.

Georges dormit content et vit en songe beaucoup d'*Ibis Bleus* qui naviguaient sur la terre ferme.

Le surlendemain Elise était seule dans la grande villa.

Pierre était seul à son bord.

Tous deux rêvaient, chacun de son côté.

Elle voyait parfois, de sa fenêtre, le yacht passer, non loin, comme elle l'avait vu le jour de son arrivée.

Un matin qu'elle était sur la terrasse qui couronnait la maison, on tira du bord un coup de canon. Le pavillon, en même temps, fut hissé. Elle pensa que c'était pour elle, et salua du mouchoir, comme dans les images...

Ni elle, ni lui, ni Marcant, n'avaient d'arrière-pensée.

Lui, après ces deux jours passés près de ce qu'il appelait une vraie femme, était retombé dans le vide.

Il s'était décidé à lire les deux ou trois lettres, non ouvertes d'abord, que venait de lui écrire son infidèle maîtresse. Cette lecture l'avait rejeté dans tous les tourments. Ces lettres n'étaient pas différentes de celles qui dormaient au fond de la mer. Il lui semblait que la boîte de fer, mal immergée, était remontée tout à coup, ou qu'il l'eût — comme le pêcheur des contes de fée, — ramenée à terre dans un coup de filet. Elle s'ouvrait, et le spectre, qui en sortait, dans une bouffée de fumée magique, c'était Elle, l'abandonnée, la charmeresse, qui lui criait : « Recommençons ! » et l'attirait avec ses bras blancs et nus, forts souverainement de sa faiblesse à lui.

DEUXIÈME PARTIE

I

Marcant était parti depuis deux jours. Elise était seule, à la Terrasse, avec Georges. Marion était à sa besogne dont elle s'acquittait consciencieusement, aidée le matin, de huit heures à onze, par une femme de service plus adroite qu'elle aux menus travaux, soin des chambres, rangement des meubles, couture, etc.

Georges, dès le lever, courait au bord de la mer, cherchant des coquilles dans le sable, de menus coraux, sautant sur les basses roches, attentif à un crabe surpris, à un poisson bizarre en fuite sous une pierre.

De sa fenêtre, elle le surveillait, le rappelait, le conseillait :

— Georges, tu vas te mouiller, tu vas tomber !... Georges, prends garde !... ils sont pointus, ces rochers... Reviens vite !

Il relevait le nez, la regardait avec son beau visage riant de bonheur.

— Non, maman !... Oui, maman !...

La vague d'hiver, à travers les petites roches, creusées de mille cavernes mignonnes qui étaient pour l'enfant un monde, arrivait jusqu'à la porte du jardin, à trente pas à peine de la villa.

Et l'enfant se croyait un aventurier de la mer, un pirate ou un Robinson, et plusieurs fois dans le jour criait à sa mère :

— Est-ce que je l'aurai, bientôt, maman, mon *Ibis Bleu?*... Papa s'en souviendra, j'espère?... Est-ce qu'il lui faudra longtemps pour faire la route ?

Marcant écrivit, il annonçait l'*Ibis Bleu* pour Georges avec des voiles et à vapeur.

Georges se réveilla plusieurs fois dans la nuit pour y penser.

— Maman ! criait-il.

— Qu'as-tu, mignon ?

— Il ne sera pas trop petit, j'espère.

— Non... non. Dors, mon chéri... il faut dormir.

La lettre de Marcant parlait aussi de l'affaire qui intéressait le père de M. Dauphin. La section de commune, qui réclamait son indépendance, ne l'obtiendrait sans doute pas, cette fois du moins... « C'est le diable, cette question des sections de commune. Voir, pour s'en convaincre, l'excellent livre intitulé : «*Des Sections de commune et des Biens communaux*, de Léon Aucoc. »

La section à laquelle M. Dauphin s'intéressait était en instance depuis plus de vingt ans. Elle avait encore à attendre un peu pour des raisons qu'il donnait et qu'il priait Elise de communiquer à M. Dauphin dès la première occasion. Suivaient quelques détails sur sa vie de garçon : il avait dîné au cabaret le premier soir ; la vieille servante le soignait. L'oncle avait un accès de goutte qui retardait son projet de la rejoindre à Saint-Raphaël... où lui, Marcant, espérait lui rendre une courte visite de trois jours, mais pas avant trois semaines.

Elle brodait, lisait, arrangeait des fleurs, sortait de une à trois heures pour la promenade, avec Georges, — faisait à Saint-Raphaël quelques menues emplettes de voyageuse qui s'installe... effaçait de son logis, le plus possible, la banalité de maison louée en garni, posant çà et là un voile sur un fauteuil, un lambeau d'étoffe sur son lit, un tapis à elle sur une table, et, sur ce tapis, ses petits joujoux de femme, quelques portraits, un nécessaire préféré, une bonbonnière...

Elle donnait à Georges sa leçon quotidienne de lecture, d'orthographe et enfin d'anglais...

Et dans cette activité première de l'installation, elle ne songeait point à s'ennuyer. Aux instants où rien ne l'occupait, elle regardait, de sa fenêtre, ouverte au soleil, l'immobile tableau changeant : la mer bleue et dorée.

II

Le cinquième jour, sa fenêtre ouverte dès son réveil ne laissa entrer qu'une clarté malade, triste... Le vent d'est s'était établi dans la nuit et soufflait en rafales... Les nuages montaient de la mer, avec des rapidités inquiétantes... Des courants contraires, à de grandes hauteurs, les poussaient en tous sens les uns contre les autres. On eût dit des combattants qui se hâtaient, furieux, à la bataille... Ce sombre ciel, qui cachait l'autre, le bleu, assombrissait toute la mer... Il s'épaissit encore, se surbaissa, toujours plus sombre... et la pluie se mit à en tomber par nappes, comme si une mer supérieure se fût vidée dans celle d'en bas.

Sur le chemin qui passe derrière la villa, l'eau courait en ruisseaux, ressautait en jets épais et boueux. La verdure des collines s'enveloppa de grisailles sales. Une lamentation infinie emplit l'espace. Tous les horizons, voilés, se chargèrent d'on ne sait quel ennui d'inactivité et de mort. Et la mer, soulevée en montagnes sans cesse écroulées, arrivait du grand large dans la rade, à fond de train, la vague poursuivant la vague, jusqu'à la plage de Fréjus où elle battait en brèche la route faite de sables et de galets, et démembrait de nouveau les ponts de bois, reconstruits la veille.

Puis — quand la tempête fut apaisée — la pluie, régulière, fine, drue, menaça de ne plus finir. Après l'enfer de la bourrasque, après le paradis du beau temps bleu, quelque chose de monotone comme une éternité de limbes était dans l'étendue qu'on voyait bornée et qu'on sentait d'autant plus infinie dans ce ciel qui, avec la mer, ne faisait plus qu'un seul espace...

Elise avait vu cela avec surprise, puis avec terreur, puis avec ennui.

Georges, blotti contre elle, sur sa chaise, dans la chambre où flambait le feu, était nerveux, presque maussade, avec des envies de pleurer qui l'énervaient, elle, à son tour, au delà de toute idée.

Elle essayait de l'amuser avec un livre d'images, ouvert sur ses genoux, mais ni elle ni lui ne pouvaient y demeurer attentifs longtemps; toujours leurs yeux, malgré eux, revenaient à ce tableau triste, — attirant comme l'inconnu, comme l'obstacle à vivre, — de la mer morne et du ciel morne.

Sur le fond lointain, noir, des collines de Saint-Egulf, on voyait distinctement les millions de raies verticales, obliques, entre-croisées, que traçait la pluie dans l'air, sous les rafales...

— Oh ! regarde, maman ! dit tout à coup Georges, on dirait les barreaux d'une cage... c'est nous les oiseaux ! nous ne pourrons plus jamais sortir !

Elle trouva le mot joli, et embrassa l'enfant. Il reprit :

— Et l'*Ibis Bleu*, où est-il ?

Elle y songeait depuis que le temps était devenu si mauvais. Dès qu'elle avait vu le triste rideau des nuages descendre sur le théâtre, hier si joyeux, de la mer et du ciel, elle y avait songé. Mais tout de suite elle s'était dit que le mauvais temps, ayant commencé pendant la nuit, avait dû trouver le yacht au mouillage, dans quelque baie. Elle n'avait donc aucune crainte pour leur aimable compagnon d'Agay. Elle n'avait que l'ennui d'être confinée chez elle et de voir, à travers les vitres ruisselantes, l'eau du ciel tomber, sans arrêt, dans l'immense coupe criblée de gouttes de pluie rejaillissantes.

Cela dura trois puis quatre jours, avec des violences diverses. L'omnibus de Saint-Raphaël au Dramont recevait les commandes de Marion, rapportait les provisions — car misé Saulnier, en bonne Provençale, regardait la pluie comme un obstacle définitif à toute sortie.

La femme qui venait tous les matins arrivait avec l'omnibus, apportant un vaste parapluie antique, et des plaintes sans fin.

Enfin, la pluie cessa, mais le temps demeurait sombre. Deux ou trois chasseurs au marais qui partaient pour l'expédition favorite, un employé de télégraphe sur sa bicyclette, c'étaient les seuls passants de la petite route, derrière la villa. Une voiture de temps en temps — celle d'un médecin allant à ses malades. Toutes les autres attendaient, sous les remises, que le soleil voulût reparaître.

Alors, le souvenir revint à Elise, très vif, plus coloré que l'image réelle, des quatre jours de beau temps qui les avaient accueillis à Saint-Raphaël. Elle revoyait sans cesse le bleu clair des eaux et du ciel, la blancheur ensoleillée du yacht, le pont éclatant de cuivres bien frottés, de bois bien briqué, la côte verdoyante comme un printemps sous les rayons du soleil d'hiver — et ce déjeuner sur le pont, et celui, aussi, au plein air, devant la ferme Antoinette, dans la plaine de Fréjus.

A présent, dans la plaine, les oiseaux de marais tournoyaient en se plaignant. Les goélands inquiets gagnaient l'abri des ports, demandaient au voisinage des villes une nourriture qu'ils ne trouvaient plus ailleurs. L'ibis grisâtre (le courlis au long bec courbe) traversait la bruine, en appelant comme une âme en détresse:

'Elise avait envie de pleurer, de retrouver au plus tôt son intérieur parisien où elle recevait du moins quelques visites, où elle avait ses habitudes et l'impression de la sécurité dans l'affection des choses. Le désir intense la prenait de revoir son Paris, ce Paris vraiment si chaud pour l'esprit que les neiges et les pluies y passent inaperçues, n'arrêtent aucune activité. Elle écrivit à Marcant de venir dès qu'il pourrait, surtout avant trois semaines, qu'elle avait besoin de s'habituer à sa solitude ; et elle lui demandait des livres, beaucoup de livres...

— « Si ces pluies duraient, mieux vaudrait Paris mille fois... » Ici, il faut pouvoir vivre au dehors ; sinon, tout est plus triste que partout ailleurs. »

Elle écrivit à ses amies, pour se distraire, déguisant son état d'âme actuel, racontant chaque fois à chacune la joie des premiers jours, la beauté des premières promenades, et, à les décrire, croyant les revoir, s'excitant à les regretter, à les appeler de tous ses désirs...

III

Il pleuvait encore, et encore.

Et c'était le spleen, quand, un après-midi, on sonna.

Elle eut le tressaillement intérieur de ceux qui espèrent quelque chose. Elle n'espérait pourtant rien, à cette heure-là.

— Une dépêche ?

— Non, madame.

Marion apportait une carte sur un plateau. Elle le tenait gauchement. Elise sourit de cette prétention apprise, et trahie par la maladresse. Elle regarda la carte. C'était celle de Pierre.

Si elle ne s'était retenue, elle eût crié : « Enfin ! » non parce que c'était lui, mais parce que c'était *quelqu'un*.

— Ce monsieur attend madame au salon.

Elle descendit, précédée de Georges, content lui aussi de revoir « son ami à la guitare ».

Pierre se leva. Avant de l'apercevoir dans un coin du salon obscur, elle avait vu, sur la table, une corbeille de roses aussi grande

que la table même, un bouquet exagéré, joyeux à force d'abondance.

Il fallait cela par ce temps sombre pour que la couleur finît par triompher du gris ambiant !... Il le lui dit.

— Comme vous me gâtez ! C'est trop, dit-elle, heureuse.

On causa, on bavarda même.

— Va dire, Georges, à la bonne Marion de préparer le thé.

Georges sortit, revint. Pendant sa courte absence, un silence s'était fait, l'embarras brusque, à peine conscient en elle, du tête-à-tête. Mais lui, venait de s'apercevoir très bien qu'elle l'occupait.

— Marion prépare le thé, dit Georges de retour. Et l'*Ibis Bleu*, monsieur ?... ajouta-t-il en levant sur Pierre ses beaux grands yeux.

Cette question lui brûlait la lèvre depuis que Pierre était arrivé.

— Il va bien, monsieur Georges.

— Moi, le mien, dit Georges, je l'attends avec beaucoup, beaucoup d'impatience... Et il n'arrive jamais... Je ne sais vraiment pas à quoi pense mon papa !

— Votre *Ibis Bleu*, à vous, monsieur Georges, le mauvais temps l'aura retardé... Moi, le mien était à l'abri.

— Où cela ?

— Mais, dans le port même de Saint-Raphaël, répondit Pierre en regardant la jeune femme.

— Et vous n'êtes pas venu plus tôt ?

Elle regretta la vivacité de sa réplique, et rougit beaucoup. Il s'en aperçut, et se sentit au cœur un trouble chaud. Quelque chose en même temps s'éclaira en son esprit. Une gaieté singulière lui vint comme si, les nuages dissipés, le soleil se fût mis à sourire sur le rêve heureux de la mer.

— Georges, mets des fleurs partout, dans tous les vases, veux-tu, mon petit bonhomme, et ne casse rien !

Georges s'amusa aussitôt à ce travail.

— J'étais si triste, dit Pierre, qu'il a mieux valu ne pas me montrer en cet état.

— Triste ?... interrogea-t-elle. C'est le temps. J'étais triste aussi.

— Le temps, oui, dit-il, mais... bon Dieu !...

Il s'interrompit tout sec, et soupira très bêtement.

— Vous êtes un heureux de ce monde !... dit-elle.

— Vous croyez cela ?

— Dame !

— Et... le cœur ? dit-il.

— Ah ! oui, le sonnet !

Elle se leva, prit des roses dans la gerbe, aida Georges à les arranger dans une coupe...

Elle s'apercevait que dans le tête-à-tête les plus grandes banalités sonnent comme des paroles graves.

Il la regardait et la trouvait toute charmante.

Ils auraient eu tort de parler. Ils avaient tort de se taire. Ils n'auraient pas dû être ensemble.

Dans ce grand et long silence, ils croyaient entendre leurs pensées, et déjà Elise s'inquiétait un peu du sens que prenait entre eux le silence.

IV

Comment avait-il, de son côté, passé ces quelques jours ?

Dès le lendemain du dîner chez Marcant, il s'était trouvé tout drôle dans sa solitude. Le dégoût de vivre l'avait repris. Que faire ?... A quoi bon ?... Il relut les dernières lettres de celle qu'il appelait naguère sa « douce amie » et, cette fois, le mensonge de cette âme lui apparut, entre les lignes, si évident qu'il les lacéra avec rage, ne voulant décidément plus rien garder d'elle.

Etendu sur le divan de son salon du bord, le bras débordant le divan et tenant la cigarette suspendue au-dessus du large plateau de cuivre posé sur une petite table arabe, — il se mit à revoir avec le regard visionnaire de la jalousie les scènes finales de leurs relations.

Il se reportait à leur dernier soir.

Rien jusqu'alors en elle n'avait donné l'éveil au moindre soupçon. Il l'aimait, d'une passion physique forcenée. Elle paraissait également folle de lui.

Tout à coup, ce soir-là, elle lui dit :

— Allons, adieu ! partez, je suis lasse...

— Partir ! comment, déjà ?

— Allons, mon cher, partez !

Il croyait entendre encore ce « mon cher » glacial, un peu sifflant... Une nuance de commandement, quelque chose d'impérieux, avec dureté était dans son regard et dans son attitude. Cela le surprit et le blessa.

— Vraiment ! on ne dirait pas que vous me priez de vous laisser reposer... Vous me jetez à la rue, ma chère... Ce n'est pas une prière, c'est un congé !

— Partez !... c'est assez !

La douce amie se révélait presque brutale. Ses gestes devenaient saccadés et aussi sa voix. Il n'y avait plus aucune musique dans cette parole, d'ordinaire chantante avec nonchalance. Elle devenait brève, comme mate, et cinglait, par petits coups secs.

Il prit son parti, songea que sans doute elle était souffrante... Il eut même peur tout à coup qu'elle le devînt sérieusement. Saisi d'une pitié soudaine, presque tendre, il dit :

— C'est bon, je m'en vais...

Il l'attira une fois encore pour le baiser du départ... Elle le repoussa comme malgré elle, avec cette force des hypnotisés, qui, habités par une volonté qui n'est pas la leur, se dérobent mécaniquement, irrésistiblement, à toute autre et qui, si on les contrarie, renversent l'obstacle.

Il était clair qu'elle ne s'appartenait plus.

De nouveau, il essaya de l'attirer un peu vers lui.

— Non ! dit-elle durement.

Et elle eut dans l'œil, devenu fixe, la vision de quelque chose de très présent pour elle, d'inexplicable pour lui, à quoi elle obéissait. Elle était possédée.

— C'est égal, vous êtes étrange !

Elle répondit, d'une voix qui venait de l'autre côté d'un abîme, de derrière l'obstacle :

— Prenez-moi comme je suis...

Il sortit, avec cette énigme en tête, et la retourna dans tous les sens.

Tout à coup il poussa un cri : « Suis-je bête ! Elle a un amant ! » Il le dit et ne le crut pas.

Il traversait à ce moment le rond-point des Champs-Elysées. Il alluma un cigare et se mit à remonter vers l'Etoile, avec une roue de feu qui tournait dans sa tête. Des pensées de fièvre se succédaient, en lui, nombreuses. Elles allaient, tournaient, viraient, couraient ; et il marchait vite comme si elles l'eussent précédé et qu'il eût voulu les suivre.

« Cet homme allait entrer, était entré peut-être, quand elle m'a envoyé, chassé — oui, je peux me dire le mot : *chassé !* Elle a regardé la pendule. C'est cela ! c'est cela ! Ah !... triple sot !... »

Et il l'injuria tout haut des pires insultes. Il continuait à ne pas croire un mot de l'histoire qu'il imaginait. Il se disait, au fond, qu'il était fou, qu'il rêvait et qu'ils en riraient bien tous deux le lendemain.

« Au fait !... songea-t-il tout à coup, s'il est entré, il faudra bien qu'il sorte !... J'y serai !... Je veux savoir ! »

Il revint sur ses pas et commença une étrange promenade de cauchemar, coupée d'arrêts brusques dans les encoignures des portes ou sous les réverbères, d'un bout à l'autre de la rue, — l'œil oblique à chaque instant dirigé sur la porte de l'hôtel.

Il se dit vingt fois : « Idiot ! va te coucher, que t'importe ! l'essentiel est qu'elle te donne, quand il lui plaît, le plaisir que tu lui demandes. L'aimes-tu avec ta tendresse ? Non, n'est-ce pas ? Eh bien elle te le rend !... Ignore le reste. Ce sera spirituel. » Mais l'orgueil reprenait : « Si elle te trouve aussi bête qu'un autre, elle ne tardera pas à te mépriser et à te fuir. Montre-lui ta clairvoyance. Ce sera un triomphe d'homme qu'elle accueillera... comme il lui plaira... » Et vingt fois prêt à partir, vingt fois il revint sur ses pas.

— Attendre un homme, à cette heure, à la porte d'une maison, sans être sûr qu'il y soit entré, quelle absurdité ! et quel ridicule !... D'ailleurs, peut-être est-il ressorti pendant que j'avais le dos tourné !... Ce serait un hasard, une vraie chance, de le voir sortir, à bonne portée du regard, de manière à être sûr qu'il sort de là... de là ! de cette chambre où je me croyais tout à l'heure le plus heureux du monde !

Il tenait à ce moment le milieu de la chaussée, il allumait son quatrième cigare et se rapprochait pour la vingtième fois de la porte inquiétante... quand elle s'ouvrit ! Un personnage en sortit, avec ce mouvement traître, indéfinissable, de l'homme qui, même se croyant seul, voudrait se cacher, affecte l'aisance.

« Si je lui parlais ? Impossible, ce serait me dénoncer ! De quel droit la compromettrais-je, puisque je ne veux pas l'épouser ? »

Le cœur du pauvre Pierre fit un bond douloureux dans sa poitrine. Une angoisse l'étreignit tout entier. En même temps, il sentit que sa bouche riait en silence... Et il s'aperçut, un quart d'heure après, qu'il avait suivi l'homme avec d'infinies précautions.

Il était trois heures du matin. L'inconnu entra tout à coup dans un hôtel dont toutes les fenêtres étaient éclairées.

— Il est de mon cercle !

Pierre entrait au cercle, cinq minutes après son homme, interrogeait un valet dont il avait les bonnes grâces.

Et maintenant (sauf erreur, car il doutait de ses doutes), il savait tout, jusqu'au nom ! Il n'ignorait qu'une chose, c'est qu'il avait supplanté un rival qu'on était en train de congédier.

Et c'est alors qu'il la quitta, sans la revoir, en lui disant pour toute excuse :

— Que voulez-vous ? Je ne suis pas capable d'aimer longtemps ! Plaignez-moi, pauvre fils du siècle que je suis !

Et sa maîtresse exaspérée le regrettait sincèrement, le pleurait et l'appelait. Lui, cherchait à se guérir d'elle... Il savait qu'il parviendrait et que ses dernières exaltations amoureuses étaient en lui les sursauts d'agonie de sa violente passion, frappée à mort...

Ayant repassé tous ces souvenirs et souffert à nouveau toute cette rage, Pierre avait retrouvé en lui un vide immense.

Et c'est alors qu'avait commencé ce temps morne de pluie continue, qui ôtait à ses yeux la distraction du spectacle de la mer, des horizons égayés par la lumière.

Alors, son vide devint noir. Il chercha le moyen de tromper un peu sa mélancolie. Il alla jusqu'à proposer au capitaine de l'*Ibis* des parties d'échec sans fin. Il perdit toujours et envoya tout au diable. Il alla s'asseoir avec les braves pêcheurs de Saint-Raphaël dans la petite salle d'un cabaret populaire ; il y porta sa guitare et les excita à lui chanter toutes leurs chansons marines... Rien n'y fit. Il demeurait sombre.

Enfin il se décida à aller saluer la femme, « simple, élégante, charmante », qui avait été deux fois l'hôte de son yacht ; et, au moment où, de sa voix un peu traînante, mais sonnant la sincérité, elle lui avait dit : « Il fallait venir plus tôt » — tout en comprenant fort bien que c'était là seulement le mot aimable, dicté par l'ennui, il s'était senti, le mobile Méridional qu'il était, éclairé tout à coup, en son cœur, d'une lumière qui ne venait pas du soleil, — réjoui d'une chaleur qui ne venait pas de la saison...

V

— Et le cœur ? avait-il dit.
— Ah ! oui ! avait répondu Elise.
Elle arrangeait ses fleurs avec grand soin, charmée de n'être plus seule, de voir, de toucher ces fleurs merveilleuses, d'entendre enfin une voix humaine ! et une voix qui n'eût pas l'*accent*, l'accent de la vieille Marion ou de la jeune Toinette, celui du facteur !...

Elle oubliait la pluie qui crépitait au dehors, ruisselait aux vitres, la mer en grisaille qui apparaissait derrière la glace sans tain, voilée un peu par les roses en gerbe.

Il se fit un silence assez long.

Il ne savait comment le rompre, malgré l'aisance qui lui était habituelle. Elle lui inspirait un vrai respect. Il avait peur de paraître venu en aventureux... Et plutôt la crainte de l'insuccès ridicule qu'une pensée de sagesse — l'eût, au besoin, retenu encore, mais invinciblement.

Gênée, elle voulut parler la première, pour en finir avec ce silence.

— Alors, vous souffrez ? tout de bon ?

Cette question à voix haute s'était posée comme d'elle-même, avant la réflexion et le consentement.

Et la questionneuse avait un sourire, celui de la Femme, à la pensée des choses profondes de l'amour, de la passion, de la trahison. Le sourire de la Joconde.

— Mon Dieu, oui ! fit-il résolument. Je ne suis pas heureux. Et cela depuis bien des semaines. Par cette pluie qui nous retire la joie des yeux, le bleu du ciel et de la mer, ces derniers jours ont été horribles... J'aurais peur de vous offenser par le récit d'une aventure de garçon... Mais le cœur, qui se moque des préjugés et des vertus convenues, souffre autant et plus d'une trahison dans l'union libre que dans le mariage... Il y a deux heures, j'étais désespéré !...

Il était sincère, et, au souvenir de sa grosse peine, du morne accablement de ces jours derniers, son visage refléta son cœur. Ses yeux, d'un gris verdâtre, se foncèrent.

Elle fut intriguée, ce qui était simple. Elle fut touchée, ce qui était grave. Elle entendait pour la première fois un amoureux parler d'amour. C'était, il est vrai, l'amoureux d'une autre : cet amour n'était pas pour elle. Elle ne croyait donc pas faire plus mal en écoutant ceci qu'en lisant un chapitre de roman. La différence, pourtant, était grande. Ce livre-ci vivait et parlait. C'était le romancier, — bien plus le héros du roman, qui était là devant elle, ajoutant à chaque mot l'expression du geste et du regard, la pénétrante inflexion de la voix. Le péril était voilé. C'était celui d'un piège profond... Elle était

prise au premier fil d'un inextricable réseau.

Déjà elle désirait connaître la suite.

Et le silence recommença.

Parler d'amour, c'est être en plein amour. C'est une joie, même entre hommes. L'amour est un élément. La plus redoutable des passions, c'est de l'aimer pour lui-même.

Ils éprouvaient une émotion heureuse, plus confuse qu'une joie. Ils rappelaient chacun en soi leurs émotions passées, le trouble des heures tendres. Ce n'était qu'un souvenir, mais ils l'éprouvaient en même temps l'un par l'autre.

Charme inquiétant du fleurt, délicieux comme une poursuite où il est convenu qu'on ne s'atteindra pas, mais où l'on se frôle, et où le désir exaspéré court risque de posséder plus, en un rêve, que l'amour consenti et consacré !

A son tour, elle sentit le trouble doux que donne l'approche de quelque chose d'ami.

— Vous étiez désespéré ? Il ne faut pas. Vous avez tant de sujets d'être heureux ! Et le cœur, dites-vous ?... Il faut vous marier !

Georges s'était approché « du monsieur ». Pierre l'attira à lui, et entoura d'un bras la taille de l'enfant.

— Georges, fit elle, et notre thé ?

Georges s'élança au dehors.

— Me marier ? dit Pierre, voilà qui est grave !...Le mariage ? oui ; mais de parti pris ? jamais. J'attends d'y être entraîné.

— Vous ne trouverez pas une femme à bord de l'*Ibis !* cria-t-elle en riant.

— Qui sait ? répondit-il vivement... Vous voyez bien que des femmes y viennent. J'y verrai peut-être courir, un de ces jours, une volée de jeunes filles avec leurs jeunes mères !... On ne va pas visiter le logis d'un célibataire, mais — vous le savez, madame — on va visiter, très naturellement, un bateau... Notre sport a du bon, comme vous voyez !

— Vous vous dites triste ? vous n'êtes pas même sérieux.

— Triste à mourir ! mais si je me montrais tel que je suis aujourd'hui, j'aurais bien trop peur d'être ennuyeux !

— Avec moi, vous pouvez !... je suis un bon être, dit-elle sans coquetterie.

— Eh bien, dit-il, je vous jure que je l'aimais sincèrement, fortement !

Et, sur ces deux mots, la passion le traversa, illumina, enflamma ses yeux.

Elle ne connaissait point de regards pareils.

Il continuait, du même ton ardent, avec le même visage transfiguré :

— Tout ! j'aurais tout fait pour elle !... j'ai été trompé avec une indignité rare ! Comprenez-vous ?... Non !... ces horreurs sont si loin d'une pensée comme la vôtre !... Elle ne m'a pas quitté pour un autre... entendez-vous ? Elle a pris deux amants !...

Il serrait les dents

Le visage d'Elise se contracta de répugnance.

— Pauvre garçon ! fit-elle. S'être trompé ainsi, c'est cela qui doit être horrible !

— Je crois avoir tout clairement vu, ajouta-t-il après un moment; eh bien, je doute encore !... Il doit y avoir à tout cela une explication que je ne puis trouver tout seul, une de ces explications simples dont on s'étonne quand elles arrivent et qui sont impossibles à deviner !

Il rêva un moment et continua :

— L'homme qui sortait de sa maison pouvait fort bien ne pas venir de chez elle !... Tenez, plus j'y songe, moins je la crois coupable, voilà la vérité de mon cœur !... Ah ! je suis malheureux !

Il avait tant envie d'aimer, d'être aimé, de vivre, il se sentait si loin du bonheur, malgré son luxe, sa fortune, malgré tous les moyens qu'il avait de se procurer les joies du monde; il sentit à cette heure si profondément son impuissance qu'il eut, comme un soldat désarmé, une larme — plutôt de rage que de douleur — au coin des yeux.

Cette activité d'émotion chez un homme la bouleversa. Elle n'avait jamais vu un homme vibrant à ce point. Le rude Marcant, bien équilibré, était loin de cette sensibilité de femme énervée, qui était celle de ce surmené mondain, à demi artiste...

Elle se leva, comme le thé entrait, apporté par Marion suivie de Georges, et en passant près de Pierre, elle lui tendit la main, dans un élan de sympathie loyale. Il la porta vivement à ses lèvres... Elle fit le mouvement de la lui retirer avec effroi. Les chefs de bureau, amis de Marcant, ne l'avaient pas habituée à cet hommage d'un autre temps et d'un autre monde. Elle pensa aussitôt que sa surprise trahissait trop sa bourgeoisie... et de cela elle fut fâchée...

« Ou peut-être, songea-t-elle, va-t-il croire que ce baiser m'a fait peur... Serait-ce préférable ?... Lequel vaut mieux ?... »

Elle lui versa du thé et ils « goûtèrent » comme des enfants, égayés par le babil de Georges, que la bonne chaleur du thé réjouit et rendit bavard.

— Ce n'est plus une visite, madame, dit Pierre. Pardonnez-moi... Il y a deux heures que je suis là !

— Le regrettez-vous ? fit-elle étourdiment.

Elle se dit, pour la seconde fois, que, dans le tête-à-tête, les mots les plus banals prennent une importance inattendue.

Pour toute réponse, il avait saisi de nouveau sa main qu'elle lui abandonna sans résistance. Il la garda sur ses lèvres une demi-seconde de plus que ne l'exigeait la pure courtoisie.

Et il sortit, un peu rêveur.

VI

C'était le moment où elle aurait dû ne pas le revoir. L'idée lui en passa par la tête. Elle y résista.

— Je suis si seule ! Quel mal faisons-nous ? Pourquoi me priver d'une distraction sans péril ?...

Elle voyait bien pourtant, dans le charme ressenti, une joie dérobée, inavouable, — mais, véritablement, serait-ce vivre qu'épier et incriminer par scrupule les moindres battements de son cœur ?...

C'est pourtant dans ce sophisme, murmur par l'instinct, que fut toute sa faute. Jusqu'ici, rien n'était compromis. A partir de ce moment, la mollesse de sa volonté laissait la porte ouverte aux forces fatales.

« Fuir les occasions » c'est la recommandation profonde de l'expérience ecclésiastique. La liberté de ne pas choir existe, mais avant que le départ dans la chute ait commencé. La fatalité existe aussi. Elle commence à partir de l'heure où la main a lâché, sur le plan incliné, la bille d'ivoire. Il n'est donc pas vrai de dire qu'il n'est jamais trop tard; il n'est donc jamais trop tôt pour fuir. La vie fait basculer quelquefois sous nos pieds le plancher mobile sur lequel l'être roule, fatalement déchu ou emporté. Mais rarement les occasions inclinées, glissantes comme le marbre poli, se rencontrent sous nos pas avant que nos yeux ou notre esprit aient pu les pressentir...

La gloire de la volonté humaine, c'est de s'arrêter à temps devant l'abîme, comme ces chevaux qui, en pleine nuit, malgré l'éperon qui les pousse en avant, résistent au cavalier et reculent parce qu'ils ont flairé le vide.

Certes, Elise était libre. Elle devait le rester longtemps encore. Mais chaque jour allait la rapprocher de cette pente sur laquelle la chute se fait inévitable. Elle n'en était pas même encore au vertige... Le moment pour elle eût été d'autant plus favorable au choix raisonné et énergique entre deux destinées.

Et que pensait-elle ? Tout simplement et sans croire au péril : « Il reviendra, j'espère. »

Quelle différence, en effet, entre ses journées de solitude et celle-ci, toute pleine d'un charme échangé, permis, d'élégance, de grâce, de jeunesse, d'amitié et d'amour !

Elle s'était tant ennuyée ! Il avait l'air si bon, si triste ! Il était « si sympathique » et causait si bien de toutes choses ! Il était si bien élevé ! Oh ! on pouvait se fier à lui !

Au fond, elle essayait de se tromper elle-même. Ce fut là sa vraie faute. Et elle le savait bien.

VII

Il revint trois fois en trois semaines, et cette douceur de conversation, au coin du feu, fut retrouvée.

Georges aimait son ami, à présent, n'avait plus avec lui de timidité... Il l'appelait quelquefois « monsieur Pierrot », en souvenir de leur première entrevue, et cela faisait bien, puisque c'était le diminutif caressant de Pierre.

Les temps gris étaient rares. Le bleu réapparu faisait de la glace sans tain, au salon, un vivant tableau d'éclat, de joie.

Elle confia une fois son Georges pour une

heure à M. Dauphin qui l'emmena, sur sa demande, à bord de l'*Ibis*, mouillé ce jour-là, devant la Terrasse.

Il leur semblait s'être connus de tout temps. La solitude les rapprochait, excitait aux confidences.

Elle avait parlé de sa mère, de Mâcon, de sa petite enfance.

Lui, interrogé sur ses attirants chagrins, avait fini par tout dire en détail de son passé d'amour.

Elle l'avait écouté avec une curiosité extrême, le cou tendu, l'œil ouvert, la tasse de thé ou la broderie suspendue dans sa main immobilisée par l'attention.

Il avait si cruellement senti la blessure faite à son amour-propre par l'infidèle, qu'il met-

tait à se plaindre, une pitié de lui-même touchante. communicative.

Il souffrait vraiment, il aimait l'amour et n'avait plus d'amour ni rien dans sa vie qui pût lui en donner l'illusion. Son égoïsme séduisant poussait sa plainte avec une grâce un peu romantique. Il imitait les *Nuits* de Musset en des vers d'un nombre assez heureux, et qu'il récitait d'une bonne voix chaude, pénétrante.

Elle se grisait de cette musique vague, excitante au rêve, et qui lui faisait désirer de l'irréalisable, quelque chose comme un voyage dans l'impossible :

Partons, dans un baiser, pour un monde inconnu!

Cependant, Marcant annonça qu'il retardait sa visite d'une semaine, puis de deux, puis de trois. Cela faisait un mois et demi de séparation ; mais *il fallait*. Son devoir le retenait, impérieux. Il lui recommandait de se soigner beaucoup. Mars était dangereux : « Prends garde ! »

Le soleil de mars flamboyait. La mer avait ses belles couleurs joyeuses, son bleu invraisemblable.

Georges avait reçu, depuis trois semaines, son bateau à voiles et à vapeur ! un yacht de forme élégante, blanc comme son grand frère. Mais le nom y manquant, c'est Pierre Dauphin qui l'avait peint sur la poupe, en belles lettres dorées, à la grande satisfaction bruyante de Georges qui, pour le remercier, n'avait rien trouvé de mieux que de lui sauter au cou, une fois de plus.

Elle ne se demandait pas pourquoi M. Pierre, avec son *Ibis*, n'entreprenait pas quelque course un peu longue...

— Je suis allé passer trois jours près de Toulon, j'ai vu mon père et ma mère, lui disait-il.

Ou :

— J'arrive de Cannes.

Mais il arrivait toujours, il ne partait jamais.

Marcant écrivait souvent. C'étaient des lettres d'affaires. L'affection ne s'y voyait guère qu'aux recommandations touchant la santé, tandis que M. Pierre, lui, parlait en vers, de choses imprécises et éternellement désirables et fuyantes.

De plus en plus, ils entraient dans le péril, et à chaque instant l'expérience apprise aurait dû les avertir, celle du moins qui a son expression dans cette simple règle de convenance : « Un homme ne doit pas être l'hôte assidu d'une femme dans la solitude ». Mais elle le voyait encore amoureux de cette « maudite femme » et, à cause de cela, ne prévoyait pas qu'il pût lui parler d'autre chose.

Lui, pensait de même. Ils se croyaient en sécurité tous deux, derrière ce fragile abri. Et justement la consolation qui, par Elise, venait à Pierre, ruinait tous les jours un peu par la base cet obstacle imaginaire.

Ce commerce de confidences et de conseils leur révélait à chacun les qualités morales de l'autre, et une amitié véritable naissait en tous deux. L'échange de grande estime, de sentiments bons et sérieux, commençait entre eux et rendait le fleurt d'autant plus dangereux que leur méfiance s'endormit à mesure qu'elle eût dû, au contraire, s'éveiller plus vive.

Un jour, Pierre annonça une absence

Il s'installa dans la chambre de sa femme... (Page 64.)

probable de quinze jours. C'était la première fois qu'il laissait prévoir un de ses départs. Il partit pour Naples.

Quelques jours après, arrivait Marcant.

On était en avril.

Elise gardait le lit avec un gros rhume, qui était inquiétant parce qu'il la prenait avant qu'elle fût bien guérie des suites du

mal qui l'avait amenée dans le Midi. Elle avait voulu voir appareiller l'*Ibis* et elle était restée au soleil de mars et au vent, sur la terrasse formée par le toit de la villa, haute d'un seul étage, mais d'où l'on dominait tout. Elle le dit, et elle fut grondée, doucement.

Elle ajouta ingénument, avec des ruses de fond, presque inconscientes, que M. Dauphin était venu la voir plusieurs fois, qu'il avait été très bon pour elle et pour Georges, qu'il adorait une femme et qu'elle, Elise, lui avait conseillé le mariage.

Elise était malade : Marcant ne vit que cela, ne songea qu'à cela. Tout le reste disparut pour lui. Il s'installa dans la chambre de sa femme, avec ses dossiers, lui lut les journaux et le roman à la mode. Le médecin, appelé, montra quelque inquiétude, ordonna l'obscurité, le silence, l'absolu repos...

— J'ordonnerais, si j'osais, dit-il, l'entière solitude.

Marcant retourna s'installer dans sa propre chambre, fort tourmenté, plus encore qu'il ne voulait le paraître. Il fut admirable avec Georges; il remplaça la mère, pour l'indulgence infinie. On eût dit vraiment qu'il n'était un peu sévère, à l'ordinaire, qu'afin de contre-balancer l'excessive faiblesse de la mère envers l'enfant, et que, lorsqu'elle venait à manquer, il savait être une maman aussi.

La passion de Georges pour son *Ibis Bleu* ne tombait pas. Il jouait tout le jour dans les petits bassins sans profondeur, creusés par l'eau salée dans les roches du rivage.

Marcant, à son tour, le surveillait de la fenêtre, lui criant ses : « Prends garde !... Pas si loin !... Reviens ! »

Des soins attentifs remirent Elise sur pied, mais elle avait maigri et pâli.

Marcant, très ému, demanda au ministre une prolongation de congé d'une quinzaine de jours.

VIII

Il fit faire à sa chère Elise quelques promenades en voiture, aux heures tièdes. On retourna ensemble à la ferme Antoinette où Elise était retournée deux fois avec Georges.

Georges était toujours ravi de cette promenade. La plage de Fréjus l'amusait. Il y cherchait des menues coquilles dans le sable, des cailloux blancs, lustrés par la mer. Cette espèce d'ogre de Saulnier l'attirait aussi comme un monstre inoffensif, drôle à regarder. Et puis il y avait à la ferme les mulets et les chevaux, dont Saulnier parlait si bien, un gros chien docile avec qui on pouvait avoir des conversations interminables, et enfin la petite Toinette qui, dès ses premières visites à la villa, où elle apportait de temps en temps des œufs et des légumes frais, avait promis à Georges de lui donner quelque jour un écureuil ! un joujou vivant !...

— Allons voir si mon écureuil est arrivé, maman !

Mais l'animal était encore à naître, en tout cas à capturer. Saulnier, piégeur à ses heures, n'avait pas pu encore en trouver un.

Ce jour-là, tandis que, dès les abords de la ferme, Georges, joyeusement accueilli par le grand chien, était allé se rouler avec lui dans l'herbe, on surprit Toinette en train de rire, sous les pins, avec un joli gaillard qui s'esquiva au plus tôt sans désirer être vu.

Cela les amusa. Ils la taquinèrent un peu. Elle rougissait à ravir.

— Tu l'aimes donc ?

— Eh ! oui, je l'aime, pardi ! que voulez-vous ? Le bon Dieu nous a commandé de quitter nos père et mère pour suivre un fiancé... C'est la vie, pas vrai ?

— Voyez-vous, la philosophe ! s'écria Marcant charmé... c'est pourtant vrai, c'est la vie, cela !

Cette idée que l'amour c'est la vie même, lui parut toute nouvelle, dans ce cadre de nature ardente et large.

Il s'y intéressa.

— Comment s'appelle-t-il ?

— François Tarin.

— Quand l'épouseras-tu ?

— Je ne sais pas.

— Qu'en disent tes parents ?

— Ils ne savent rien...

— C'est donc un secret, dit Elise, souriant avec bonté, que nous avons surpris là ?

— Oui, madame.

— Et tu ne nous demandais pas de ne rien dire ?

— Non, monsieur.

— Et si nous l'avions trahi, ton secret d'amour ?

— Que mes parents le sachent par vous ou par moi, — c'est tout égal ; ou peut-être, c'est mieux par vous... Et puis, à la grâce de Dieu ! ce qui doit arriver arrive.

— Pourquoi ne leur as-tu rien dit ?

— Je n'ose pas encore. Mon père déteste la famille de mon amoureux.

— Pourquoi ?

— Je ne sais pas, monsieur. Pour des bê-tises qui se sont passées dans les temps, entre les familles !... C'était entre mon père et le père Tarin, qui est mort. Il n'y a plus que la mère et la mère-grand ; — mais mon père est têtu !

— Alors, s'il s'oppose, que feras-tu ?

— Nous nous attendrons.

— Veux-tu que je lui en parle ?

— Je crois qu'il ne faut pas encore...

Maître Cauvin, qui travaillait tout proche, arriva en ce moment, pour goûter à l'ombre des pins...

Il s'avança avec aisance et demanda des nouvelles de la « bourgeoise ». La bourgeoise, c'était misé Saulnier. Il demanda également si on trouvait bons, à la villa, les légumes et les œufs frais de la ferme... Puis, se tournant vers Toinette :

— En voilà un, de panier, — le vôtre, monsieur et madame — en voilà un, de panier, qu'elle porte volontiers et qui ne la fatigue guère !... Plus d'une fois, je vous assure, elle le pose en route, et la route n'est pas toute droite, d'ici à votre villa ! Elle nous en fait des contours drôles, cette route !... Hier, par exemple, d'ici à Saint-Raphaël, ce che-min-là passait par le Grand-Chêne !... N'est-ce pas, petite ?

Les yeux de Cauvin riaient. Toinette était toute rouge comme un petit coq. Elle redressa la tête, et frappant presque du pied :

— Qu'avez-vous à venir comme ça, vous, me tourmenter devant le monde ? Et qu'est-ce que vous voulez dire avec vos paroles qui vont loin ? Pourquoi m'épiez-vous, quand je sors ? Les chemins que je choisis, entendez-vous bien, ne regardent personne !

Elle était jolie à croquer, avec son air re-belle. Charmante à voir, cette gentillesse jeune qui voulait paraître terrible, tout au moins se faire craindre.

Cauvin, campé devant elle, oubliait qu'il venait pour manger et boire. Il la regardait d'un air d'admiration heureuse, avec un sou-rire répandu partout sur sa face énergique.

— Ne t'emporte pas, petite ! Tu me plais trop quand tu es en colère ! Ma foi de Dieu ! j'ai peur devant toi... Zou ! gronde encore, que je vais trembler !

— Aussi, vous me taquinez toujours.

— Pourquoi fais-tu la cachottière ?

— A vous, je n'ai rien à dire : vous n'êtes pas ma mère, je pense ! ni mon père, voyons ?

Une imperceptible pâleur passa sur le rude visage de l'homme. Ses yeux se foncèrent. Elise et Marcant s'en aperçurent.

Cauvin, sous les grands pins, ouvrit son carnier qu'il venait de poser sur la table de pierre, en tira sa gourde et il but.

— Va me chercher du pain et ne boude plus.

Et pendant qu'elle était absente :

— Ça se croit caché, ces petites, quand ça ne voit pas ceux qui les regardent ! mais je connais tout son manège... et j'ai l'œil ou-vert sur le grain. Son calignaire est un Fran-çois Tarin dont jamais Saulnier ne voudra pour elle, si je ne m'en mêle pas... Et si je m'occupe d'elle — comprenez, monsieur, madame — c'est pour aider son bonheur... Je n'ai pas d'enfant, moi, poursuivit-il avec une nuance d'embarras, et je n'ai qu'elle qui m'intéresse... Je suis, savez-vous, son parrain, mais elle n'a jamais voulu me dire « parrain » peut-être parce que je l'ai souvent demandé, attendu que nous sommes (vous avez vu) un peu chien et chat... N'empêche qu'elle doit savoir que je lui *veux du bien*, et beaucoup !

Toinette revenait. Elle lui tendit un pain qu'il coupa, et, en se mettant à manger, il lui dit :

— Tu sais qu'il va tomber, le grand chêne ?

Un de ces matins, j'y mettrai la hache.

— Eh bien, c'est tant pis ! vous savez que ça me fait peine. Pourquoi me le répétez-vous ?...

Elle boudait.

— C'est pour te « badiner » encore et te faire mettre en colère.

— Ça m'est bien égal.

— Je croyais que la caille regrettait son nid !... Il y avait au pied de l'arbre un joli buisson vert où le panier que tu portais hier chez cette madame et ce monsieur que voici, s'est reposé un bon moment de trop entre

une Toinette que je connais et un François que tu connais peut-être !...

Il riait de tout son cœur. Elle voulut fuir. Il la retint par un pli de sa jupe et ils l'entendirent qui murmurait, avec une tendresse contenue :

— Ne dis rien à ton père, gente coquine !... c'est moi qui lui parlerai !

Quand il la lâcha, elle s'en alla, courant comme si le diable l'enlevait ! et lui, le dos contre un des grands pins, les deux bras levés gaiement, riait d'un large rire heureux, tout en la suivant des yeux

IX

Marcant se prenait à aimer le roman de cette petite.

— Si nous pouvions l'aider ? dit Elise.

— Croyez-vous, maître Cauvin, que si nous en parlions au père, nous autres, cela pourrait être bon ?

— Sans doute, fit Cauvin, mais que lui diriez-vous ? Il vous faudrait connaître d'abord, pour lui en parler en bien, la famille du galant... C'est tous des honnêtes gens... Vous pouvez les aller voir.

— Allons les voir, dit Elise.

Ainsi, en causant de fil en aiguille, il fut convenu qu'on irait. Marcant, à l'occasion, *bibelotait*. Justement, disait Cauvin, ces braves gens avaient une vieille table et deux ou trois vieilles assiettes que des chasseurs, des Parisiens passant un jour par là, avaient admirés. On n'aurait qu'à dire qu'on venait pour ça. Le hasard ou les circonstances feraient le reste.

Tout heureux de voir Elise distraite par ce petit drame, Marcant, avec elle et Georges, remonta en voiture. Cauvin indiqua au cocher la route à prendre et la maison des Tarin. Ils partirent.

Non seulement le roman de la petite Toinon, mais en général la vie du « travailleur de terre » intéressait Marcant. Il trouvait ces paysans du Var singulièrement intelligents, indépendants et fiers. Rien de plus juste. Hellènes et Arabes, ils sont artistes et pauvres sans trop en souffrir, sans humilité d'attitude. Chrétiens et fatalistes, il ont des attendrissements que leur inspire la crèche de Bethléem, populaire parmi eux, et des résignations silencieuses qui rappellent le « c'était écrit » de Mahomet.

Le plébéien Marcant se plaisait à les voir vivre chez eux, à prendre sur le fait leur vie intime.

Arrivés chez les Tarin, les Marcant trouvèrent le jeune amoureux qui les reconnut.

— On nous a dit, à la ferme Antoinette, lui expliquèrent-ils, que vous vous déferiez peut-être de certaines vieilles assiettes... Les voici sans doute, sur ce coffre ?

François comprit très bien que c'était là un prétexte, et content de la visite qu'il devinait favorable à ses désirs, il appela sa grand'mère.

— Ma mère, dit-il, est à la ville ; mais elle va revenir bientôt.

La grand'mère, interrogée, refusa vivement de vendre les assiettes.

La mère, arrivant là-dessus, s'indigna même qu'on lui offrît de les acheter.

— Songez un peu !... j'ai toujours regretté, mère, d'avoir vendu les petites chemisettes, les layettes de mes enfants... C'est des choses qu'on doit garder !

Les Marcant en voyaient assez pour être

édifiés sur cette famille. Ces gens étaient parmi les derniers qui restent fidèles aux souvenirs du passé. Le père était mort, et le fils (chose assez rare parmi les Provençaux, qui sont très Sarrasins) vénérait les deux femmes. Même la mère le commandait. Il s'en trouvait bien.

On causa : ils s'apprivoisèrent. François offrit le verre de vin cuit traditionnel, et, pendant que Georges y goûtait, Élise laissait manier, par la grand'mère ravie, l'étoffe de son manteau pourtant très simple, et la dentelle qui dépassait le bas de sa robe.

Cela fut cause que la vieille se mit à conter une naïve histoire, que Marcant écouta avec ravissement.

— Quelle jolie histoire simple ! disait-il en s'en allant. J'aime mieux emporter ça qu'une de leurs vieilles assiettes ! Et cette histoire signifie qu'on peut souhaiter hardiment à la brave petite Saulnier d'entrer dans la famille des Tarin... Ce sont de braves gens, ceux qui content à leurs enfants, heureux de les entendre, des riens aussi touchants ! Vraiment, il aurait fallu écrire les paroles de la grand'mère telles qu'elle les a prononcées.

X

HISTOIRE DE DEUX JUPONS BLANCS

Moi, des jupons blancs, avait dit la vieille, j'en ai eu deux. Ma mère m'avait donné le premier et un petit berger me donna l'autre.

Ce petit berger gardait les moutons du maître chez qui j'étais servante. J'avais dû me louer pour nourrir ma famille.

Le petit berger prit une *pérémonie* (pneumonie), et un soir, il se coucha très malade. C'était au mois de mars, le mois des pérémonies.

On lui donna tout ce qu'il fallait dans sa chambre, et on le laissa seul, parce que tout le monde était beaucoup fatigué de la journée. Il me fit pitié, d'être seul, et je pensai à l'aller soigner, quoiqu'il fût très joli garçon et jeune. Jeune, il l'était, puisqu'il avait vingt-cinq ans ; moi, j'en avais seize, mais je pensais à un autre, et puis le petit berger n'était qu'un homme venu de la montagne.

J'allai trouver un vieux domestique de la ferme et je lui dis :

— Allons voir le petit berger.

Le vieux voulut bien et nous y allâmes. Le pauvre garçon nageait dans sa sueur de maladie. J'ouvris alors une commode qui était par là, pleine de vieux linges bien propres, tout préparés pour les malades, et je pris deux nappes et des serviettes. Je descendis. J'allumai un grand feu dans la cuisine. Je fis chauffer les serviettes, les nappes que le vieux montait à mesure. Il sécha bien le ma-

lade et, à nous deux, nous le mîmes au bon chaud. Moi, j'essuyai son visage, ses cheveux mouillés de sueur, tout trempés, et je lui mis un bonnet. Et il demeurait tout ramassé dans son mal, mais bien content d'être au sec et d'avoir chaud. La nuit était froide. Sans nous, on l'aurait, pour sûr, le lendemain matin, trouvé gelé. Nous le laissâmes.

Le lendemain, on le soigna encore. La maîtresse et sa fille s'occupèrent beaucoup de lui, jusqu'à la fin de la maladie, mais le petit berger a toujours connu que, sans moi, il aurait souffert beaucoup davantage et que cette nuit-là l'avait sauvé.

Depuis ce temps, il était craintif avec moi ; il se tenait à l'écart de moi ; il n'osait plus me parler.

Le mois de mai arriva. Le jeune pâtre quitta la plaine pour mener son troupeau aux Alpes. Il partit sans rien me dire ; mais quelque temps après arriva un charretier qui habitait une autre ferme du même maître loin de la nôtre.

Ce charretier arriva et me dit un matin :

— J'ai de l'argent à te remettre, Madelon.

— De l'argent ! à moi ! et de quelle part ?

Je me mis à rire, n'y croyant pas.

— Le petit berger, Madelon, m'a remis cinq francs pour toi. Il dit que tu l'as sauvé ; que tu es une brave et gente fille ; qu'il n'a pas osé te remettre cet argent lui-même, et qu'il aurait voulu avoir plus, mais le bon cœur, dit-il, avec lequel il te donne ça, qui est peu de chose, remplace la plus grosse somme !

Ma foi, je le pris, l'argent du pâtre, et bien contente je m'en fus.

Et avec cet argent j'eus envie, quelque temps après, d'acheter un jupon blanc. Dame ! à cet âge, les fillettes ont envie d'un peu de « bellure » ! Voir les autres bien arrangées, cela donne jalousie !...

Je parlai à ma tante de mon envie.

— Eh oui ! dit-elle, va, achète-le !...

Je fis la folie ! Il me coûta quatre francs et demi. Les dix sous me restèrent pour ma poche.

Mes deux jupons blancs, je ne les ai plus. Mes filles les ont portés ; puis, plus tard, en ont fait des chemisettes, des « facetons » pour leurs petites.

Ainsi, sans le pauvre berger, je n'aurais jamais eu qu'un jupon blanc : celui que m'avait donné ma mère...

XI

Tout le temps, en retournant vers la villa, ils parlèrent de cette histoire, dont la naïveté enchantait Marcant.

Il avait demandé combien gagnait par an le petit pâtre. — « Soixante francs par an, monsieur ! et il m'envoyait cinq francs ! Jugez un peu ! »

— Il y a dans cette histoire, s'écria Marcant, toute la résignation et l'énergie, l'attendrissante économie et toute la générosité du peuple ! La voilà, la vie ! la simple vie, humble, travailleuse, héroïque et bonne !

Le sentiment de ses origines tressaillit en lui. Joyeusement il se sentait peuple, et il rêvait au temps où il pourrait quitter pour toujours la ville, s'installer au bord de la mer, sous des arbres, loin du monde.

Le repos, dont Elise avait besoin, elle ne le trouverait que loin de Paris, dans l'air pur de ce Midi...

Et l'idée qu'il pourrait perdre la compagne de sa vie le ressaisit; il devint très grave; il l'aimait fortement. L'ayant retrouvée malade, il était resté près d'elle comme s'il en eût été loin, et par là même, il sentait mieux combien il la chérissait.

Au souffle d'avril qui fait travailler les sèves, aux haleines de la mer qui inspirent les désirs, il se troublait, Marcant, par ce beau soir, dans cette voiture ouverte, aux côtés de sa chère Elise, au sortir de ces deux maisons où deux jeunesses leur avaient parlé de l'amour... Il se demandait s'il avait jusqu'à ce jour assez senti, assez goûté la saveur d'être, s'il avait profité assez de leur jeunesse à tous deux, de leur meilleur temps... déjà fini !... Ah ! maudite ambition ! maudite nécessité de gagner sa vie, ses grades, d'avancer ! Demain, on sera mort ! Et pour qui, pour qui tant de peine ? Ah ! oui, pour les enfants, — pauvres êtres à qui on doit tout !... N'importe, s'il était riche un jour... grâce à l'oncle... on rattraperait le temps perdu !...

Et il se voyait en Italie, à Naples sans doute, avec Elise... un vrai voyage de lune de miel !

Avant son départ pour Paris, il apprit, par maître Cauvin, que les résistances du père Saulnier avaient cédé. Et il se donna le plaisir d'aller le féliciter de sa détermination. Il fit en connaissance de cause l'éloge de la maison des Tarin, de leurs sentiments...

Saulnier hocha la tête avec une grimace énigmatique.

Marcant félicita aussi de bon cœur la petite Toinon toute rougissante...

Quant à la santé d'Elise, elle était meilleure.

Marcant, forcé de retourner à Paris, partit bien rassuré. On était en mai. Le printemps, c'était le salut...

Chez lui aussi, tout allait bien.

XII

Elle éprouvait à revivre le plaisir plein d'appétits qu'y trouvent tous les convalescents. Tout lui semblait nouveau, et un rayon de soleil lui donnait envie de crier sa joie.

L'*Ibis Bleu* revint mouiller dans le port de Saint-Raphaël. Pierre Dauphin reparut. Il avait de nouveau rendu visite à son père installé dans sa propriété de la Garonne, près de Toulon. Pierre parlait de sa mère avec des respects charmants; il en faisait un portrait qui rappelait à Elise la sienne.

— Vous donnez envie de la connaître, lui disait-elle.

Il expliquait la vie bienfaisante de cette femme, toute simple au milieu des plus grands raffinements de la fortune, toujours absorbée par quelque ouvrage destiné aux pauvres, aux institutions de charité, n'aimant plus le monde où elle avait eu de grands triomphes de beauté, et vivant uniquement occupée de bonnes œuvres, le visage paisible et souriant de bonté sous des cheveux déjà tout blancs, mais restés abondants...

Les œuvres inspirées par la pitié pour les femmes l'intéressaient surtout.

Elle était infiniment bonne. Ses plus grandes pitiés étaient pour les misères auxquelles se mêlent la faute, comme origine ou comme conséquence, car, d'après elle, les plus pervers, les plus coupables souffrent davantage. Leur misère est double.

Par tous ces détails de sa vie intime racontée, par sa tristesse surtout, Pierre prenait peu à peu le cœur d'Elise.

Elle en arrivait même à lui faire un mérite des vertus de sa mère. Pour les comprendre, les aimer, les raconter si bien, il fallait que, vraiment, il en eût quelque chose !

Elle n'avait plus, comme au premier jour, ces embarras qu'éprouve bien vite une jeune femme dans le tête-à-tête avec un jeune homme.

Elle était une amie maintenant pour lui. Elle le lui avait dit. C'était là la part du cœur, ce sentiment sincère et bon; mais, d'autre part, au profit du diable, un charme s'exerçait sur elle, dont elle ne se rendait pas compte, le charme d'élégance fine qui s'échappait de toute la personne de Pierre, l'attrait matériel du luxe, celui qu'elle avait subi dès le premier jour, à bord, au milieu des fleurs, dans le petit salon sobre d'ornements, riche de beauté, d'art, de couleurs assemblées avec goût.

Elle vivait ainsi dans l'étourdissement doux de cette vie nouvelle, un peu moins souvent attentive à Georges. Marcant l'avait forcée de renoncer - pour quelque temps aux leçons données au cher enfant. Elle était si fatiguée !... Elle devait parler moins... On avait trouvé un vieil instituteur qui venait deux fois par jour... La femme de chambre, qui ne venait d'abord que le matin, avait été prise pour la journée entière. Elle devait surveiller Georges, être à son service, l'accompagner à la promenade... Tout cela, Elise avait dû l'accepter contrainte et forcée, dans les premiers temps, par sa faiblesse, par la nécessité où elle se voyait de garder la chambre et de parler peu. Quand elle alla mieux, elle laissa les choses en l'état, sans savoir pourquoi, sans y songer, prise d'une paresse favorable au rêve, d'un engourdissement singulier de ses inquiétudes maternelles, jadis exagérées et de toutes les minutes.

Ce pays portait à cela, au rêve.

Il arrête l'effort, invite aux contemplations sans fin. La vie oisive y semble légitime. On entend des femmes pieuses dire que, devant cette nature, cette mer, l'extase d'admiration est une prière...

Quant à Georges, son petit cœur adorable s'était résigné à cette nouveauté de vie après qu'il eut gravement écouté son père lui en expliquer les motifs.

« C'était pour guérir sa maman ?... alors, c'était bien. »

Il était de ces natures exquises qui exigent de grandes manifestations de tendresse, qui acceptent, sans aucun égoïsme, de grands dons et de grands dévouements — parce qu'elles sont capables de les offrir en retour, même par avance.

... Ainsi Elise et Pierre cheminaient vers la faute.

Peu à peu, une volonté instinctive, — du dessous, — prenait en eux le dessus, dominait le sentiment appris et raisonné, des convenances et du devoir.

Les deux amis, qui croyaient s'aimer d'une tendresse permise, en venaient à éprouver quelque chose de bien semblable à l'amour. En analysant sans cesse le récent chagrin de Pierre, en parlant de la trahison pour la maudire ou la flétrir, ils ne songeaient pas qu'ils devraient bientôt mentir, cacher à Marcant leur intimité, toute innocente qu'elle leur parût : — et que le premier mensonge, même léger, vis-à-vis de l'époux confiant, c'est déjà la trahison consentie.

Pourquoi Pierre était-il parti comme malgré lui, en apprenant que Marcant allait revenir ?

Il s'était expliqué à lui-même ce départ de mille façons. Il s'était répété surtout qu'il pouvait quitter Elise puisqu'elle n'avait pas besoin de sa compagnie, la pauvre femme, en ce moment ! Il fallait qu'il allât voir sa mère, il le fallait.

En réalité, il éprouvait quelque embarras à l'idée de revoir familièrement Marcant, de recevoir des remerciements pour ses assiduités, que le cœur si droit d'Elise ne manquerait pas d'avouer. Et, de son côté, Elise avait éprouvé une aise à peine consciente de ne pas voir Pierre en présence de son mari à qui elle sentait bien que quelque chose d'elle venait d'être dérobé.

Ce quelque chose d'elle, elle se croyait en droit de le donner à un autre, mais elle trouvait difficile tout de même d'informer Marcart, précisément parce que, après son sentiment d'affection forte et simple pour son mari, ce qu'elle donnait à Pierre était le plus pur de son âme et de son esprit.

Se rencontrer, causer, se revoir était devenu leur bonheur profond.

Il ne s'occupait plus d'autre chose. Il arrivait quand bon lui semblait, apportait quelques friandises à Georges, une fleur, un livre à Elise, une nuance d'idée ou de sentiment à lui soumettre. Ceci surtout la séduisait. Jamais personne ne lui avait parlé ainsi de choses profondes et vagues. C'était un langage tout nouveau pour elle, celui de cet homme jeune aussi élégant et aussi oisif qu'une femme, et qui, à l'infini, analysait son cœur, ses craintes, ses désirs, ses chagrins, les lui faisait ressentir par la vivacité heureuse de l'expression, la grisait du nombre et de la force de ses sensations variables.

Elle était devenue pour lui comme un instrument docile, qui vibrait à sa guise dans toutes ses fibres, au moindre accord frappé... Aussi bien, il y avait dans cette parole musicale le danger des arts qui ne ramènent pas la sensation à l'idée.

Cela restait pour eux le principal péril, cette conversation perpétuelle, flottante, où sans cesse flottait le mot d'amour. Maintenant, il ne se gênait plus : il lui ouvrait à toutes les pages le roman de son cœur, et, incapable de l'écrire, le racontait avec des complaisances infinies... En le racontant ainsi à une femme qu'il aurait pu aimer... qu'il désirait (mon Dieu, oui, nul mal à cela : désirer et ne pas demander, c'est beau au contraire !) il le vivait une seconde fois, ce roman, d'une façon plus intense peut-être, — et plus haute.

A goûter ce charme, à le rechercher le plus souvent possible, il continuait de se croire dans son droit. Persuadé, ce sceptique, qu'Elise était « la femme honnête », certain qu'elle ne trahirait pas son mari, convaincu que lui-même ne lui dirait aucune parole tentatrice; indigné à l'idée seule qu'il pourrait en être accusé, — il croyait de bonne foi n'être pas coupable parce qu'il n'avait pas d'intentions formelles...

L'autre, Celle dont les lettres dormaient au fond de la mer, — ne l'aimait-il pas toujours ? — Oh ! si, encore un peu, toujours et quand même !

Il se faisait une gloire dans le secret de sa conscience, honnêtement, de n'avoir jamais rien prémédité contre le repos d'une femme... En réalité, croyait-il, l'homme prétendu entreprenant ne fait que répondre, par le fait, au secret appel des coquettes, dont il. est

La nouveauté de tout cela était devenue l'atmosphère de la vie d'Elise. Ne connaissant personne à Saint-Raphaël, elle s'y croyait cachée. Peu lui importait qu'on vît, plus souvent qu'il ne convenait, l'*Ibis Bleu* mouillé devant la Terrasse. Il lui semblait être à l'étranger, chez des gens qui, ne comprenant pas la langue, n'auraient pas eu le droit de comprendre les faits.

XIII

Le mois des roses jetait ses roses, avec des parfums nouveaux qui étaient des conseils impérieux. La folie de mai courait dans l'air. On voyait des papillons blancs se hasarder loin au-dessus du bleu des eaux. Les lilas, lourds de gouttes d'eau, faisaient courber les branches... Les odeurs et les couleurs claires parlaient de la fuite des matins heureux...

Pierre faisait remarquer à Elise tous ces jolis détails de saison. Il les commentait, les mêlait à ses paroles, — se mêlait lui-même pour elle à toutes choses.

Après les roses d'hiver, les roses de mai triomphaient, plus charnues, royalement belles, insolentes, comme méprisantes pour leurs sœurs fanées, et sachant bien qu'elles arrivaient au temps où, êtres et choses, tout est soumis à la force qui les rend belles.

Les bouquets qu'apportait Pierre provoquaient les soupirs d'Elise, qui y buvait, en les respirant, une gouttelette de rosée; et il lui venait un désir sauvage de fuite ailée, dans l'air libre où les parfums s'envolent...

averti par on ne sait quel fluide, par telle attitude furtive, par un regard, un rien...

Il ne s'apercevait pas qu'un semblable appel d'amour sortait de lui-même, de toutes ses paroles, de ses regards, de toute sa personne. Il séduisait par ses moindres façons d'être; il était coquet par nature; en somme, très femme; il voulait plaire.

Des paroles de séduction préméditées n'eussent rien été auprès de la dépense permanente de fluide attirant qui était dans tous ses gestes, dans ses moindres paroles, malgré lui, par don de race païenne... par goût inné de la beauté voluptueuse.

En baisant une rose, un jour, elle éprouva une oppression qui la fit pâlir. Elle ne se connaissait plus. Elle attribuait ces vertiges au pays, à la mer, à la vertu des choses autour d'elle. Elle avait raison... Un amour matériel, quoique subtil, fluide, sortait de tout; de la terre même où travaillaient les racines en pleine sève; des bruyères roses et des tamaris; des pins salubres et des figuiers pâles... Tous les figuiers portaient maintenant, au bout de chacune de leurs branches encore nues, un jet de feuilles transparentes, tout neuf, tout tendre, et qui montait droit dans l'air bleu, comme aux branches du chandelier mystique, les langues dardées d'une flamme d'or.

XIV

Elle ne pouvait sortir souvent. Elle était fragile encore. La bonne emmenait le petit à la promenade. Pierre s'offrit plusieurs fois à la remplacer. Georges et lui s'entendaient fort bien, car, à défaut de bonté (et il en avait), Pierre, à force de politesse infiniment gentille et attentive, fût arrivé encore à plaire, à paraître bienveillant, à se faire aimer d'un enfant au cœur bon.

Les lettres de Marcant continuaient à apporter des renseignements administratifs. Sur l'affaire de la commune du Pradet, il était inépuisable.

« Dis à M. Dauphin de prévenir son père « que la section A n'a pas un dossier com- « plet. Il y manque... etc., etc... »

Suivaient des conseils, des observations, des dissertations qu'elle transmettait, — sans les lire, — à Pierre qui les envoyait à son père.

Marcant voulait faire plaisir à Dauphin, en échange des envois de fleurs, des politesses dont Pierre avait comblé sa femme. Et à l'occasion, — se disait Marcant, — ce bon M. Dauphin pourrait prêter à Elise, là-bas, secours et protection.

Pierre écrivit à Marcant, le remercia de la part de son père, lui donna des nouvelles d'Elise et de Georges. Marcant en fut heureux : il se disait qu'Elise, dans ses lettres, pouvait affectueusement le tromper sur sa santé, afin de le tenir rassuré.

Marcant, à son tour, remercia Pierre.

Une contestation légère s'étant élevée entre l'agence de location et Marcant, Pierre, informé par Elise, s'offrit à régler l'affaire, ce qu'il fit. Il leur rendit plusieurs autres petits services, dont elle se montra touchée au possible. Elle avait cru d'abord que ce bel insouciant était incapable de prêter quelque attention à une affaire ennuyeuse, aux affaires d'autrui, surtout. Sans effort, il lui prouva le contraire. Il se sentait payé mille fois et au delà, de toutes les peines qu'il eût voulu prendre pour elle, par le charme d'oubli, de désir léger, que sa présence seule lui versait.

Il était sérieusement attentif à la santé d'Elise, et l'interrogeait sur elle-même avec sollicitude chaque jour.

D'abord, il avait imaginé des prétextes pour venir chez elle tous les jours.

Tantôt, il passait par là, et il avait entendu le piano... Comment résister ?... et il s'excusait.

Tantôt la nouvelle du jour, dans les gazettes, était si piquante qu'il avait voulu l'apporter bien vite, et en causer...

Maintenant, il arrivait sans ombre de motif, parce qu'il ne pouvait faire autrement : « Il était trop triste ! Le sourire du petit Georges suffisait à endormir son mal. » C'était vrai encore.

Il jouait avec ce petit, il avait avec lui d'interminables conversations sur le monde des rêves enfantins. Et plusieurs fois Georges lui dit :

— Pourquoi ne venez-vous pas plus souvent, dites, monsieur Pierrot ?

Elle se mit en face de ses scrupules et se demanda nettement un matin si elle avait le droit de goûter le charme de cette amitié.

Elle se répondit : « Oui ! — Est-ce que le devoir doit être une chose ennuyeuse ? Est-ce que la vie ne commande pas qu'on la vive ?... Ce que son ami Pierre lui apportait, Marcant jamais ne le lui eût fait connaître : il ne s'en doutait même pas !... Et pourquoi enfin ne raconterait-elle pas à Denis les assiduités de Pierre, puisqu'elles étaient honnêtes ? Elle le forcerait bien à comprendre !... » Cette pensée la rassura.

XV

Un jour Pierre arriva bouleversé. Sa mère était souffrante; il quittait son bateau. Il allait dans une heure prendre le train, afin d'arriver près d'elle plus tôt. Il montra la lettre qu'il venait de recevoir. Elle n'était pas inquiétante, cette lettre, mais il s'inquiétait, ne voulait rien entendre qui le rassurât; il s'effrayait, et sa peine, son trouble exagéré, montraient un cœur si tendre, si parfaitement affectueux, si dévoué, qu'elle se mit à l'aimer mieux, plus gravement, comme un ami de très longtemps, dont on connaît tous les fonds, sur qui on peut compter parce qu'il a le cœur bien placé, un cœur sûr.

— C'est elle qui vous a élevé ?

— C'est elle.

— J'aurais dû le deviner. Vous avez des tendresses, des douceurs, des grâces dans votre cœur, dans votre esprit, qui sont bien féminines — et bien attachantes. Partez donc bien vite ! mais j'ai lu entre les lignes de cette lettre. Elle n'est pas alarmante; je vous jure que vous allez trouver votre chère maman en bonne santé...

— Merci... Au revoir !

— A bientôt...

Il ne l'appelait jamais plus : « Madame » et n'osait pas dire : « Ma chère amie ».

Il revint quatre jours après, épanoui de joie. Sa mère allait bien quand il était arrivé.

— Je vous l'avais bien dit, exalté !

Elle fut touchée de sa joie, si heureuse elle-même qu'il fut à son tour ému. Aucune de ses maîtresses n'avait été mêlée ainsi à sa vie de bon fils. La meilleure, en occasion semblable, avait considéré une maladie de sa mère comme un obstacle ou un retard à leurs joies d'amants. Décidément, Elise était adorable.

Ainsi s'insinuait en eux l'amour du cœur, tandis que le ciel et l'eau, la couleur des choses, la tiédeur de la saison se chargeaient de troubler leurs sens.

Une chose déjà grave, c'est qu'ils avaient cherché tous deux, chacun de son côté, le moyen de masquer aux yeux de Marcant la fréquence de leurs entrevues, l'importance que prenait dans leur vie leur sentiment mutuel. Tous deux continuaient pourtant à le juger honnête.

Quant à Pierre, il aurait juré qu'elle ne serait jamais sa maîtresse... et il regrettait un peu de ne pouvoir rien faire pour qu'elle le devînt !

Où elle jugeait infinie la délicatesse du cœur de Pierre, sa finesse de tact, sa faculté de tendresse, c'est que jamais le petit Georges n'avait eu avec lui un des brusques reploiements sur soi-même que motivaient si souvent un mot, un geste de son père.

Pierre touchait à l'âme du petit avec une main vraiment maternelle. Cela achevait de conquérir la mère, de lui donner de cet homme une haute idée, fondue dans l'émotion...

XVI

Une seconde fois, Marcant annonça sa visite. On était vers la fin du mois de mai. Il venait passer deux jours seulement... Il trouva sa femme encore bien pâle, exigea qu'elle fût au lit de bonne heure le soir. Il se contentait de la joie d'être assis dans sa chambre, durant une ou deux heures après qu'elle était couchée. Et sous la lampe baissée il lisait paisible, heureux du *home*.

Il avait apporté de grosses nouvelles. Son ministre lui offrait une préfecture. Que devait-il faire? N'y avait-il pas à craindre l'instabilité de ces positions de préfet? Au ministère, il était vraiment inamovible. Préfet, les circonstances autour de lui seraient comme les vagues d'une mer au milieu desquelles il faudrait naviguer... On dépend de l'opinion, de la presse, de tout...

D'autre part, l'oncle, très malade, l'avait fait appeler et lui avait dit avec sa rondeur d'habitude :

— Tu auras pour ton fils, décidément, la plus grosse part de ma fortune. Ne me pleure pas plus qu'il ne faut ! Et pense au contraire à être heureux avec mon argent ! autrement, songes-y bien, j'aurais manqué mon but !

Il se savait condamné, et en parlait sur ce ton.

Marcant l'avait consulté sur la question de la préfecture.

— Saute dessus, mon garçon ! si tu n'avais pas mon sac, je ne te dirais pas ça, mais tu l'as ! saute sur la préfecture ! Tu seras ton chef dans un département ! Tu seras un petit roi ! et, avec de la fortune tout à fait indépendant... Marche donc ! je ne te ferai guère languir... Et ne prends pas cette mine longue ! Sois sincère : tu es content de moi, et heureux de l'avenir que ma mort te fera. Il n'y a pas à dire non ! — c'est la nature !... Tu ne m'as pas tué, n'est-ce pas? Alors, sois sans peur, mon gaillard, comme tu es sans reproche !

Ainsi avait bavardé le bon oncle.

Elise parla de l'aller voir.

— Oh ! il n'en est pas là ! Tu as le temps. D'ailleurs il a songé à tout, le brave homme. Il ne veut te revoir qu'avec une mine de Hollandaise, et il espère encore venir nous rejoindre un de ces matins.

Marcant rayonnait. Il n'avait apporté aucuns dossiers. Il se surprenait à pousser des exclamations de surprise, lui aussi, devant une fleur, ou un reflet de soleil dansant sur la mer.

Et il offrit à Georges d'aller jouer avec lui sur la plage... Baissé, il cherchait des coquillages dans le sable, et les pans de la redingote du chef de division, cette redingote qui ne le quittait pas, trempait parfois dans la vague, comme l'aile noire des *maoù-maridados*...

Il reçut la visite de Pierre, le remercia encore de ses aimables lettres, lui donna de nouvelles assurances au sujet de l'éternelle affaire qui occupait son père... Cela traînait et d'ailleurs traînerait longtemps...

Pierre ne le reconnaissait plus. Marcant, très excité, se répandait en rêves, blâmait les existences sédentaires, formait des projets de voyage.

— Ma femme est souffrante, mais avec des ménagements, je crois qu'elle sera vite rétablie; j'en suis sûr. J'aurai un congé de trois mois; nous irons en Italie. On est bête de renvoyer toujours les choses agréables, celles qu'il faut faire lorsqu'on est jeune ! Regardez-moi; j'ai quelques cheveux gris ! Eh bien, je n'ai pas vécu !... Avant de venir ici, nous n'étions allés nulle part ! C'est risible ! c'est comme ça. Quand j'ai épousé ma femme, elle n'avait vu que Mâcon ! A présent, elle n'a vu que Paris ! Et pourtant

le monde est vaste, et tous ces beaux horizons disent quelque chose, je le comprends.
Il faut se mêler à la nature... oui, je comprends ça ! C'est ce pays, c'est votre bateau
même qui m'ont fait sentir ainsi !... Heureusement, il n'est pas tout à fait trop tard !

Et riant :

— Je deviens éloquent, hein ?... Et moi
aussi, mon cher monsieur Dauphin, je suis
un peu poète, comme tout le monde, à
mes heures !

Il repartit, en disant à Elise :

— Tu verras bientôt de grands change-
ments !

Georges, cette fois, pleura à son départ...

— Tu reviendras bientôt, dis, mon petit
père ?

— Plus tôt peut-être que je ne crois. A
bientôt, mignon !

Dès son arrivée à Paris, il accepta la préfecture et reçut en même temps la promesse
d'être nommé, au 14 juillet suivant, officier
de la Légion d'honneur.

Ses trois mois de congé commençaient le
même jour. Il fit ses malles avec une lenteur
forcée, ayant une liste d'achats divers pour
lui et pour Elise à qui il réservait beaucoup,
beaucoup de surprises. Il lui commanda des
robes; et lui-même, on le vit enfin, pour la
première fois de sa vie, en veston de voyage
de couleur claire, en petit chapeau rond.
C'était un autre homme. Il méditait un vrai
voyage de noces. Il ne voulait pas laisser
finir sa seconde jeunesse sans avoir parlé
d'amour à sa femme !

XVII

Ils se connaissaient depuis trois mois,
mais dans cette solitude, cela comptait pour
un an de ces entrevues de Paris espacées
et brèves.

Il l'avait invitée une fois à venir avec
Georges, l'après-midi, passer une heure sur
son yacht.

Elle avait refusé d'abord, mais Georges
l'ayant suppliée, elle avait cédé à l'enfant

L'enfant, c'était le chaperon et surtout
la sauvegarde. Pour sûr, il raconterait à
son père ce goûter à bord. Dès lors, elle
ne faisait rien de blâmable, ne faisant rien
de nécessairement caché.

Pourtant, dans aucune de ses lettres, elle ne
raconta à Marçant cette visite qui fut courte.

Quelques jours plus tard, Pierre lui proposa une promenade en bateau jusqu'au
golfe Juan. C'était l'époque où les orangers
sont en fleurs. En ce temps-là, ce pays em-
baume.

— Venez respirer ce parfum qui emplit

tout le golfe. Cela est unique, disait-il, et,
dans quelques jours, il serait trop tard.

Il s'agissait de partir de bonne heure,
après le déjeuner, avec Georges, bien entendu. On reviendrait le soir avant la nuit.
Cette partie ne pouvait se remettre. Il faut
saisir le moment !

— La distance n'est rien avec le yacht...
C'est une émotion inoubliable, celle qu'on
éprouve dans ce beau golfe, à respirer l'odeur
de la terre en fleurs !

Elle hésita beaucoup; il supplia :

— Faites-moi cette joie, de grâce ?

— Mais c'est très compromettant... Que
dirait mon mari ?...

— Bah ! ici !... Autant dire à l'étranger !
au bout du monde ! Qui le saura ?... Votre
mari permettrait, j'en suis sûr. C'est si
simple.

Il ne songeait qu'à lui-même avec la lé-
gèreté du désir... Il ne songeait qu'à la joie
qu'il aurait à recevoir à son bord, pour
tout un long après-midi, cette jeune et jolie
amie...

Hélas ! son scepticisme murmurait tout
bas en dessous : « Elle sait mieux que moi ce
qu'elle a à faire !... Si elle consent, eh bien,
c'est que tout est possible... *A Dieu vat !...* »

— Je vais écrire à mon mari, lui dire
que je pars pour cette promenade...

Elle était très tentée. Le temps était délicieux. L'idée du golfe tout entier, mer,
ciel et terre, empli de l'odeur des orangers
l'enivrait par avance. Elle avait entendu
parler de ces calmes soirées où toute cette
contrée, comme les rives d'Espagne, em-
baume, enveloppée d'une senteur qui est
comme le rêve nuptial de la terre, du ciel et
de l'eau.

— Bah ! vous écrirez à bord !... Le youyou
est là... Si vous me mettez en retard, je ne
peux plus répondre du retour avant la
nuit !...

Il est parfois impossible à ceux-là mêmes
qui se sont laissés prendre au charme de
la faute, de comprendre comment, en eux,
s'effacèrent, au moment décisif, les fortes
objections de la sagesse.

Et pourtant, si la puissance des circonstances, de leur désir, de leur caprice, n'a-
vait pas, durant le temps nécessaire, réduit
à néant tous les obstacles, il y aurait de par
le monde plus de regrets que de remords.

Elise appela Georges, lui expliqua ce qu'on
allait faire. Contre toute attente, l'enfant
voulut rester.

— ... Je vais te dire, maman... L'autre
jour, à bord du bateau, eh bien, j'ai eu un peu
mal au cœur... et la mer était bien plus
belle qu'aujourd'hui !

— Vous le voyez, mon ami, c'est impossible ! Je le désirais pourtant bien, — depuis
un instant... j'étais décidée !

Pierre, à ce mot, fut désolé. Un rêve, près de se réaliser, lui échappait !

En enfant gâté qu'il était, il ne put supporter cette contrariété.

— Non ! non ! il faut venir quand même. Je vous en supplie ! Tenez ! à peine arrivé au golfe, vous pourrez prendre, pour revenir ici, le chemin de fer... Ce n'est pas trois heures d'absence... Le bon petit cœur de Georges ne voudra jamais priver ni vous ni moi de ce grand plaisir...

Elise avait quitté son chapeau, son ombrelle, ses gants.

Georges intervint :

— Pour sûr, maman, je ne veux pas te priver de la belle promenade ! Je m'amuserai autrement... Tu peux me laisser, va ; je n'ai pas peur, avec Marion... Je m'amuserai bien tout seul, avec mon *Ibis Bleu* à moi, jusqu'à ce soir ! — Et puis j'ai ma leçon à prendre, et, avant, un grand, grand devoir à finir !

Aveuglée par le démon qui se charge d'aveugler ceux qu'il veut perdre, elle ne voyait plus les obstacles. La petite aventure la sollicitait. L'enfant, qui eût été la bonne raison de refus, si gentiment la poussait du même côté que son désir !... Son

pauvre ami la regardait avec des yeux si suppliants !...

— Quelle folie !... C'est une vraie folie ! dit-elle.

Elle était vaincue.

Georges lui tendit l'ombrelle, les gants ; Pierre lui présenta son chapeau.

— Nous serons là-bas dans une heure... Dans deux heures et demie, par le train, vous pouvez être de retour !...

Elle installa Georges à sa petite table de travail, l'embrassa, comme à l'ordinaire quand il lui arrivait de sortir sans lui pour une courte promenade. Elle fit quelques menues recommandations à Marion, répéta qu'elle serait de retour avant deux heures, et partit.

Dix minutes plus tard, elle mettait le pied à bord de l'*Ibis Bleu*, et le petit Georges, ayant soulevé le rideau de sa fenêtre, la regardait, tout fier d'avoir si courageusement laissé sa chère maman partir ainsi sans lui !... — Mais c'était pour si peu de temps ! il serait si content, tout à l'heure, à son retour ! Et puis, de la ville de là-bas, elle lui rapporterait, pour sûr, quelque jolie surprise !

XVIII

A bord, tout de suite, elle fut distraite par les incidents de l'appareillage, par les mille détails du spectacle toujours nouveau qui les entourait.

Ce tête-à-tête pourtant la troublait.

Quand il lui proposa de descendre au salon un moment, pour les rafraîchissements — car, à cette heure du jour, le pont brûlait et le rouf était inhabitable, — elle n'osa refuser.

« Ce refus, pensait-elle, aurait laissé deviner son trouble. »

Là, au salon, elle sentit profondément combien elle avait tort d'y être. Tous ses gestes décelaient l'embarras ; et lui, cela l'enchantait. Sur le pont, elle pouvait se croire dans la rue, à la promenade... il y avait les hommes, le capitaine. Ici, elle lui appartenait, c'était la maison, le *home*.

Pour rompre cet embarras du tête-à-tête, elle demanda :

— Lisez-moi des vers...

— Des vers ?

— Des vers de vous, oui, dit-elle, vite, lisez, j'ai hâte ! C'est un caprice... Et, un peu coquette :

— Allons, obéissez !

L'idée vint à Pierre de lui lire des vers, qu'il avait adressés à sa dernière maîtresse, à celle dont Elise connaissait l'histoire.

— Oui, oui, dit-elle, cela m'intéresse tant !

Tous deux continuaient à se croire un peu séparés l'un de l'autre par ces confidences qui, au contraire, les rapprochaient toujours davantage.

Il lut. A mesure qu'il lisait, elle se sentait frémir d'une terreur qui lui était douce, étrangement. La violence, bizarre pour elle, des expressions lui révélait quelque chose de nouveau en celui qu'elle écoutait, et qui avait su lui inspirer un sentiment d'affection profonde. Elle le voyait comme un être supérieur et se prenait à être obscurément jalouse de cette femme « mauvaise » qui, ayant eu à elle un être pareil, n'avait pas su le garder.

Pierre lisait :

L'Étrange Amour

Non je n'étais pas né pour cet amour étrange,
Pour ces baisers d'enfer d'où l'espoir est absent,
Mais pour voir, un matin, sur les lèvres d'un ange,
Éclore de ma bouche une fleur de mon sang !

Malheureux ! j'étais né pour la tendresse douce,
Pour les retards sans fin entre deux bras fermés...

Elle l'interrompit :

— Vous voyez bien, il faut vous marier !... Tout ce qui n'est pas cela ne vaut rien et mène au malheur.

Il reprit :

Malheureux ! j'étais né pour la tendresse douce,
Pour les retards sans fin entre deux bras fermés,
Non pas pour cet attrait singulier qui repousse,
Et qui m'a dit comment les damnés sont aimés !

Mais puisque ce poison s'est glissé dans ma veine,
Puisqu'un charme d'amour triste, étrange et
[mortel,
Dans mon cœur écroulé, dont la tendresse est
[vaine,
Brûle comme un feu noir sur un reste d'autel,

Soit ! je t'entraînerai dans l'abîme où je tombe,
Mon agonie en pleurs tordra tes noirs cheveux,
Et comme le corbeau qui lie une colombe,
Je t'étoufferai pâle, entre mes bras nerveux !

J'accepte cet amour, où veille une rancune,
Et je t'emporterai quelque part dans l'obscur,
Devant la mer sans fond, par une nuit sans lune,
Pour que tout soit sinistre, et mon crime plus sûr !

— Est-ce que vous seriez un monstre ? cria-t-elle en riant.

Mais ce rire était triste au fond. Elle se sentait en péril, comme environnée de flammes.

Il continuait :

Mes yeux, en profanant l'abîme de tes voiles,
N'auront plus de ton corps que de vagues
[pâleurs...
Nous roulerons au fond de la nuit sans étoiles,
Crispés dans mes remords et noyés dans tes
[pleurs !

Elle cria encore :

— Quelle horreur ! C'est un mauvais rêve ! Mais lui, d'une voix soudainement apaisée :

... Oh ! contemple leur joie et regarde la nôtre !
Vois leur lampe attentive et leurs fronts rap-
[prochés !...
Chacun des deux amants sent le bonheur de
[l'autre;
Ils ont des fronts sans tache et des cœurs sans
[péchés !

— Que c'est beau ! dit-elle alors. Ah ! cela n'est pas fait pour faire aimer la faute.

La dernière strophe l'enchantait, la caressait, la remit en confiance. Elle retrouvait tout à coup l'homme de devoir ou du moins de repentir.

— Je vous l'ai toujours dit, mariez-vous ! reprit-elle. Vous comprenez si bien (ces derniers vers le prouvent) le charme des intimités, des intérieurs bien clos, l'honnêteté des amours fidèles... Ah ! je n'y entends rien, mais ces vers me semblent très beaux.

— Nous sommes, par malheur, dix mille en France à en écrire comme ça, dit-il gaiement. Mais nous avons fait de la route, venez voir Cannes et le golfe.

Elle monta devant lui. Sur le pont, il lui offrit son bras...

— Cette femme, lui dit-elle alors tout à coup, avouez-le en toute franchise, vous l'aimez encore ?

— En toute franchise (répondit-il honnêtement, et pourtant avec le désir d'agacer un peu la femme désirable qui l'interrogeait), il me semble parfois que je l'aime encore. D'abord, elle m'occupe beaucoup. Et puis, si j'en ai dit du mal (je ne sais plus), soyez assurée que je n'en pense pas un mot, au fond !... Et en tous cas je lui dois être reconnaissant du bonheur qu'elle m'a donné... Elle était libre et j'ai grand'peur d'avoir agi comme un sot !... N'en parlons plus !

Elise ne comprit pas pourquoi son cœur se serrait un peu.

— Vous l'aimez encore, je le savais, dit-elle en riant d'un rire forcé... Quand on n'aime plus, monsieur le poète, on ne garde pas ... d'*inutile clef !*...

Il tira violemment sa montre et essaya d'arracher la fameuse clef, qui y était accrochée. Comme l'anneau résistait, il jeta le tout à la mer.

Elle ne comprit pas pourquoi son cœur, qui battait vite, battait plus à l'aise.

— Vous avez bien raison, dit-elle froidement. Il faut oublier.

XIX

Sur la mobile étendue de l'eau pailletée d'étincelles de soleil, l'île Sainte-Marguerite dormait... Cannes, comme accoudée sur la grande courbe de la plage, semblait une belle paresseuse. Les palmiers disaient l'Orient. La mer aimait la terre et la terre la mer.

La première bouffée du parfum des orangers vint à leur rencontre, lente, douce, pénétrante comme un aveu d'amour, comme une première caresse, aussi profonde que timide.

Ils avançaient, fendant cette eau harmonieuse et cet air embaumé qui, tous les deux, se déplaçaient à peine devant l'*Ibis Bleu*, grand oiseau de mer nageant avec une aile entr'ouverte.

Les rêveurs d'amour se taisaient. Ainsi, en grand silence, pendant une demi-heure, ils avancèrent vers la terre fleurie qui leur soufflait son haleine tiède, parfumée, d'un grand désir végétal...

Le bruit doux de l'hélice lente s'arrêta.

L'*Ibis* paresseusement filait encore, ouvrant sur ses vagues, derrière lui, un grand éventail fait d'une écume blanche comme le duvet des cygnes. L'ancre fut repoussée du bord. Elle tomba dans l'eau un peu pâle, rose un peu, et sous sa chute, une gerbe de perles précieuses monta épanouie pour retomber en pluie merveilleuse.

Et à peine arrêté, le yacht au mouillage vira sur lui-même comme pour saluer tout le cercle de l'horizon.

Extasiée, émue d'un bonheur physique, vaste et profond comme tout le ciel et toute l'eau, elle eut peur de sa joie, la sentit trop forte, toute-puissante, comprit qu'elle n'avait plus rien à faire là, qu'elle avait goûté en cette minute tout le charme promis et permis.

— Et maintenant, vite, partons ! dit-elle.

Il ne chercha pas à la retenir.

— Armez le youyou ! commanda-t-il.

Et ils allèrent vers le rivage, dans la petite embarcation du bord.

Ils n'étaient pas loin de la terre quand le train passa à grand tapage, soufflant sa fumée noire, sifflant comme l'ironie.

Elise fut consternée.

— Pourquoi s'affliger ? dit Pierre. Retournons tout de suite à bord. A la nuit, vous serez chez vous.

Elle se taisait, fâchée, déconcertée, incertaine, embrouillant toujours davantage les idées, les sensations et les sentiments, à mesure qu'elle cherchait à les reconnaître en elle.

— L'enfant n'est pas seul, insistait Pierre, répondant aux préoccupations douloureuses qu'il devinait. La vieille servante le soignera bien, c'est un retard, un simple retard ! Que voulez-vous faire ?... Attendre ici un autre départ ?... Mais ce serait quatre heures de perdues !

Ils retournèrent donc à bord.

Il se trouva qu'avec la permission du capitaine, le mécanicien était allé à terre.

— Il va revenir dans un instant.

En attendant, on leur servit à dîner sur le pont, dans le rouf vitré. Les stores étaient baissés, mais, dans le cadre de la porte grande ouverte, à l'arrière, on voyait, par-dessus le couronnement, l'eau scintiller, riche de mille tons fuyants et tendres...

L'animation de Pierre, la recherche jolie de la table surchargée de fleurs, finirent par distraire les yeux d'Elise. Quand elle eut mangé un peu, elle écouta, avec moins d'impatience, les explications détaillées qu'il répétait :

— Songez donc, quel enfantillage ! Rien n'est si changé à votre projet. C'est, au lieu de deux ou trois heures, quatre heures d'absence, voilà tout... Vous savez bien que l'enfant s'endort, le soir, avant le dessert !... je le vois dormir d'ici... La vieille Marion est une mère... Du reste, nous allons partir... Voici l'homme qui rentre à bord...

Il appela le valet de chambre :

— Va dire que nous partons.

Elle se rassura à la fin. Qu'y avait-il, en effet, de si changé ?

Le repas achevé, ils allèrent s'accouder ensemble comme au balcon, sur le couronnement, pour assister au départ, pour voir s'éloigner la rive et l'ombre monter.

Dans la grande paix du soir doré et pourpre la mer, calme, se berçait elle-même, d'un balancement doux, à sa propre chanson, d'une voix basse comme un soupir.

L'*Ibis* se mettait en mouvement. Une brise toute faible, comme fatiguée, vint du rivage, et il leur sembla que la terre, avec tous ses parfums, se mettait à les suivre.

La nuit s'avançait aussi, de l'est, comme à leur poursuite, une nuit pâle, pâle comme un visage d'amante, — mystérieuse comme le fond des printemps et des rêves.

A côté du croissant fin, dans le ciel, une seule étoile brillait, perdue et fidèle.

Pierre entendit, derrière eux, qu'on marchait timidement... il la quitta...

Elise ne bougea point. Elle voulait ne rien perdre du spectacle, et surtout ne plus retourner avec lui, à l'intérieur.

C'était le capitaine... il était tout confus d'avoir à déranger son jeune patron, jusque dans ce recoin réservé où l'on était presque invisible à l'abri du rouf.

— On ne m'a pas donné la route. Où va-t-on ? demanda-t-il.

— A Saint-Raphaël, après une pointe au large, répondit Pierre à voix basse.

Il revint s'accouder près d'elle, devant la beauté de la vie et du monde, devant la mer et la nuit ou, obstinément, le parfum des orangers s'exhalait suave, perfide comme un charme...

son front sur l'épaule de la jeune femme et, malgré lui, il songeait : « Que va-t-elle faire ? »

Elle ne bougea pas.

Lentement, il prit sa main, et il songea : « Que va-t-elle dire ? »

Elle ne parla pas.

Une autre qu'elle, inconnue d'elle, vivait en elle.

Elle demeurait étonnée et passive, comme fixée par une volonté étrangère — à son des-

XX

L'*Ibis*, dans la nuit croissante, s'en allait tout droit dans la haute mer. Comme un appel et comme un adieu déjà lointain, le parfum des orangers leur arrivait encore, par bouffées lentes, dans une tiédeur d'air délicieusement lourde.

Il leur semblait à tous deux qu'ils étaient hors du temps, hors du monde, loin, très loin des hommes !

*Nous avons respiré cet air d'un autre monde,
Elise !* . . . .

La marche du bateau, d'un rythme somnolent, assoupissait leur rêverie. Toutes les délices flottantes du printemps les accompagnaient, les berçaient dans l'irréel. La volupté de la nuit les troublait d'un même trouble...

Et lentement, lentement attiré par une force irréductible, le jeune homme appuya

tin inéluctable aujourd'hui, mais qu'hier elle avait, sans se l'avouer, choisi.

Elle était responsable du passé, non plus du présent. Quelque chose errait autour d'elle, qui la dominait — et quelque chose naissait en elle, qui la dominait également. Le fatal était commencé. Il était trop tard pour le conjurer. Un acte de volonté ne pouvait plus que précipiter sa chute. Dans le présent plus rien n'était faute, et comme elle était toute au présent, aucun remords bienfaisant ne pouvait plus la secourir, en sorte que, libre de tout souvenir, elle se mit à être heureuse.

Et dans ce moment-là elle sentit qu'il approchait de sa nuque ses lèvres chaudes... Elle eut alors une suprême révolte, une envie désespérée de se retourner brusquement, de le regarder en face pour lui dire, de toute son énergie :

— Non ! non ! jamais !...

Et elle le fit... en sorte que le baiser, qu'il allait déposer sur son cou, tomba sur ses lèvres, y étouffa le refus inutile :

— Non ! non !...

Elle chancela... Il la soutint de son bras enveloppant... il la pressa contre lui... Elle frémissait toute. Rien de pareil ne lui était connu... Le yacht roulait un peu. Elle crut qu'elle s'abîmait avec le navire, qu'elle descendait à travers des espaces sans fin où la suivaient tous les parfums de la terre et de la mer. Son cœur, brusquement épanoui comme la fleur des aloès, s'ouvrit avec un éclat doux, lançant dans toutes ses fibres, au fin bout de ses doigts et jusqu'à la pointe de ses cheveux, une électrique secousse qui la faisait à la fois et mourir et revivre. Elle ne pouvait plus rien vouloir, que le prolongement de cette sensation de néant heureux.

XXI

Marcant était en route. Il avait médité de surprendre joyeusement sa femme, de lui annoncer tous ses bonheurs à la fois. Il dut s'arrêter à Marseille, ayant à faire de vive voix à son collègue, le préfet des Bouches-du-Rhône, une communication officielle de la part de son ministre.

Cela l'ennuyait, empêchait son arrivée rapide à Saint-Raphaël, par le train de quatre heures qui lui paraissait le plus agréable. Arrivé par ce train-là il aurait eu le temps de faire une promenade à l'heure calmée, tout en bavardant, en racontant à sa femme quel renouveau se faisait en lui, et comment il entendait l'entraîner désormais dans une vie plus variée, plus pleine et en rapport avec sa situation nouvelle.

Il fut très contrarié d'avoir à s'arrêter, et il prit tout de suite, après son déjeuner, un méchant train omnibus qui, pour comble de dépit, partait avec trois heures de retard. Il calcula, très ennuyé, qu'il n'arriverait pas à Saint-Raphaël avant dix heures du soir, en supposant que ce train maudit n'éprouvât pas de nouveaux retards !... Attendre le train de minuit ? il y songea... mais alors il arriverait à quatre heures du matin ! — Surtout, que faire en attendant ? Il partit donc, irrité du retard, mais si joyeux quand

même du retour ! « Si j'envoyais une dépêche ?... Non, non, je veux la surprendre. Du diable si elle m'attend à pareille heure ! »

Des impatiences le prenaient, qu'il n'avait jamais connues. Il sentait son esprit courir au-devant de la machine trop lente. Il croyait la regarder du dehors, et, forcé de n'aller pas plus vite qu'elle, il se retrouvait dans son wagon, toujours plus étonné de n'être encore que là !

Cette excitation durait depuis plusieurs jours. La nuit en wagon, de Paris à Marseille, l'avait exaspérée encore. Son imagination, endormie à l'ordinaire, était éveillée, toute neuve. Il se représentait à tout instant la surprise d'Elise, de Georges : « Quoi ! te voilà ! » On ne le reconnaîtrait pas d'abord, à cause du veston clair, du petit chapeau rond !... Et il riait dans sa barbe... « Mais oui, c'est moi ! » Il serrait son Georges sur son cœur, se promettait de ne plus le sermonner si souvent, ne fût-ce que pour faire sourire plus souvent les yeux de la mère.

« La vie est si courte ! je m'en suis aperçu à temps ! il faut que je leur donne un peu de bonheur, du bonheur vivant, de celui qu'on éprouve dans le contact des choses naturelles... Tout n'est pas dans l'ambition, que diable ! dans la vie sociale. Je vois bien qu'il est doux de jouir quelquefois, en se serrant les uns contre les autres, d'un coucher de soleil bien paisible, d'un beau paysage éclairé par la lumière renaissante du matin... J'aimais pourtant bien ça, dans ma jeunesse d'écolier, au temps où je visitais Monceaux avec la petite Elise ! Comment se fait-il donc que, pendant si longtemps, je l'aie oublié ? »

Son cœur fut remué de souvenirs. L'impression de son unique journée d'amour remonta en lui ; il se sentit quelque chose d'étrangement doux, de bon, de troublé, dans la poitrine... « Allons, allons, il est temps encore, je vis ! nous vivrons ! »

Il ferma les yeux... Il crut se voir au balcon de la villa, près d'elle. Ce serait ce soir, ce soir même. Il lui dirait... Que lui dirait-il ?... Il sourit encore : il avait trouvé ! Il lui dirait simplement :

Nous avons respiré cet air d'un autre monde, Elise !   .   .   .   .

Et ils auraient encore seize ans et vingt ans ensemble.

Et alors, elle aussi, elle reverrait l'heure première de leur amour. Elle se mettrait à trembler. Il le sentirait bien, en lui prenant la main, la taille ; et là devant cette mer paisible, sous les étoiles, il lui donnerait le baiser qu'en vérité il ne lui avait jamais donné, le baiser de l'amant...

Le train s'arrêtait... « Comment ! encore !... Quelle charrette ! »

Il était seul dans son wagon, il rouvrit les yeux en sursaut, regarda l'heure, le nom de la station : « Pignans ! » Il consulta l'*Indicateur*. On n'avançait donc pas !...

Le train repartit. Il reprit son rêve. « Où était-elle en ce moment?... A sa fenêtre? Non. A la promenade? Non, elle ne sortait certainement pas le soir... Il faisait pourtant bien chaud, bien bon. Et Georges? Il jouait sur le tapis, avec son *Ibis Bleu*... Ce M. Dauphin, quel charmant homme ! Mais pourvu que l'idée ne lui vienne pas de nous rejoindre à Naples avec son bateau, car nous allons partir pour Naples, avant huit jours !... Il ne faudra pas dire à M. Dauphin où nous allons... je veux être seul avec elle, avec mon enfant... Ah ! la belle vie qu'on va mener, pendant trois mois ! »

Entre deux stations, le train brusquement ralenti, à grand renfort de freins serrés, eut enfin un si brusque arrêt que tous les voyageurs furent poussés les uns sur les autres...

— Il ne manquerait que cela, un accident !

Ce n'était rien de grave... mais cinq minutes perdues lui parurent cinq siècles !

Aux Arcs, il s'aperçut qu'il avait faim... il mangea un morceau, en hâte, non sans maudire l'arrêt !...

A dix heures du soir seulement, on approchait de Fréjus. « Sera-t-elle couchée? Assurément. Je réveillerai Marion en lançant des petits cailloux là-haut, contre sa fenêtre qu'elle ouvrira : « Qui est là ? » — « C'est moi, c'est monsieur... Faites sans bruit... ne prévenez pas madame... je veux la surprendre ! » Et alors il frappait à la porte d'Elise, bien doucement, bien nettement, pour ne pas l'effrayer. « — Entrez !... dirait-elle. C'est vous, Marion ?... » J'aurai Marion près de moi qui répondra, sur mon ordre : « Non, madame, C'est un monsieur ! » — Qu'est ce que vous dites là? vous êtes folle ! »

Il s'amusait de son rêve, il souriait tout le temps, il se frottait les mains parfois. « Ce retard ne gâte rien, au contraire ! » Elle criera : « C'est toi ! Comment ! c'est toi? » Et alors, assis sur son lit, je lui conterai notre avenir nouveau, comme un conte fait à un enfant. Elle voudra se lever : « Ouvre la fenêtre !... » Et toujours il en revenait à cette fenêtre, à ce balcon... C'est là, c'est devant la nuit pleine d'étoiles, qu'il voulait lui chuchoter les paroles tendres... les mots qui leur rappelleraient la jeunesse, la leur feraient revivre tout entière. — « Pourquoi parles-tu si bas ? demanderait-elle. »

— « Pour ne pas réveiller ton Georges... il sera bien heureux, demain matin, de me revoir tout à coup !... Allons, rentrons, ma chérie... » Et c'était une nuit de noces.

XXII

Il laissa à la gare tout son menu bagage et, léger, courut vers la plage.

Saint-Raphaël, à cette heure-là, dormait. Une seule maison, près du port, le Cercle, était éclairée.

Aucun passant.

Un mistral incertain, depuis une heure, s'était levé. La mer se lamentait sous des rafales intermittentes. La plainte du vent, sous ce ciel de juin, fourmillant d'étoiles, ne parvenait pas à être triste. Marcant se hâtait vers sa maison. Un quart de lieue, ce n'est rien.

Il mesurait son chemin aux villas, aux hôtels qui bordent la route, aux bateaux reconnus, tirés au sec sur les galets, devant les portes des jardins.

Tout à coup, Marcant s'arrêta.

Une plainte humaine avait couru dans l'air, entre deux rafales, si poignante que le bruit du vent tout à coup parut sinistre au pauvre homme.

« Est-ce qu'on égorge quelqu'un, par ici?... » Il écouta un instant. La plainte de nouveau se fit entendre, lamentable infiniment, toute faible comme si celui qui la poussait était un mourant; et affaiblie encore parce qu'elle était emportée vite sur la mer, par le mistral, qui se relevait en sursaut après un temps d'accalmie.

Enervé par la fatigue, par les incidents de la route, par les excitations où l'avaient mis ses projets nouveaux, ses désirs, ses rêveries, Marcant se sentit pâlir... « Si cela venait de chez moi ! »

Il reprit sa marche, moins vite, comme ayant peur de ce qui l'attendait. « Quelle folie ! comment, pourquoi chez moi? c'est impossible ! »

Il se rappela confusément, à travers cette crainte, le conseil du philosophe ancien, un sujet de version classique : « Quand tu « reviens chez toi après une longue absence, « attends-toi à trouver ton champ dévasté, « ta maison brûlée, tes enfants morts. Et « si rien de tout cela n'est arrivé, tu seras « heureux. Et si cela est arrivé, tu seras « préparé. »

Il n'était plus qu'à deux cents pas de la Terrasse, qui lui était cachée par un coude du chemin.

A ce moment, la plainte une fois encore se fit entendre, plus longue, plus désespérée. Une voix grêle distinctement criait, avec un prolongement infini de la seconde syllabe : « Maman ! maman ! »

— Mais, c'est Georges ! cria-t-il.

Il voulut courir et, se sentant défaillir, il dut s'appuyer contre un mur.

— Voyons, voyons, du calme, je deviens fou, parole d'honneur ! Pourquoi

Georges appellerait-il sa mère? C'est impossible ! il dort à cette heure... Si elle était... si elle était morte... eh bien, il y aurait quelqu'un, ne fût-ce que sa bonne, pour l'empêcher de crier !... Assurément, j'ai la fièvre.

Le cri recommençait : « Maman ! »

Pauvre petit cri enfantin que le mistral roulait aussitôt dans sa vague, comme la mer roule un liège perdu... Il surnageait pourtant au-dessus du grand murmure de l'eau et du vent, et il assombrissait la nuit, il attristait tout cet infini...

Marcant avait retrouvé ses jambes, il courait...

— Georges !

— Oh ! mon papa !

Une petite ombre, tout là-haut, sur la toiture en terrasse, se dessinait noire dans le ciel de nuit..

— Prends-moi, mon papa, je vais sauter !

— Je te le défends ! entends-tu !

Le génie paternel retrouva ce ton d'autorité brutale pour arrêter le pauvre petit qui, affolé de terreur, se serait précipité.

Par habitude d'obéissance, Georges, en effet, s'arrêta silencieux. Ce ton accoutumé le rassura plus, en un tel moment, qu'une câlinerie.

— Où est ta mère?

— Je ne sais pas. Maman est partie... sur l'*Ibis Bleu.*

— Sur l'*Ibis Bleu!* Partie ! Comment ! Avec qui?

Voilà qu'il oubliait l'enfant; il ne pensait plus, en cette seconde, qu'à la mère. Il s'interrogeait lui-même tout haut.

Mais Georges répondit :

— Eh bien, avec Monsieur Pierre, mon papa !

— Avec Monsieur Pierre !

L'idée terrible lui traversa l'esprit : on le trompait !...

— Non? non ! Oh non ! c'est impossible !

— Mais oui, papa, avec Monsieur Pierre Dauphin.

Marcant pensait : « Avec M. Dauphin, seule, la nuit, à bord de l'*Ibis Bleu?*... Eh bien, mais... alors?... »

Ici sa pensée, se heurtant de nouveau à la conception de la chose impossible, s'arrêta... il ne comprenait pas, voilà tout... il comprendrait plus tard... mais tout de même, c'était une affreuse douleur, bien affreuse... « Ah ! mon pauvre petit !... »

Son cœur de nouveau bondit vers l'enfant. Avant tout il fallait, pour calmer l'enfant, feindre un peu de calme, autant que possible. Lui, il se remettrait à souffrir après !

— Tu es donc tout seul?

— Oui, oui, tout seul ! dans toute la maison ! qui est toute noire ! on m'a laissé, papa ! on m'a laissé !...

— Eh bien, et ta bonne?...

— Je ne sais pas. Elle n'y est plus.

Il surmontait depuis longtemps peut-être son envie de pleurer, afin de pouvoir crier... Sur ce mot : « Et ta bonne? » il se revit au moment où il s'était aperçu de sa solitude !... La crise de détente arriva; il se mit à pleurer à chaudes larmes, avec de grands hoquets qui le secouaient tout entier.

— Eh bien, je suis là, à présent... Tu n'as plus peur, n'est-ce pas? calme-toi, mignon, je suis là...

— Mais pourquoi... pourquoi... n'entres-tu pas? viens me prendre, mon papa !

Marcant n'avait pas de clef. Déjà, à deux reprises, il s'était rué sur la porte. Il s'y précipita de nouveau, la frappant à coups d'épaule, de tout son poids. Bien que ce petit homme trapu fût pesant et fort, la porte résista.

Il ne savait plus ce qu'il faisait.

— Écoute, Georges, il faut descendre et m'ouvrir.

— Mais tu comprends, papa, pour sortir, on a pris la clef d'une porte, et, à l'autre, il y a des verrous très gros que je ne sais pas ôter... J'y ai bien pensé, va !

« Ah ! oui ! et, aux fenêtres, il y avait des traverses de fer qu'on mettait tous les soirs, et que l'enfant ne pourrait pas soulever non plus. »

— Descends, tu essayeras.

L'enfant se tut, immobile.

— Eh bien? dit Marcant.

— J'ai peur de descendre : c'est tout noir. Je suis bien là, puisque je t'entends !

Marcant regardait autour de lui. Il pensait: « Une échelle ! » Mais il n'en avait pas. Il pensait : « Réveiller les voisins?... » Mais pourquoi appeler soi-même des témoins à sa misère?

— Écoute, mon Georges, je vais chercher une clef, un serrurier au village. Je n'ai pas de clef. Attends-moi, veux-tu? Je vais revenir tout de suite.

— Non ! non ! ne t'en va pas, ne t'en va pas, mon papa... parce que je veux t'entendre !

Marcant, découragé, s'affaissa sur le rebord de la muraille basse.

— Je reste, allons, n'aie pas peur; je reste... Mais pour Dieu ! ne pleure plus, ne pleure plus, mon Georges : je suis là !

Et le père fit un effort pour ajouter :

— Ta maman va revenir.

— Alors tu sais où elle est? Est-ce que tu l'as vue?

— Elle est sur l'*Ibis Bleu...* qui va revenir... tu me l'as dit toi-même... Est-ce que tu n'en es pas sûr?

L'espoir lui revenait... Elle ne pouvait pas être, à pareille heure, seule à bord, avec cet homme... L'enfant s'était trompé.

— Oh si, papa ! j'en suis sûr ! je les ai vus,

Une petite ombre, tout là-haut, sur la toiture en terrasse... (Page 80.)

6

d'ici, par la fenêtre, monter du petit bateau sur le grand. Mais il ne faut pas avoir peur pour elle... puisqu'elle est avec Monsieur Pierre, qui l'aime tant...

Marcant, le violent, le rude et jaloux Marcant, se sentit pris de vertige... Chacun des mots de l'enfant ajoutait à son angoisse... Ce yacht à vapeur était maître de revenir à son heure... Pour ce bateau-là, il n'y avait pas de vent contraire... Quelle puissance avait donc pu la faire aller à bord de ce bateau sans son enfant ! Cela seul était une faute suffisante... « Monsieur Pierre qui l'aime tant ! » Un flot de sang lui monta au cerveau. Il eut envie de tuer... ou de mourir !...

— Il vient souvent, Monsieur Pierre?

Il prononça ces mots malgré lui; il aurait voulu les retenir... il était trop tard... Il les entendit non en lui-même mais de ses oreilles, et il les jugea comme si un autre les eût prononcés !... Interroger l'enfant, faire, par l'enfant, accuser la mère, c'était mal ! c'était horrible !...

— Monsieur Pierre ! Je crois bien, qu'il vient souvent !... Il vient tous les jours !

— Tous les jours ! se répéta Marcant.

Depuis qu'il était là, il avait dans sa tête une tempête d'idées noires, un chaos ténébreux de sensations confuses... Ce mot : « Il vient tous les jours » entra dans cette obscurité comme un coup de lumière crue : « On le trompait ! c'était sûr !... » — Il vient tous les jours !... Elle ne lui avait pas dit cela?... Donc, elle le trompait !... Il cessa de s'interroger, de douter, de ne plus comprendre... Il revit, dans un éclair, tout le chemin parcouru par Elise depuis sa première rencontre avec Dauphin... Ce mot de son enfant déchaîna en lui l'horrible jalousie clairvoyante capable de châtier le crime imaginaire et qui, dans le cas présent, devinait la faute vraie. Et, sans autre examen, sans autre preuve, pareil à ces gens qui tuent pour un regard innocent, mal interprété, il accepta sa conviction comme justifiée. Elle était coupable, tout l'accusait... Que faire, à présent ! Que faire ! Rien ! Attendre ! Et surtout, avant tout, rassurer l'enfant, — l'enfant qu'elle prétendait aimer, qu'elle avait trahi, abandonné, trahi !... Ah ! la malheureuse !... Elle qui le connaissait jaloux !... Elle, que pendant tant d'années il avait privée, par jalousie pure, de bals et de fêtes, parce qu'il ne voulait pas l'exposer au regard des hommes, dans le monde ! Ah ! la malheureuse ! Elle, que son enfant préférait à lui !... « Ah ! mon pauvre Georges ! » Il se débattait dans l'horrible impuissance. Pour lui-même, il ne pouvait rien; — et, son enfant, il ne pouvait pas le prendre dans ses bras, pour le bercer, le consoler, l'endormir...

— Ecoute, mon Georges, si tu n'es pas trop fatigué... raconte-moi ce qui est arrivé... Est-ce que tu veux bien?

Il assouplissait sa voix, la faisait caressante... avec des envies qu'il réprimait de gémir, lui aussi, dans le vent qui grondait au bord de la mer rageuse, de hurler comme les loups-garous, comme les chiens qui aboient au perdu ou à la mort...

— Oui, mon papa, voilà. Maman a voulu m'emmener sur ce bateau avec Monsieur Dauphin qui est mon ami. Je n'ai pas voulu parce qu'une autre fois j'avais été un peu malade du mal de mer. Alors maman ne voulait pas y aller, mais moi je n'ai pas voulu qu'elle soit privée, à cause de moi, de la jolie promenade... Alors je le lui ai dit. Elle ne voulait toujours pas, et moi je voulais. Alors, à la fin, elle est partie. J'étais bien content et j'ai bien travaillé. Et puis ma bonne m'a fait promener, pas Marion, l'autre, qui vient seulement dans le jour. Et puis nous sommes revenus à la maison. Et puis on m'a fait dîner. Et puis on m'a fait coucher... Ça m'ennuyait bien de ne pas voir maman pour l'embrasser comme tous les soirs, mais enfin je savais qu'elle allait revenir, j'étais raisonnable et je me suis endormi en faisant ma prière... Et puis alors... et puis alors...

Il s'arrêta et éclata de nouveau, inconsolablement, en sanglots et la douleur de l'enfant descendait de là-haut sur ce père, et l'écrasait.

— Et puis alors?... dit Marcant... Mais il se reprit : Allons, n'y pense plus... n'y pensons plus puisque je suis là... Veux-tu une orange?

Marcant, en cherchant son mouchoir pour essuyer ses yeux, retrouvait dans sa poche une orange qu'il y avait mise tout à l'heure au buffet, pour son Georges.

— Oh ! papa, je n'ai pas envie !...

Et de lui-même, heureux de conter sa peine, l'enfant reprit :

— Et puis alors, je ne sais pas combien de temps j'ai dormi. Et puis, je me suis réveillé, parce que j'avais l'idée de maman dans la tête, et des mauvais rêves à cause d'elle... Et j'ai vu tout noir ! J'ai appelé maman : elle n'a pas répondu. J'ai appelé ma bonne, dans l'escalier : elle n'a pas répondu. J'ai cherché les allumettes sur la cheminée. On m'a bien toujours dit de ne pas y toucher, aux allumettes, mais quand il le faut, n'est-ce pas? J'avais si peur, dans tout ce noir ! Et quand je criais, il me semblait que c'était d'autres qui criaient contre moi ! mais je n'ai pas trouvé les allumettes. Alors j'ai pleuré. Et puis je suis allé vers le lit de maman. On y voyait un peu dans sa chambre, par les vitres, à cause de la lune. Alors, j'ai mis mon pantalon tout de travers, et ma veste, bien vite, parce que j'avais peur, mais il fallait bien les mettre pour monter ici, dehors ! Et alors je suis venu par l'escalier sur la terrasse. J'ai eu moins peur ici que dans la maison, parce qu'on y voit. Et je comprenais qu'on ne pouvait pas monter jusqu'ici, de la route, pour me faire du mal... Et alors j'ai crié, crié ! j'ai tant crié que je n'en peux plus... Le vent est fort, et puis il y a la mer. Tu comprends, je voulais crier plus fort qu'eux... Et je pensais : Oh ! si papa m'entendait ! Alors, voilà. Tu es venu. Je voulais sauter vers toi, en te voyant... Oh ! tu m'aurais bien attrapé dans tes bras, va, tu es fort... Je voudrais tant t'embrasser tout de suite !

Marcant sanglotait en silence, la face dans son mouchoir tout plein déjà de l'eau de ses yeux.

Il fit un nouvel effort sur lui-même.

— Ecoute, mon Georges !

— Oui, papa.

Le vent et la mer s'apaisaient. Marcant entendait la respiration oppressée de son petit, cette impossibilité de reprendre le souffle normal si pénible à l'enfant qui pleure et à qui l'écoute en l'aimant.

— Il y a un hamac, là-haut ?

Au milieu de la terrasse, au-dessus de l'ouverture de l'escalier qui y montait, s'élevait un toit, supporté par des colonnettes de bois. Le hamac était accroché d'un côté à l'une des colonnes, de l'autre à l'un des piliers de la balustrade qui bordait la terrasse.

— Mets-toi dans le hamac, mon Georges.

L'enfant ne répondit pas.

— Eh bien ?...

L'enfant répondit :

— Non ! non ! je ne te verrais plus. Je veux te voir !

Marcant sentait son cœur agoniser.

— Mets-toi dans le hamac, je t'en prie, je te parlerai. Le vent a cessé. Tu m'entendras...

L'enfant obéit.

— J'y suis, papa.

— Endors-toi !

— Je ne peux pas !

Leurs voix se détachaient, nettes dans la nuit calme, sur le fond sonore, régulier, de la mer qui fuyait mollement vers l'est.

— Il y avait une fois... commença Marcant, il y avait une fois...

Rien ne lui venait. Sa voix s'étrangla. Sa pensée était sur la mer, à la poursuite du yacht qui emportait sa vie.

Il se tut.

L'enfant reparut au bord de la terrasse. Il comprenait qu'à son tour son père avait du gros chagrin. Il venait le consoler.

— Je suis bien là, mon papa, puisque je te vois ! Tiens, je suis couché par terre, parce que je suis fatigué et, de là, je te vois à travers le balcon... Elle reviendra bientôt, va ! Elle n'a pas pu faire naufrage... Je te

vois !... Parle-moi, mon papa... Oh ! que j'ai eu peur ! mais je n'ai plus peur, plus du tout... je t'assure, plus du tout, du tout !

Il finit par s'assoupir.

L'homme veillait. Il revoyait Elise, comme si elle eût été là, réelle ; il la regardait au visage, et il ne la reconnaissait plus... Où il cherchait la solidité du chemin habituel, il trouvait le vide, un trou dans lequel il tombait... Le trou était sans fond... Il y tombait comme dans les rêves, croyait dormir, avait un sursaut, passait de cette sensation à l'idée : « Elle m'a trompé ! » à l'image : « Ils sont ensemble ! » Et quand il avait fait ce rapide voyage à travers trois modes de la même angoisse, il le recommençait, retrouvant ainsi à tout instant le vide inexprimable là où il cherchait la sécurité accoutumée !

XXIII

Le petit dormait, épuisé. Le père songeait. Il se reprenait à espérer maintenant une promenade innocente, à bord de ce yacht, une difficulté matérielle de retour. Les choses, comme il arrive, s'expliqueraient peut-être tout naturellement. A bout de douleur, il se reposait dans l'illusion d'une espérance qu'il jugeait invraisemblable. « Et d'ailleurs qu'elle y soit allée seule, c'est trop ! » Puis, tout à coup : « Non, non ! elle est coupable, c'est sûr !... Son enfant ! son enfant ! Quel mauvais temps eût-il fallu pour l'empêcher de revenir vers son enfant ! D'ailleurs, ce n'était pas du mauvais temps, ça ! Quelle tempête faudrait-il pour arrêter ce yacht !... » Et, repris par toute sa douleur, il avait des rages d'autant plus folles qu'elles restaient intérieures. Il était condamné à l'immobilité. Et il roulait des projets de vengeance. Puis il se prenait en pitié : « Monsieur le préfet ! se disait-il avec une ironie aiguë. Il est joli, le préfet, seul, la nuit, sur un chemin public, à la porte de sa maison, bafoué, trompé, chassé de chez lui, par une femme ! »

Un bruit de gravier écrasé lui fit dresser l'oreille. C'était la servante... Ce n'était pas la première fois qu'elle sortait ainsi, la nuit, qu'elle allait, sans être vue, retrouver Cauvin, dans sa cabane du bord de la mer.

— D'où venez-vous, Marion ?

— Monsieur !...

— D'ailleurs, peu m'importe ! Allez-vous-en... retournez à l'endroit d'où vous venez !

Elle tenait toute prête la clef dans sa main. Il la lui arracha.

— Mais, monsieur...

— Nous réglerons plus tard. Allez-vous-en !..

Il voulait surtout être seul quand Elise rentrerait. La paysanne comprit que l'homme, qui parlait bas cependant, était hors de lui. Elle eut peur.

— Comment avez-vous pu laisser l'enfant seul, vous? une mère !

— J'espérais qu'il ne s'éveillerait pas. Madame disait souvent qu'il ne s'éveille jamais, que ça ne lui est arrivé qu'une fois, depuis que madame est ici. C'est quand il

attendait ce petit bateau que monsieur lui a envoyé...

Elle parlait d'une voix qui s'efforçait de se faire douce, insinuante; elle entrait dans des détails pour y accrocher l'attention de Marcant, le détourner du sujet de sa colère.

— Enfin, vous l'avez abandonné volontairement... c'est tout ce que j'avais besoin de savoir. Allez-vous-en... vite !

Elle eut peur et fit un pas pour s'éloigner. Mais la prudence et l'avarice la retenant aussitôt :

— Et mes effets, mes gages? dit-elle d'une voix devenue sèche, indifférente.

— On vous portera tout, ou bien vous en

verrez demain prendre vos effets. Allez, je ne veux plus vous voir !

Elle retourna attendre dans la cabane de Cauvin une heure convenable pour se présenter devant Saulnier.

Marcant entra, monta le plus vite qu'il put, alluma d'abord des lampes pour que l'enfant, tout de suite au réveil, fût rassuré; puis il monta sur la terrasse par l'escalier où brûlaient maintenant tous les becs de gaz.

Georges, harassé, dormait à terre, à moitié vêtu, sa petite joue appuyée sur ses mains posées l'une sur l'autre.

Le père le prit dans ses bras. L'enfant ne se réveilla pas, il sentait doucement, à travers le somme, qu'il était pris ainsi pour être protégé. Il se détendit, s'étira un peu, avec un grognement gentil qui voulait dire : « Je sais, je sais. c'est toi... merci, mon papa... je t'aime bien... »

Marcant le déshabilla, le mit dans son petit lit, le couvrit soigneusement, le borda, porta la lampe dans la chambre de la mère et revint attendre dans l'ombre — près du petit, dont il surveillait à tout instant la respiration — la suite de sa destinée.

Il était là, assis dans un fauteuil, les bras affaissés, les mains ouvertes sur ses genoux, les yeux grands ouverts dans l'obscurité, fixés obstinément sur une pensée, sur une image unique.

Il attendit ainsi leur retour.

XXIV

La lueur du jour parut aux fentes du volet qui, lentement, devinrent des raies de feu, dans le noir.

Alors il se leva, éteignit la lampe, constata que Georges dormait profondément, mit en évidence, tout près du petit lit, son chapeau, sa canne, son pardessus, pour que l'enfant, s'il s'éveillait un instant, fût rassuré tout de suite de sa présence, laissa ouverte la porte qui donnait sur l'escalier par où il monta au mirador, sa lorgnette à la main...

Tête nue, dans l'air du matin, il était là sur cette terrasse, l'oreille au guet vers l'escalier, par où pouvait monter un cri de l'enfant, l'œil tendu vers l'horizon où, à toute minute, il s'attendait à voir paraître le yacht maudit.

Il fouillait du regard l'horizon. D'où viendrait-il, ce yacht? De Saint-Tropez ou d'Agay? de Cannes? Et sans cesse ses regards allaient du sud à l'est, se promenaient dans les brumes légères du grand large pour revenir aux bords verdoyants de la côte. L'intensité de son regard fatiguait ses paupières. A tout instant, un point imperceptible sur la mer, une écume, une voile de pêcheur, le faisait tressaillir. Toute la magnificence du ciel et de l'eau ne lui était plus rien. Il ne s'en apercevait pas ou plutôt il trouvait tout cela horrible. Sa lumière intérieure éteinte, celle du matin lui paraissait morne, livide... Vingt fois il descendit sur la pointe du pied, voir si Georges dormait, vingt fois il remonta avec une

Dans l'est, serrant la côte de près, dépassant le promontoire d'Agay... (Page 86.

hâte nouvelle, persuadé qu'en sa courte absence le bateau, qu'il espérait horriblement, avait surgi.

Parfois il murmurait :

— Ah ! les misérables ! le misérable ! un désœuvré, ce Dauphin, un de ces parasites de la société qui profitent de leurs richesses pour manger mieux à leur aise sa substance essentielle, sa moelle, pour s'installer sur toutes les choses sacrées et les détruire plus sûrement que les prolétaires en révolte, que les mineurs en grève, que les meurt-de-faim, fatigués de l'être !... Ceux-là, du moins, ont une excuse et une bonne : la faim, — la leur et celle de leurs petits ! Mais ces bons-à-rien, ces oisifs riches ! ah ! les misérables !... Et ça se croit quelque chose ! Ça sort d'une école, mais ça ne fait rien... Si ! de la musique, du dessin, des vers, quelle pitié ! Tout cela juste pour séduire des femmes débiles, malades, entre deux voyages du mari ! Ah ! le polisson ! mais il le payera ! il le payera ! il est le seul responsable... et je le tuerai !...

Il reprenait :

— Oui, il me tuera ! la belle avance ! ils en riraient trop ensemble ! Je me fiche pas mal de leurs préjugés, moi, de leurs usages de duel, de lâcheté déguisée en bravoure ! — non, je ne me battrai pas. Je ne suis pas un homme du monde, moi ! je ne suis même pas encore Monsieur le préfet ! je suis un rond-de-cuir, fils de colporteur ; je m'appelle Marcant Denis... un brave homme, honnête, travailleur, — qu'un oisif a trahi, trompé, volé, assassiné !... Ah ! le misérable... Comment le punir, lui, lui surtout, la canaille !... Le mal est que je ne peux pas les prendre en flagrant délit... Alors je ne peux pas les tuer comme ça : on me condamnerait ! Et pourtant... j'éprouve la même fureur que si je les surprenais... c'est même plus fort, je crois. Je souffre bien plus... et bien plus longtemps !

Il redescendit à pas de loup, écouta respirer son enfant, et remonta.

De retour sur la terrasse, il poussa cette fois un cri sauvage, sourd. Dans l'est, serrant la côte de près, dépassant à peine le promontoire d'Agay, apparaissait, dans la gloire de l'aurore, dorée et rosée, en pleine lumière, dans un triomphe, dans une apothéose de joie et d'amour, l'*Ibis Bleu*, très reconnaissable pour Marcant à sa forme, à ses dimensions, à l'inclinaison de ses mâts, à son pavillon aux deux boules bleues.

Cette fois, Marcant vit très bien que le ciel et la mer, d'accord, disaient une joie de fête, un triomphe amoureux, le leur, celui des amants ! Et vaincu, muet, cessant de penser, la lorgnette collée au creux de ses yeux, oubliant tout, même son fils, pour suivre sa douleur qui venait à lui, joyeuse, il s'assit,

les jambes défaillantes, sur la balustrade de la terrasse.

XXV

Et comme Pierre ne se décidait plus à quitter Elise, le bateau, sous les yeux de Marcant, joua un instant sur l'eau, allant et venant, indécis, comme une mouette capricieuse.

Elise songeait. Elle s'était laissée emporter, éperdue, méconnaissable pour elle-même, dans l'oubli, sur cette mer, sous ce ciel, dans ces parfums, par le navire du songe bleu...

Maintenant, avec les rivages apparus au soleil, avec la villa blanche, où dormait son fils oublié, la réalité entière revenait.

Elle s'était persuadée, hier soir, que l'enfant, comme à l'ordinaire, de bonne heure, s'était endormi sous la garde d'une brave femme à qui elle aurait à expliquer, comme elle pourrait, l'absence étrange...

Elle voyait bien maintenant que toute explication serait difficile.

« Et cette femme, garderait-elle le secret ? Comment le lui imposer ?... Et aux questions de l'enfant, que répondre ? Et que dirait-il à son père ?... Sa grande espérance était qu'avant le réveil de la servante et de l'enfant, elle pourrait rentrer invisible à la villa, dont elle avait une clef... Mais les verrous ?... Ah ! l'odieux supplice lorsque les moindres détails de la vie, même les plus vulgaires, deviennent tous menaçants ! Enfin, elle allait voir !... »

Et, grave, elle disait :

— Écoutez, mon ami... écoutez-moi bien. La vérité des choses m'apparaît. Ce que j'ai fait est horrible, impardonnable. Je suis très coupable, sans excuse... Puissé-je n'être pas châtiée comme je le mérite ! Ecoutez bien : il faut, quoi qu'il arrive, il faut, et je veux que cette heure n'ait pas de lendemain... Tout s'y oppose. Il faudra mentir, soit, mais une fois pour toutes. La trahison consentie et continue me fait horreur... j'en mourrais. Vous ne me reverrez plus.

— Elise !

Elle était ferme. Elle regardait sa faute en face, courageusement. Elle ne pleurait pas. Elle voulait.

— Elise ! répéta-t-il.

Elle reprit :

— Ce jour est un jour de honte ! je n'en ferai pas ma vie. Un entraînement, soit ; un arrangement, non ; plutôt mourir !

Elle parlait gravement, avec une entière sincérité, avec une énergie singulière, et, comme il la croyait, il l'aimait davantage.

XXVI

— Ils vont débarquer dans le port !
Quelle audace !... Non, devant la villa !
C'est pire ! Non, ils repartent... Ah ! les misérables !...

Ce mot, c'était le refrain.

Marcant regarda sa montre. Il était cinq heures du matin.

Le youyou, se détachant du bord, amenait à terre Elise, accompagnée de M. Dauphin.

Marcant ne voulut pas qu'ils pussent se concerter, et il se dissimula dans l'escalier du mirador dont il descendit trois marches, et d'où il les regarda à travers les balustres de la terrasse...

Leur embarcation entra dans le petit port. Marcant les avait perdus de vue. Il regarda du côté du chemin, derrière la villa; il les vit bientôt s'avancer ensemble. Dans la solitude matinale, ils ne craignaient pas d'être surpris. Toutefois ils marchaient isolément. Elise était grave. Elle maintenait sa résolution de ne pas rester la maîtresse de Pierre. Cela lui semblait réellement impossible, contraire à tout ce qu'elle était.

Marcant y voyait trouble, n'apercevait rien de leur attitude.

Il ne voyait que ceci : Ils sont ensemble ! ils approchent !

Quand ils furent à cinquante pas, il se mit à descendre. Une seule idée était sous son crâne, y tenait toute la place : « Je vais les tuer !... Comment ? »

Il se voyait les prenant tous deux par le cou, un de chaque main et, avec sa vigueur irrésistible de paysan il choquait l'une contre l'autre les deux têtes : la cervelle jaillissait !... « Quelle folie ! C'est une vision de délire. Ça n'est pas possible ! C'est dommage ! » Cela, en lui, se formulait en ces termes, exactement.

Il avait encore une autre vision : Elise ouvrait la porte massive. Lui, Denis, était derrière; et, au moment où elle entrait, il se lançait de toute sa vigueur; et, entre le dormant et la lourde porte, il l'écrasait ! Ensuite, il assommait l'autre qui, bravement, était venu au secours.

« ... Non, ce n'est pas cela ! je trouverai quelque chose sur le moment, selon qu'ils seront rapprochés ou éloignés l'un de l'autre ! »

Il se repaissait de ces images. Une irrésistible folie lui faisait rêver tout cela. Il préméditait un mauvais coup, mais sans être aucunement le maître de diriger sa préméditation !

Il descendait. Arrivé dans le corridor, il attendit... On ouvrait... Il vit le pêne glisser et il l'entendit. Ce bruit lui sembla énorme. La porte tourna. Elise parut... Pierre n'était pas là... Sur l'ordre d'Elise, il l'avait quittée avant le seuil, et rejoignait le youyou...

Elle tenait ses yeux baissés, et elle vit d'abord — comme dans les mauvais rêves incompréhensibles, où les détails les plus vulgaires dégagent de l'épouvante — les deux gros pieds de Marcant qui se découpaient, noirs, terrifiants, sur les dalles blanches. Ainsi révélée, la subite présence du juge, qu'elle croyait bien loin, s'engouffra dans sa cervelle comme une horrible attaque de folie... Elle leva alors le regard sur l'apparition inattendue et lui, qui voyait rouge, était si terrible, si prêt au meurtre, qu'elle se rejeta en arrière avec une face convulsée, des yeux jaillis de l'orbite, et la bouche ouverte pour un cri de terreur suprême...

Alors tout ce que Marcant avait prémédité s'écroula de soi-même, et, avant d'avoir voulu les prononcer, il dit, plus prompt du cœur que du cerveau, ces quatre mots, aussi épouvantables que la mort même :

— Silence ! votre enfant dort !

La même surprise, la même terreur qui allaient faire pousser à Elise un cri, étouffèrent ce cri dans sa gorge.

Marcant reprit, froid comme le marbre :

— Sa bonne, à votre exemple, l'a abandonné... Mais elle, du moins, c'est une mercenaire, je l'excuse. L'enfant s'est réveillé. Il a passé la nuit sur la terrasse, à peine vêtu, exposé au vent, à l'humidité... il vous appelait... c'est là que je l'ai trouvé... Vous me comprenez ?

Elle fixait sur lui des yeux hagards.

— Qu'attendez-vous ? dit-il. Vous devez bien comprendre que nous n'avons plus rien à nous dire. Je sais d'où vous venez; je vous ai vue; retournez-y, et le plus tôt possible.

Elle le regardait toujours et croyait devenir folle. À la vérité, elle l'était en ce moment-là.

Il se sentait inexorable, de toute la force de ce regain d'amour qui, depuis quelque temps, couvait en lui.

Un éclair enflamma les yeux de la malheureuse. Elle comprit qu'elle n'entrerait plus dans cette maison où était son enfant; et, éperdument, à tue-tête, d'une voix suraiguë, prolongée, elle cria :

« Georges ! Georges ! » pour être entendue de lui, pour le revoir !...

— Tais-toi ! Taisez-vous ! dit le maître. Vous ne méritez plus votre enfant. C'est lui que vous avez indignement trompé : ce n'est pas moi ! Moi, à côté, ce n'est rien. La femme, ça trahit quelquefois, dit-on ! mais on dit que les mères ne trahissent pas ! Vous, vous êtes une mère infidèle, entendez-vous, la mauvaise mère, la mère adultère ! la mère fausse ! Eh bien, vous ne l'aurez plus, cet enfant !... Vous l'aimez au fond ? Vous ne l'aurez plus ! Voilà le seul châtiment que je vous prépare : un divorce, qui vous prendra votre enfant. Il n'est plus qu'à moi, à moi seul, entendez-vous !

Il parlait d'une voix lourde, étranglée, pour ne pas éveiller le petit, mais il se soûlait de sa rage, et ne pouvant pas agir ni crier, il se dédommageait avec la violence des paroles ; il les alourdissait des pesées sourdes de sa voix ; il prenait goût à l'injure ; il mâchait et buvait sa salive et sa vengeance.

— Allons, adieu ! dit-il, partez ! va-t'en !

Elle se mettait à comprendre tout le péril, et la nécessité absolue du mensonge. Que sa-

au moins. Elle releva la tête et se redressa tout entière.

Un instinct de bête traquée s'était éveillée en elle. Est-ce que, en silence, on ne pourrait pas échapper ?... On peut mentir avec le regard ! Ses beaux yeux, elle le savait, disaient la clarté de son âme... Si elle pouvait encore lui montrer *cela*?... Elle trouverait plus tard les explications voulues... mais il fallait, d'abord, lui faire croire qu'il en existait de toutes simples... Qu'avait-elle à perdre à ce jeu ?

Elle leva, sur ceux de son juge, des yeux de bête maligne, qu'une bête plus forte tient à l'arrêt. Et il la regarda, lui aussi, dans le regard.

Alors un drame silencieux se passa dans le mystère de ces regards qui se pénétraient.

Il plongeait dans les yeux d'Élise le trait perçant de son œil fiévreux, translucide, divinateur. Et ce qu'il vit lui fit plus de mal encore que tout le reste. Elle écarquillait les yeux pour faire croire qu'elle ouvrait, qu'elle étalait toute grande son âme. Sa volonté déterminée de mentir était, au fond de ces yeux-là, en lutte avec une invincible sincérité. Dans ce regard le faible commencement de mensonge qu'elle parvenait à créer ne parvenait à prendre ni consistance ni éclat. C'était une

vait-il, après tout ? De quel droit croyait-il qu'elle l'avait trompé ? Il n'aurait pu l'affirmer, le prouver surtout ? Elle pouvait bien avoir passé cette nuit à bord, innocemment et malgré elle. Le mensonge qu'elle avait préparé, d'où vient donc qu'elle ne le retrouvait pas ? — Il le fallait pourtant, qu'elle sût mentir ! C'était le seul salut, le sien, celui de l'enfant, qui mourrait sans elle... Mais le mensonge préparé ne se formulait plus en son esprit. La crainte la paralysait. Elle se sentait trembler toute. Sa voix se refusait... Elle n'avait jamais menti.

Alors, elle songea à ruser, par l'attitude

vapeur mal condensée, insuffisante, et là, derrière, était — dissimulée mais certaine — la faute !... En s'interposant entre elle et lui, ce voile si léger les rendait plus étrangers l'un à l'autre que des ennemis ; et vue au travers, la vérité plus cruellement révélée que par un aveu apparaissait d'autant plus honteuse !

Une douloureuse jouissance le prit, de si bien voir, de la tenir ainsi vaincue, impuissante à mentir, à échapper à son étreinte et à sa clairvoyance, et il ne dit plus rien, — mais il mit dans ses yeux une plus vive acuité de pénétration. Elle se sentit fouillée au dedans, percée à jour, vue dans les replis, et, dérobant malgré elle ses yeux au regard du maître, c'est avec des paroles qu'elle répondit à l'accusation de ce regard ; et, — comme si on l'eût accusée avec la voix, — elle cria, à plusieurs reprises, trahie par l'énergie même et par l'insistance de la négation :

— Ça n'est pas vrai ! ça n'est pas vrai ! ça n'est pas vrai !

Il se sentit cruel avec joie.

— Si vous aviez avoué, peut-être, dit-il, vous aurais-je pardonnée... Qui sait ! Adieu !

Elle perdit la tête à ce mot, joua le tout pour le tout et se précipita à ses pieds, se traîna à genoux sur la large marche du perron en gémissant :

— Pardon ! c'est vrai ! pitié ! pardon ! si vous saviez !... Je ne suis pas si coupable !... Oh ! par pitié ! pardon ! pardon ! Au nom de notre enfant, pardonnez, pardonnez-moi !

Lui, une indifférence horrible l'envahit, un froid de mort traversa son cœur. Il se trouva tout étrange, tout changé ! Et il dit seulement :

— Trop tard !

Et aussitôt, en silence, il referma la porte lourde, bien doucement, pour ne pas réveiller l'enfant.

XXVII

Elle reçut ce mot « Trop tard ! » comme un coup de massue de plomb sur la nuque. Elle se releva avec effort.

Tout était détruit en elle. Elle s'en alla, comme assommée, endormie dans l'horreur d'un cauchemar, avec l'air terrible des somnambules, et, dans sa tête, cette seule idée qui sans relâche se répétait : « Je vais me noyer. » Puis elle prononça les mots eux-mêmes et elle allait, marmonnant à voix haute comme les fous : « Je vais me noyer... je vais me noyer... »

Pierre, de loin, la vit qui marchait ainsi, chancelante, trébuchante, ivre de sa douleur. Il revint, effaré.

— Qu'avez-vous ?

Elle répondit d'une voix d'ombre :

— Je vais me noyer... je vais me noyer..

Elle était insensible...

— Expliquez-vous, par pitié !

Elle répétait obstinément :

— Je vais me noyer !

Il devina, interrogea d'un mot :

— Il est revenu ?

Elle fit de la tête signe que oui...

Elle n'était plus qu'une machine. Il l'avait prise par le bras et la portait presque. Il la conduisit ainsi dans l'embarcation qui s'éloigna...

Elle y demeura assise, l'œil immobile, fixé tout droit sur une vision... Elle pensait :

« Georges ! Georges ! Oh ! Georges !... Je vais me noyer !... » Rien de plus. Et pourtant elle songeait encore, avec l'instinct rusé de la folie lucide : « Au bord de la mer. ici, la mer n'est pas assez profonde... Le bateau me mène où il faut... »

Et quand le youyou accosta l'*Ibis*, et qu'il fallut passer de l'embarcation sur l'échelle du yacht, elle se releva toute droite, et glissant entre les mains qui se tenaient pour la retenir, elle se laissa choir dans l'eau, sous l'eau, profondément, comme rigide, comme déjà morte...

Pierre et l'un des marins la suivirent, la saisirent aux cheveux, la ramenèrent à bord.

Marcant n'avait rien vu. Il était monté près de Georges qui dormait toujours... et qu'il n'embrassait pas, de peur de le réveiller.

TROISIÈME PARTIE

I

A pleins bras, comme il eût porté une enfant, Pierre porta Elise jusque dans sa chambre. Déjà, sincèrement, sa résolution était prise. Son cœur, léger, était bon. « Ah ! on la chassait ?... Eh bien, il la garderait, lui ! Elle était sienne, maintenant, sa maîtresse définitive et, qui sait ! peut-être, un jour sa femme... »

Elle n'était pas évanouie. Pourtant le contact de l'eau à peine fraîche, en ce mois chaud, ne l'avait pas rendue à elle-même. C'était dans un délire confus qu'elle s'était jetée à la mer; et, sous l'eau, elle avait éprouvé, comme dans la fièvre, un bien-être mauvais ! Elle avait eu non pas l'idée mais la sensation d'un enveloppement brusque dans la mort liquide, fatale, où ses douleurs étaient sûres d'étouffer. Ses douleurs, c'était elle-même. Elle se sentait donc, avec une joie étrange, ensevelie vivante, d'un seul coup... elle allait mourir... elle le voulait... et ne savait plus pourquoi... mais elle le voulait ! Elle souffrait, ne voulait plus souffrir, et ne savait plus de quoi ! Sa volonté, sa raison déjà avaient abandonné le monde des vivants et pourtant la vie physique était encore intégrale en elle. Elle n'eut pas même le temps de vouloir mécaniquement respirer. L'eau amère n'était pas même arrivée à sa bouche, quand elle se sentit saisie, arrêtée dans son élan inflexible vers la mort et l'oubli.

A ce moment elle voulut avancer plus loin dans la mort et pour cela crier : « Laissez-moi ! » Elle ouvrit la bouche et but; elle se sentit étouffer. Tout le reste disparut pour elle aussitôt. Il n'y eut plus en elle de douleur autre que l'angoisse de l'asphyxie. La volonté de la nature se substitua, infinie, à toutes les raisons, toujours agissantes quoique oubliées, qu'elle avait de vouloir

mourir — et la créature désira respirer. Et, lorsque, après une minute de cauchemar sous l'eau profonde, elle se sentit ramenée à l'air des vivants, alors elle s'abandonna dans les bras qui la sauvaient. Et tandis que Pierre la descendait, toute ruisselante dans sa chambre, il se sentait serré contre elle. Il s'y trompait. Ce n'était pas la maîtresse qui étreignait l'aimé. C'était une femme qui, obéissante à la nature physique, étreignait la vie retrouvée.

Instinctivement, le capitaine le suivait, ce que François, le valet de chambre, n'osa point faire. Pierre vit le capitaine passer devant lui et ouvrir les portes, puis s'éloigner en lui disant :

— Je vais revenir, monsieur Pierre !

Le vieux brave homme l'appelait souvent ainsi. Il l'avait connu tout petit.

Pierre, qui avait compris, attendait debout, avec son fardeau entre les bras, qui ruisselait comme lui d'eau marine.

Le capitaine revint aussitôt et jeta sur le parquet un matelas qu'il avait pris en hâte dans une chambre voisine. Et, agenouillé tout en développant le matelas, il expliquait :

— Il faudra tout à l'heure un lit bien sec et bien chaud... Ne vous effrayez pas, monsieur Pierre. Ce ne sera rien. La saison est bonne.

— C'est bien, merci, mon ami, dit Pierre, je ferai le thé moi-même et tout ce qu'il faut...

Le bon capitaine, de nouveau, sortit.

Pierre s'agenouilla à son tour près du matelas sur lequel il posa Elise, mais elle crispait ses bras autour de son cou, et il ne pouvait parvenir à lui faire lâcher prise. Elle rêvait maintenant qu'elle se noyait tout de bon, et elle s'accrochait à l'épaule du jeune homme qu'elle reconnaissait — bien qu'elle eût les yeux fermés.

— A présent, murmurait-elle dans une crise de délire; je n'ai plus que toi ! plus que toi !

Il pensait que cela était vrai et qu'il ne faillirait pas à son devoir. Oui, elle pouvait compter sur lui, l'adorable créature. Oui, c'était maintenant par devoir en même temps que par passion, qu'il l'étreignait, attendri.

— Je n'ai plus que toi ! répéta-t-elle.

Et aussitôt elle se mit à pousser des cris aigus, prolongés, des cris qui semblaient ceux d'une douleur sans âme, d'une douleur mal imitée. C'est qu'en effet, ils ne se rapportaient pas du tout à son malheur essentiel, à ses remords, à son désespoir, à son amour. C'était seulement la plainte du corps affolé, vide de conscience.

Il commença à la déshabiller. L'humidité des vêtements rendait la besogne difficile. Les agrafes ne glissaient plus, arrachaient l'étoffe. Elle se mit à s'agiter, à se débattre contre lui en criant : « Non ! non ! » mais d'une voix basse comme pour rendre inutile ce refus ! Elle rejouait, en un délire que rien ne révélait à son amant, la scène de la veille, de ce moment où elle s'était abandonnée à lui, avec des résistances toujours plus défaillantes.

Et lui, ne savait plus où elle en était. La scène présente, aux émotions si aiguës, effaçait aisément de son esprit celle à laquelle il n'avait pas assisté : le retour et la colère du mari. Telle est l'insuffisance de la pensée : elle-même n'a pas le don d'ubiquité; elle ne voit les choses que par succession. Tout entier à cette Elise qui était là, à demi dévêtue, couchée et se débattant contre lui, il oubliait, dans cette réalité physique saisissante, la peine morale qui l'avait amenée à ce point de désordre.

Et puis il la désirait. Une heure auparavant, après les joies sans nom d'un premier abandon, elle lui avait dit : « Nous ne nous reverrons plus ! plus jamais ! » Et voici qu'après cette menace la destinée la lui rendait ! De nouveau elle était là, enfermée seule avec lui, dans cette même chambre de bord, et elle le serrait dans ses bras, elle attachait ses mains à son cou, l'attirait à elle, puis, par saccades, le repoussait en criant : « Non ! non ! »

Il se répétait qu'elle était sienne, qu'il avait à l'avenir des droits véritables.

Maintenant, elle était nue, sous la lumière du jour qui entrait à pleine fenêtre. Il n'avait pu voir encore sa beauté ainsi révélée, entière, non pas même cette nuit passée...

L'eau de la mer la couvrait de luisants çà et là, pareils aux grains étincelants d'un beau marbre. Les cheveux, dénoués, ruisselaient épars autour de sa tête. La bonne odeur de l'eau salée prenait sur la chaleur vivante un charme extraordinaire. Le poète eut la sensation d'avoir là, toute à lui, d'avoir dérobé à la mer une de ses ondines, une de ses reines mystérieuses. Il eut un éblouissement; un vertige... Il jeta sur elle la souple étoffe de soie qui couvrait le lit et qui, s'affaissant, la moula aussitôt de ses plis infiniment légers. Il ne pouvait s'empêcher de voir tous ces détails, et vainement il se reprochait l'attention voluptueuse qu'il y mettait malgré lui. Il s'éloigna un peu alors, pour échapper à la vue attirante de cette beauté impérieuse et songea enfin à quitter ses habits trempés. Il y mit une hâte involontaire. Singulière ?... Non; ne fallait-il pas qu'il revînt au plus tôt la soigner ?... En un tour de main, il fut prêt, revêtu seulement d'une robe orientale, serrée d'une ceinture... Il prit la toute pareille pour Elise... en songeant qu'il faudrait lui acheter des vêtements au plus tôt; qu'elle n'avait rien à bord...

Il était rassuré sur les suites de l'accident. Le bain, dans cette saison, n'était pas inquiétant par lui-même. Rien autour de lui ne parlait de douleur; tout, au contraire, lui parlait de volupté, de joie, même et surtout ce beau corps de la malheureuse étendue là, sous la soie rose, comme endormie dans une paix délicieuse, et dont rien ne révélait au regard l'angoisse oubliée.

Il revint s'agenouiller près d'elle.

— Elise ! murmura-t-il.

Sa voix parvint jusqu'à elle, à travers la brume infinie qui la séparait du monde réel.

— C'est moi, moi, Pierre, me reconnaissez-vous ?

— Oui... dit-elle avec un prolongement câlin du mot.

Au ton caressant de cette réponse, se mêlait comme un commentaire ironique, mais venu de si loin qu'il était perdu ! Cela pourtant signifiait : « Oui, je vous reconnais, ou plutôt je vous reconnaîtrais, si j'étais encore du monde où vous êtes. C'est vous ce Pierre qui m'a perdue, parce que nous nous sommes aimés. Puis... je vous reconnais bien.. Vous ne pouvez plus rien pour moi ! »

— Elise ! répéta-t-il.

Elle souleva son bras nu, le mit autour du cou de Pierre. Ses yeux demeuraient fermés. Où était son âme ?... Qui le dira ? en route vers elle-même ! Mais à coup sûr elle n'était pas entièrement présente.

Dans le mouvement qu'elle fit, l'étoffe glissa, montra toute sa poitrine... Il se sentit éperdu et la couvrit de baisers. Elle avait eu, la veille, les pudeurs hésitantes du premier abandon. Voici que tout la lui livrait tout entière et sans défense. Elle, dans les limbes d'une sorte de folie momentanée, répéta :

— Je n'ai plus que toi !... plus que toi !... plus que toi !...

Il ne prenait pas garde que le mot était répété chaque fois avec une intonation toute

différente. La voix partie de la tendresse, montait par saccades vers l'ironie irritée...

D'un brusque mouvement de main il arracha et jeta au loin l'étoffe dont il l'avait couverte.

Ce fut terrible !... Elle éprouva comme une brûlure de honte qui courut en frissons sur tout son corps, de la tête aux pieds, et elle se trouva debout, nue, à demi détournée de lui, voilée un peu de ses mains, hautaine, désespérée et forte — debout, en pleine conscience... Son âme brusquement lui était revenue, avec le souvenir, la douleur, la pudeur, la colère et le mépris !

Et le démon qui, à ce moment, s'était emparé de Pierre, cria en lui : « Elle est belle ! » Il eut l'envie diabolique de la ressaisir... Et cela fut visible. Au mouvement imperceptible qu'il fit en avant, elle bondit vers la robe qu'il avait apportée pour elle et qu'il avait jetée au pied du lit. Elle l'enroula autour de son corps et, s'asseyant sur ce lit dont elle arrachait au hasard la couverture, les draps, pour s'en faire des voiles plus épais.

— Sortez ! commanda-t-elle. Je vous jure que, maintenant, vous me faites horreur à tout jamais... Jamais ! non, jamais ! je ne pourrai plus vous revoir ! Vous me faites vraiment horreur ! Vous n'avez pas respecté mon désespoir !

En parlant de son désespoir, elle en vit le fond. L'idée de son enfant reprit en elle toute la place, et les larmes jaillirent de ses yeux... Elle cacha sa tête dans les coussins et pleura longuement.

Pierre sentit qu'elle lui était reprise par quelque chose de plus puissant que lui. Et pénétré d'une douleur sincère, aimante, il s'agenouilla devant elle et posa son front près d'elle... Elle ne le vit pas mais elle sentit tout à coup qu'il effleurait ses pieds d'un baiser chaste.

— C'est atroce, tout cela ! dit-il. Vous êtes une martyre et je vous vénère. Vous êtes une victime... ma victime... et je vous aime ! Vous avez une âme sainte !... Ecoutez-moi, ma bien-aimée. Tout n'est pas perdu... Tout cela n'est pas un jeu... Le mal que l'amour a fait, l'amour peut le défaire... Ecoutez-moi, Elise... Les choses s'arrangeront. Je ferai tout pour cela... Il y a le divorce... Il faut absolument qu'il soit prononcé pour une cause tout autre que la vraie — et alors, si vous daignez y consentir, nous nous marierons !

Pour toute réponse elle sanglota :

— Georges ! mon Georges !...

— Elise ! cria Pierre.

— Il faut que je meure, lui dit-elle d'un ton calme, en le regardant à travers ses larmes avec un sourire navrant. Il faut que je meure, mon ami. Je suis condamnée.

Elle sentit que ce mot, *mon ami*, elle l'avait prononcé par pitié pure pour cet homme courbé, là à ses pieds. Elle sentit que plus rien d'elle n'était avec lui. Quelque chose entre elle et lui s'était abaissé, qui les séparait plus sûrement qu'un obstacle tangible. Il avait perdu tout pouvoir de la troubler. Elle le regarda un instant; et elle eut l'impression bizarre de ne l'avoir jamais vu ! Elle le sentit « étranger » à toute sa vie. Après tout, que savait-elle de lui ? — A peine quelques anecdotes galantes, contées par lui-même. Elle n'avait assisté à rien de ce qui avait été l'existence de cet homme. Et sa pensée se reportant au contraire sur Marcant, elle le revit enfant, adolescent, jeune homme, homme fait. Tout entier il lui apparut avec son caractère ferme, sûr, sa vaillance un peu brutale, son affection solide; elle le vit travaillant toujours, encore, pour elle — qui ne possédait rien au monde — et pour leur enfant !... « Oh ! Georges ! Oh ! Dieu ! mon Dieu ! Comment certains oublis, même momentanés, sont-ils possibles ? » Georges ! son enfant, la chair de sa chair ! qu'elle connais-

sait, celui-là, dans les moindres replis de sa petite âme simple et profonde, où tout n'était qu'attachement et amour pour elle, — elle avait pu l'oublier ! Que faisait-il à présent ? il s'éveillait sans doute après cette nuit horrible où il l'avait appelée du haut de la terrasse, dans le vent de la mer, inutilement. Et de nouveau au réveil, inutilement, il l'appellerait. Il l'appelait ! Elle entendit dans son cœur le cri : « Maman ! » et devint blême, prête à défaillir.

Pierre la vit devenir si pâle qu'il eut un vif mouvement vers elle, mais elle tourna lentement vers lui un regard mort qui le glaça. Toute sa pensée était à l'enfant, et n'était plus dans les yeux dont elle regardait cet homme, son amant la veille ! Dans ses yeux il y avait l'indifférence froide, faite de colère éteinte et d'un mépris involontaire pour celui qui n'avait pas su se détourner d'une mère...

Son mépris pour elle-même lui donnait le mépris de lui, et tous les doutes. Qui sait quelle part de ruse il y avait eu dans sa poursuite obstinée ? Par quels moyens prémédités l'avait-il séduite ? Il avait fallu des philtres pour l'amener à pareille honte ! Par quelle puissance odieuse — qu'elle fût fatale ou artificielle et voulue — avait-elle été vaincue ? L'avait-il consultée avant d'ordonner à son yacht de s'en aller si loin en mer, afin d'avoir avec elle une nuit, une nuit entière ! La voilà, sa perfidie !... Est-ce que, sans cela, dans ce yacht maudit, il aurait pu lui faire oublier l'enfant ? Est-ce aimer une femme que l'entraîner à des abîmes comme celui où elle était ? Et il offrait de l'épouser ! Mais il faudrait d'abord — il venait de le dire — que le divorce fût prononcé pour un motif tout autre que le véritable ?... Eh bien, elle ne le permettrait pas... La loi a bien fait les choses... Elle crierait devant tous : « J'ai eu un amant ! » et elle le nommerait ! afin que jamais, jamais, il ne pût songer à devenir son mari ! Oh ! le divorce, c'est-à-dire l'adieu au père de Georges ! La séparation de la mère et du fils, devenue légale, irrémédiable !... C'est bien à cela que, tout de suite, avait songé Marcant ! C'est à cela qu'on allait la contraindre !... « Georges ! Georges ! » Le plus profond de sa chair criait : « Georges... plutôt mourir ! »

Pierre vit bien dans les yeux d'Elise de quel lointain elle le regardait à présent et qu'il ne franchirait plus la distance qui se faisait entre eux.

— Je vous aime sincèrement, dit-il d'un air grave. Et même à moi, entendez-vous, même à moi vous devez quelque chose... vous devez de ne pas mourir !

Il était très effrayé pour lui-même à l'idée de cette mort. La responsabilité morale lui apparaissait, redoutable... Voilà de quoi troubler toute une vie d'homme ! Et il se plaignait, non sans la plaindre, elle aussi, sincèrement...

— Que voulez-vous que je fasse, répondait-elle, que je devienne? Je ne peux pas quitter mon enfant ainsi : il a besoin de moi... Il mourrait de mon absence... Je retournerai près de lui, ou bien — je vous l'affirme — je mourrai !

Elle reprit, après un silence, avec le calme d'une résolution arrêtée :

— A quoi bon attendre, du reste? je connais mon mari. Il ne reviendra pas sur ce qu'il a résolu. Il ne me reprendra pas. Ainsi ma destinée est finie !... Je mourrai. Ce sera ce soir ou demain. C'est une affaire d'heure, de moment à choisir, car, je le sais, vous allez tenter de vous y opposer... Mais ces surveillances-là sont tôt ou tard trompées ; il y a toujours une minute où elles sont inutiles... On a tant de moyens d'en finir ! C'est si simple !... Songez que je n'ai point de famille, rien au monde. Où aller?... Je n'ai pas même, en ce moment, une robe pour me couvrir?...

L'idée de cette misère la fit de nouveau fondre en larmes...

Elle reprit, plus tranquille, sur un ton d'amertume poignant :

— Vous me dites d'avoir pitié de vous?... Oui, ma mort volontaire vous sera pénible... pendant quelques jours... Eh bien, cela vous donnera une sensation nouvelle, comme vous dites quelquefois, mon cher !... un goût de remords qui, je l'espère pour vous, vous sera nouveau !... Vous écrirez sur votre chagrin des vers... de beaux vers... que vous lirez un jour à quelque autre ! et puis, un matin, vous vous apercevrez que je vous ai débarrassé d'une femme gênante à qui vous aviez eu la sottise d'offrir le mariage dans un moment d'exaltation vite passé... Et vous me remercierez d'être morte, le soir du jour où vous épouserez la belle jeune fille riche qui vous attend... La voilà, votre histoire... je vois si clair en ce moment ! Oui, je vois clair ! c'est pourquoi je mourrai, entendez-vous, je mourrai... Il faut que je meure. Et vous voyez bien que je suis tranquille, clairvoyante et toute vraie !

Toutes les illusions que donne la joie d'aimer avaient fui, au réveil terrible qui lui avait été fait. Elle voyait tout à coup les plus profonds dessous du réel mauvais et elle racontait sa vision avec l'air tragique et mystérieux d'une prophétesse de malheur. Et le mal qu'elle prédisait, elle le préparait par là même dans le cœur qui l'écoutait ; elle le légitimait par avance, aux yeux de cet homme, le réalisait déjà un peu, en lui !

Il l'écoutait avec une angoisse d'âme extraordinaire. Et voilà qu'il sentait une possibilité abominable dans tout ce qu'elle disait, dans tout !... Elle-même le dégageait des fidélités qu'il venait d'offrir, et il se voyait à ce moment dont elle parlait, où il raconterait cette scène d'à présent... à une autre... Vraiment elle avait bien raison ! Il ne se sentait aucune fidélité dans la mort. Il n'avait rien d'éternel en lui... L'enfant de cette femme était le fils d'un autre homme... Le seul lien durable de l'amour la rattachait à cet autre ! Il éprouva toute la misère de sa situation, le dénuement de sa vie, son impuissance à donner à cette mère un avenir qui la payât de son passé détruit — et, doutant de lui-même avec tout son scepticisme depuis quelque temps noyé sous des enthousiasmes sensuels, il entra dans l'agonie morale, dans la défaillance suprême... Et il se mit à pleurer silencieusement, dans une grande et inutile pitié d'elle et de lui-même.

II

L'enfant dormait toujours. Marcant, à la fois surexcité et à bout de forces, songeait mécaniquement. La masse de sa douleur, le total de ses soucis et de ses chagrins l'écrasait, mais il n'y démêlait plus rien. Ses idées se suivaient en lui mais il n'en approfondissait plus aucune. Etre écrasé, c'est le salut de l'âme, dans les grandes catastrophes. Si on conservait longtemps la faculté de se sentir et de se voir souffrir, d'aller au fond de son mal, de prolonger, pour ainsi dire, l'intensité de la douleur à sa première minute, d'éprouver le malheur entier comme dans la seconde où il vient de se révéler, — on arriverait toujours à la folie telle que le premier choc la détermine parfois.

Il alla voir si l'*Ibis Bleu* était « toujours là ». Le yacht avait disparu comme ces palais d'enchanteurs, qui, dans les contes, passent tout un jour en face du palais des princes, et, le lendemain ne sont plus là. Cette idée se présenta même à l'esprit de Marcant, suivie d'on ne sait quelle sensation étrange de fièvre, de folie. Il passa la main sur son front et quitta la fenêtre avec un regret inexplicable de n'avoir pas revu ce bateau, comme si une occasion de vengeance, qu'il ne pouvait se définir, lui était échappée.

— Bah ! ils ne sont pas loin, et je les rattraperais si je voulais ! mais je ne veux pas ! Je ne veux plus la voir !...

Et il songeait, dans son accablement, à des détails dont il ne souffrait même plus : « Cette bonne, il faudrait pourtant la revoir... Quand une mère peut abandonner son enfant pour courir après sa honte, comment faire un crime aux serviteurs mercenaires d'oublier leur devoir !... Elle a ici des effets, cette bonne, une malle... Je lui ferai porter tout cela... Mais rien ne presse... Demain...

Cette idée de malle, d'effets à renvoyer
à la bonne éveilla une ironie : « Eh bien, et
elle? Elle aussi a besoin de sa malle », puisqu'elle aussi a été chassée, renvoyée comme
une bonne infidèle !... Je vais la préparer,
sa malle! et la lui envoyer aujourd'hui
même, à l'instant! »

A cette pensée, il fut comme traversé d'un
éclair joyeux. Il vit Elise recevant ses effets,
et par là, comprenant mieux que tout était
fini! oui, il éprouvait une vive allégresse de
vengeance! Un autre sentiment qu'il ne

démêlait point était en lui : l'envie d'occuper
Elise de lui encore une fois. Au fond, il prenait mal son parti de l'idée qu'il ne pouvait
plus rien contre elle, pour elle, sur elle!
L'adieu avait été si bref! Quoi! c'était là
tout le châtiment? Au moment où il l'avait
renvoyée, sa femme, cette femme, certes,
il avait joui de la vengeance, mais on n'a
pleine conscience de l'intensité des sentiments
que dans l'instant précis et fugitif où on les
éprouve.

Si on se rappelait les sentiments aussi
vivement que les faits — les réalités seraient
éternelles !... Et il se trouvait imparfaite-
ment vengé ! — Qui sait? Peut-être était-elle
ravie du dénouement qu'il avait donné à son
aventure ! Ou peut-être, au contraire, après

la stupeur première, allait-elle lui demander
grâce? Peut-être espérait-elle déjà revenir
au foyer ! Eh bien, il allait répondre : Un
batelier allait lui porter ses malles !...

Et pendant que Georges dormait à poings
fermés, Marcant, passant dans la chambre
de sa femme, ouvrit la commode, l'armoire
à glace, tous les placards, puis il tira d'un
cabinet obscur deux ou trois caisses qu'il
traîna au milieu de la chambre, et il commença à y jeter les bottines, les robes, tout
ce qui appartenait à Elise. Tout à coup, il
songea que ce désordre lui révéle-
rait la passion, la colère; il voulut
lui donner à entendre au contraire
que les choses avaient été métho-
diquement faites ou commandées,
et il vida les caisses, reprit un à
un les vêtements, les plia, les
arrangea l'un sur l'autre de son
mieux — gauchement.

— C'est mal fait : tant mieux !
elle verra que c'est moi et que
j'étais calme !

Une main par dessous, l'autre
dessus, il portait par paquets du
linge. C'étaient des jupons, des
pantalons, des chemises garnies
de dentelles, d'engrêlures traversées de fins rubans roses, — et
ces choses d'intimité coquette
fleurant le parfum accoutumé, à
peine perceptible, parlaient à
l'époux... de la morte... Oui, de
la morte ! Il lui semblait remuer,
après la mort, les choses que
seule touche, pendant qu'elle est
vivante, celle à qui elles appar-
tiennent ! D'avoir à s'occuper
pour la première fois de toutes
ces choses, cela lui donnait la
sensation nette du changement
profond survenu dans sa vie.

— Oh ! ces robes ! voici celle
qu'elle a mise pour le voyage,
quand nous sommes venus de
Paris ! Voyage maudit !... Bah !... ce qui
doit arriver arrive... et les femmes capables de tromper trompent un jour ou
l'autre, quel que soit le lieu, fatalement...
Voici celle qu'elle portait le matin où nous
allâmes dîner, trois jours après notre arrivée,
sur cet *Ibis Bleu !...* Quel nom ridicule !...
Une idée du « Monsieur » poétique, ça ! du
chanteur de romance pour guitare !... C'est
avec ça qu'on prend les femmes, qui toutes
sont des sottes ! oui, toutes ! Elles se prennent
toutes aux mêmes amorces... Mais la probité,
le courage patient et caché, la fidélité profonde, muette, — elles ne savent pas ce que
c'est ! Du clinquant, des mots, le capitaine
ou le ténor, voilà leur affaire !

Et il empilait gauchement des bas, des

mouchoirs... Il regarda avec gravité une paire de bas qu'il tenait. A coup sûr, il eût paru ridicule à un témoin; lui, ne sentait que son attendrissement.

— C'est pourtant des bas d'honnête femme, ça ! dit-il. Je les reconnais, ceux-ci, elles les a tricotés elle-même, comme aussi tous ceux de Georges. Elle les a faits patiemment, tout en riant de se voir si appliquée à ce travail de persévérance, disant qu'une femme qui tricote des bas n'est pas de ce siècle.

Sans savoir ce qu'il faisait, il s'assit, regardant toujours ces bas qui étaient bruns en laine, très finement tissés. Il les regardait et revoyait Elise sous la lampe d'hiver, travaillant près de lui qui annotait l'éternel dossier... L'enfant, dans la chambre voisine, dont la porte était entr'ouverte, dormait. Lui, interrompait son travail un instant, prenait un journal, lisait, à voix basse, à sa femme, la nouvelle du jour, un fait divers qu'on commentait ensemble. La vieille bonne apportait le thé... N'était-ce pas bon, divin, tout cela? Assurément; mais était-ce suffisant? Ce désir d'idéal, d'un peu de fantaisie, que toutes les femmes ont dans le cœur est-il absolument illégitime? N'est-ce pas lorsqu'on ne leur en donne rien qu'elles le satisfont sottement avec des poètes de rencontre, des aventuriers? Et surtout n'y a-t-il pas des joies qui sont liées à la vie dans la nature, et que l'ambition sociale fait trop oublier? Ne se le disait-il pas hier, quand il arrivait tout joyeux, avec des désirs si nouveaux, de voyage et d'amour libre, au soleil, sur les grands chemins? Hélas ! peut-être devait-il se reconnaître des torts !...

Il eut une secousse, se releva, secoua la tête.

— Faiblesse que tont cela ! Serais-je lâche? Suis-je si lié, par l'habitude, à cette femme, que je m'achemine, avec un détour, vers l'idée de la reprendre déshonorée?...

Il se mit à rire.

— Non; je suis fatigué ! je suis fou ! Je divague un peu en ce moment, mais jamais, jamais, je ne la reverrai, quand même elle se traînerait encore à mes pieds, tordant ses bras, repentante et sincère !

Et le pauvre homme alla, le front baissé, déposer avec soin dans son secrétaire l'honnête paire de bas qui l'avait fait rêver... C'était le seul souvenir qu'il voulait garder, celui des veillées paisibles, familiales; celui du bonheur d'aimer sans le dire, dans la douce monotonie des travaux nécessaires, — tel qu'il l'avait cru possible à jamais.

III

La femme qui venait tous les matins s'étant présentée, Marcant la congédia.

— Revenez demain. Pas aujourd'hui!

Quand les malles furent pleines, il regarda une dernière fois autour de lui, mit dans une boîte les objets familiers qu'elle aimait, et qui étaient épars sur une table; il y joignit le tapis de cette table. Il arrangea sa boîte dans un coin de malle qu'il avait aménagé au-dessus de tout le reste, et sur la boîte enfin il déposa le buvard, les papiers d'Elise. Il écrivit ensuite sur une grande enveloppe ces mots : *Madame Elise Marcant.*

— « Pourquoi ce nom de Marcant que bientôt elle ne portera plus? » Il prit une seconde enveloppe et écrivit : *Madame Elise...* Cette forme le choqua. Il ajouta un *M* : *Madame Elise M...* Cela fait, il glissa dans l'enveloppe un certain nombre de billets de banque, le plus qu'il lui fut possible — avec une carte qui portait ces mots : « En acompte sur la pension que j'aurai à vous servir. » A cela, il ne mit aucune malignité. Il lui eût semblé honteux de la laisser dans un tel moment sans argent.

Quand l'enveloppe scellée fut dans la malle il promena de nouveau son regard autour de lui. Il aperçut au coin de la cheminée, près du portrait de Georges, un album où s'étalait à la première page le sonnet de M. Dauphin ! Il eut envie d'écrire à côté quelque pensée amère, insultante. Il n'en fit rien. Seulement, il lia à l'album, par ironie, le portrait de l'enfant avec un ruban quelconque, et jeta cela dans une des caisses. Alors, il les referma toutes et il lui sembla qu'il venait de mettre au cercueil son amour, son cœur, sa vie.

Et comme la trompe de l'omnibus sonnait sur la route, il courut à une fenêtre et appela :

— Dites à l'un des commissionnaires de la gare de venir chercher ici mon bagage.

Il entra chez son fils. Il était dix heures du matin. Il se pencha doucement sur lui, l'éveilla d'un baiser léger, attentif...

— Allons, mon Georges, il est temps !...

— Et maman, papa? Et l'*Ibis Bleu?*

Marcant comprit que rien n'était souffert Son martyre était devant lui.

IV

L'homme ne tarda guère à arriver, avec sa charrette.

Au coup de sonnette :

— Voici maman ! cria Georges.

— Non, cher petit, ce n'est pas elle. Elle ne viendra pas aujourd'hui.

— Comment le sais-tu ?

Marcant fut embarrassé.

— Je le sais, dit-il.

Et il se tut; l'enfant aussi, qui aussitôt devint tout songeur. Il se sentait devant un grand mystère. Son père le comprenait et voulait le lui cacher. « Où donc était sa mère? Pourquoi ne revenait-elle pas? Est-ce qu'elle ne l'aimait plus? — Et ma bonne, donc? » il songeait, tout étonné, devant ces choses extraordinaires.

Marcant descendit ouvrir à l'homme, lui montra les caisses à enlever.

— Vous connaissez le bateau de M. Dauphin?

— L'*Ibis Bleu?* oui, monsieur, il est dans le port depuis ce matin.

— Vous les porterez à bord.

— Oui, monsieur, elles y seront dans trois quarts d'heure... Est-ce qu'il n'y a rien à dire, pas de réponse à attendre?

— Rien, pas de réponse.

— C'est bien, monsieur.

Marcant retourna auprès de Georges.

— Qui donc est venu, papa? Est-ce que maman envoie des nouvelles, dis?

Marcant pensa qu'il valait mieux, pour calmer l'enfant, préciser quelque chose.

— Oui, répondit-il. Elle va bien; mais comme je te l'avais dit, elle ne peut revenir... Elle fait un voyage... Et je lui ai envoyé des robes, du linge, des effets... ses malles!... Elle repart de Cannes, sur la mer!

L'enfant, assis sur son lit, la tête un peu de côté, regardait un point fixe dans l'espace. Il avait l'air de regarder sa pensée matérialisée hors de lui. Avec l'impitoyable besoin de s'expliquer tout, qui leur sert à se faire une âme, il dit :

— Pourquoi qu'elle n'est pas venue les chercher — pour m'embrasser?

Marcant s'aperçut qu'il aurait dû arranger savamment une fable, un roman, à l'usage du petit, où tout aurait été prévu, se serait enchaîné logiquement, comme dans la vie. Il s'aperçut que le mensonge exige du génie pour être soudé à la vérité, à toutes les conséquences du réel.

— Elle n'a pas eu le temps, répondit-il au hasard.

L'enfant conclut :

— Elle avait toujours le temps... avant.

Avant! Avant quoi? Le mot entra dans le cœur du père comme une balle de fusil. Il baissa la tête et tira hors du lit les jambes du cher petit... Il lui mit ses bas. C'était la première fois que Georges voyait son père le servir ainsi...

— Mais, mon papa, je sais m'habiller tout seul.

— On t'aidait pourtant, tous les matins.

— Oui, mais c'était pour me gâter.

— Eh bien, je veux te gâter aussi.

Il le prit dans ses bras, l'enleva du lit avec un de ses bas tout pendant, sa petite chemise retroussée, la moitié de son petit corps tout nu, tout comique et tout charmant, et il le pressa sur son cœur avec une tendresse infinie... et un grand sanglot éperdu... Ce qu'il embrassait, c'était elle aussi dans le passé, ce qui lui restait d'elle dans l'avenir...

Georges comprit de plus en plus qu'il y avait des choses extraordinaires. Et de tous ses petits bras, il serra son père bien fort, le plus fort qu'il put.

— Est-ce que nous ne la reverrons plus... alors?

— Pourquoi dis-tu : alors? interrogea Marcant impatienté.

— Je ne sais pas.

Il ne savait pas, en effet, mais c'était qu'à son insu, il avait senti l'adieu adressé à sa mère dans la nouveauté des tendresses paternelles.

— Où allons-nous, mon papa?

— A l'hôtel, déjeuner... quand nous nous serons promenés.

— Et ma bonne Marion, mon papa?

— Elle ne reviendra plus, celle-là !

— Mais nous irons la voir, à la ferme, dis, parce que je l'aime bien, ma bonne Marion !

— Elle t'a pourtant laissé tout seul... cette nuit.

— Oh ! c'est qu'elle n'aura pas pu faire autrement... comme maman !... Alors, ce n'est pas sa faute, et nous irons la voir, dis, à la ferme?... puisqu'on peut... Maman, elle, on ne peut pas... parce qu'elle est sur la mer, — toujours plus loin et qu'on ne peut pas au juste savoir où...

Marcant ne répondit plus rien. Il se laissa rouler par les vagues confuses de la douleur, comme un caillou par la lame du rivage, abandonné, résigné, — usé.

Quand Georges fut prêt :

— Allons, sortons !

— Attends ! mon papa.

L'enfant alla ouvrir un placard dans le mur, son armoire aux joujoux; et, dans le bas de l'armoire, avec d'infinies précautions, il prit quelque chose qu'il en retira. C'était son bateau, son *Ibis Bleu!*

— Tu ne vas pas emporter ça !

— Oh ! si, mon papa... On est toujours au bord de la mer, ici; alors je le mettrai sur l'eau, après le déjeuner... Et puis, j'aime tant à le voir ! Il me fera penser à maman, qui est sur l'autre, sur le grand ! Il lui ressemble au grand, — regarde... C'est tout naturel, puisque tu me l'as choisi exprès... Tiens, il y a des fenêtres ici, à l'arrière... c'est celles du petit salon de M. Dauphin. Maman doit être là : c'est le plus joli endroit du bateau... Tu comprends bien, n'est-ce pas, ça me rappelle tout... Si je le perdais, je ne serais pas content, ah ! mais non ! et je croirais que ça porte malheur... Aussi, je le soignerai bien, n'aie pas peur !...

La petite âme, sensible, exaltée, maladive, visionnaire, se montrait au père, pour la première fois, tout entière. Marcant fut effrayé. Il n'avait jamais entrevu ces profondeurs. Il eût jugé ces pensées mauvaises chez une grande personne. Toute mièvrerie de sentiment lui semblait romanesque, dangereuse. Il se dit que la nuit passée sur cette terrasse avait rendu l'enfant malade et se promit de le conduire au médecin, ce jour-là même... « C'est du rêve qui continue, se dit-il. Est-ce qu'il va vivre dans ce cauchemar ? »

Il s'était baissé, regardait l'enfant attentivement au visage; il regardait ses lèvres, ses yeux un peu rouges, ses joues un peu pâles... Il tâtait son pouls.

— Pourquoi tu me regardes comme ça, mon papa ?

— Tu n'es pas malade ?

— Oh ! non !... mais je ne suis pas content !

— Eh bien, il faut laisser ce bateau.

— Oh ! papa !

Le cri fut profond. Georges leva sur son père des yeux de prière désespérée, car il savait que Marcant, lorsqu'il avait ordonné quelque chose, ne changeait jamais de volonté.

— Oh ! mon papa ! je voudrais tant ne pas le laisser !... Maman me le laissait toujours emporter, ma bonne aussi... M. Dauphin aussi !

Marcant, hors de lui, frappa du pied. Ses yeux jetèrent une flamme... L'enfant se replia sur lui-même... et, en silence, alla cacher son bateau au bas de l'armoire, à sa place... Il n'en finissait plus de le soigner, d'en écarter les autres jouets, de le couvrir d'un lambeau d'étoffe qui était là pour ça...

Marcant, furieux, le regardait faire.

— As-tu fini ?... Allons, sortons !...

A cette voix brusque, l'enfant se leva, revint au père, la tête basse, lui prit la main, sans le regarder, effrayé de se retrouver tout à coup en face de l'ancien Marcant, — de celui qui, comptant sur la mère pour que l'enfant reçût plus que sa part des tendresses nécessaires, se montrait souvent trop sévère, même un peu dur.

— Regarde-moi !

L'enfant leva ses yeux : ils étaient pleins de larmes qui ne coulaient pas encore, parce que son père n'aimait pas les larmes. Les yeux du petit regardèrent ceux du père, d'en bas, avec une expression de faiblesse vaincue, de tendresse soumise impuissante à monter, qui était déchirante... Puis il éclata en sanglots et précipita son visage contre la jambe du père, qu'il étreignit avec ses deux bras.

Le cœur de l'homme fut brisé.

— Allons, ne pleure plus, Georges... Je te demande pardon !

Le pauvre homme alla au placard, se baissa, dépouilla soigneusement le bateau du chiffon qui le couvrait, le mit sur son bras... et il disait :

— Ne pleure plus... nous l'emporterons toutes les fois, tant que tu voudras... mais ne pleure plus !...

L'enfant souriait déjà... Il regardait son bateau posé sur le bras du père, et il lisait à voix haute le nom, écrit en belles lettres dorées : IBIS BLEU. Et quand ils furent dehors, sur le chemin :

— Comme tu es bon, mon papa ! je te remercie beaucoup, oh ! mais beaucoup, beaucoup !

V

Et, profitant de la bonté de son père, il voulut en déjeunant à l'hôtel que son *Ibis Bleu* fût sur la table, devant lui, appuyé contre le store dont le bas, relevé, laissait voir un peu du bleu de la mer. Ils ne mangeaient pas beaucoup, l'homme ni l'enfant, et au dessert, Georges s'écria :

— Oh ! regarde, papa, on dirait tout à fait le véritable ! on dirait qu'il est sur l'eau de la mer qui est derrière la vitre ! C'est maman qui revient !...

Dans la même minute, Marcant, écartant de son côté le store, vit l'*Ibis Bleu* qui sortait de la rade de Saint-Raphaël et prenait le large... Et il se sentit si mal que, d'une main tremblante, il dut saisir un flacon de liqueur quelconque et boire en hâte. Il ne songeait qu'à ne pas laisser voir à l'enfant son malaise et sa pâleur; à ne pas défaillir, pour ne pas l'épouvanter.

VI

Pierre avait pensé tout à coup que, de la villa, Marcant devait épier l'*Ibis Bleu*, et il jugeait inconvenant et cruel de demeurer au mouillage en cet endroit. Il quitta Elise, pour appeler d'une autre chambre son domestique afin de n'être pas vu près d'elle, en ce moment, ainsi vêtu de cette robe légère.

Il fit donner l'ordre d'entrer dans le port. Là, il serait à la fois présent à Saint-Raphaël et peu visible. « Et si Monsieur Marcant veut me faire rechercher, je pourrai me mettre à ses ordres. » En outre, il fallait au plus tôt trouver pour Elise des vêtements, du linge, un petit trousseau provisoire.

L'ordre donné, il revint près d'elle. Elle s'était vêtue entièrement de la simple robe orientale, que tout d'abord elle n'avait pas pris le temps de mettre avec soin, afin de s'en couvrir plus vite. Elle en avait épinglé sous le menton l'ouverture brochée de soie. Elle avait ramené autour de son poignet les manches, aussi larges elles-mêmes que des robes d'enfant. C'était une tunique de lin d'une souplesse extrême, d'un blanc jaune d'ivoire et toute traversée en sa longueur de bandes brodées, en soie blanche d'une grande richesse d'effet. Elle avait songé à se cacher ainsi vêtue dans le lit, pensant qu'elle y serait mieux protégée contre le regard de Pierre, — mais elle pensa aussi qu'il y avait moins d'intimité encore à le recevoir dans ce costume, puisqu'elle ne pouvait en avoir d'autre.

Ne pas le recevoir? Elle y songea un moment, mais le moyen? N'était-elle pas chez lui? N'avaient-ils pas encore des choses graves à se dire et au plus tôt? N'y aurait-il pas exagération à le consigner à sa porte, — lui, hélas! — pour attendre... quoi? que ses vêtements fussent séchés? Il s'agissait bien de cela! A présent qu'elle s'était ressaisie que craignait-elle? quelle malhonnêteté y avait-il à paraître dans ce costume imposé par les circonstances? Elle se sentait protégée, comme revêtue et toute pudique de volonté.

Il avait compris du reste, si bien compris, qu'elle le trouvait à plaindre maintenant, un peu à plaindre, lui aussi.

Il fut frappé, quand il rentra, de la noble gravité du visage d'Elise. Elle était belle, d'une sévérité calme, sans exagération, sans la moindre recherche d'attitude, superbe de franchise, — et tellement rendue à elle-même, à sa liberté de femme, à sa dignité de mère, — qu'il se trouva inconvenant, lui, dans sa robe fantaisiste, qu'il portait pourtant presque tous les jours, en été, dans sa chambre. Il eut le sentiment de n'être pas décent et il en éprouva quelque honte. Il eut envie de ressortir, d'aller s'habiller, mais il résista à cette envie. Il avait de la peine à cesser de la voir, en ce moment-là, belle comme elle était d'une beauté morale révélée par toutes les lignes de son attitude, par toute l'expression de son visage, de ses yeux, par elle tout entière. Et cette admiration implacablement égoïste, c'était l'amour, l'amour encore, et définitif, croyait-il...

— Ne vous étonnez pas, dit-il sans s'approcher d'elle, nous allons rentrer dans le port. Le bateau va se mettre en marche...

— Merci, dit-elle.

Comme il sortait, une trépidation légère annonça que l'hélice se mettait en mouvement.

Elle regarda, par le hublot, furtivement, comme si elle eût craint d'être vue du dehors; — et elle aperçut sa villa...

— Oh! mon Dieu! soupira-t-elle.

Mais elle se roidit et, par un effort brusque de toute sa volonté, elle se mit à réfléchir, la tête dans ses mains, à ce qu'elle allait faire maintenant, tout de suite, quand on serait dans le port! Hélas! elle n'imaginait rien qui lui parût raisonnable.

Au bout d'un instant, Pierre revint portant lui-même du thé bouillant. Il avait revêtu un costume ordinaire. Elle en éprouva un sentiment secret et profond de reconnaissance. Elle se sentit beaucoup plus disposée à l'écouter, à le croire; elle sentit qu'il l'accompagnait vraiment jusqu'au fond de sa misère. Elle lui fut indulgente, amie, à ce moment. Et pour l'arracher à sa résolution de mourir, il fit plus à ce moment, avec cet acte de respect, qu'avec les plus éloquentes paroles, même les plus sincères.

— Buvez, dit-il.

Il sentait que la sensation de boire suffirait à changer quelque chose en elle, — achèverait de la ramener au sentiment de la vie banale. C'est ce qu'il fallait.

Elle but une gorgée.

— Je vais bien, dit-elle. Je n'ai même pas eu froid, rassurez-vous.

Il la remercia d'un regard, — et s'agenouillant de nouveau à ses pieds, prenant une de ses mains qu'il posa tour à tour sur ses lèvres, puis sur son front, il lui parla, sans vouloir la regarder, dans l'attitude du respect, prosterné. Il lui dit d'abord son amour épuré; et alors, il osa lui parler d'avenir, de mariage possible. Elle aurait son fils avec elle, au moins de temps en temps... ou bien (et il s'exaltait) tous deux fuiraient ensemble sur ce bateau... partout où elle voudrait... Ils se feraient une vie nouvelle, toute d'amour, de tendresse, dans la liberté des horizons infinis... Tout changerait sans cesse, autour d'eux qui ne changeraient jamais. Et comme il sentait d'où venait en elle la résistance :

— Nous l'enlèverons, si vous l'ordonnez!

Ce mot lui parut n'avoir aucun sens.

— Qui donc? dit-elle.

— Georges!

Elle se détourna de lui avec un cri d'effroi.

— Vous n'avez pas compris, dit-elle! J'aime mon mari!... Je le vénère... Je le plains de toute mon âme... J'ai commis par entraînement pour vous que je crois un honnête, un galant homme — séduisant, mais bon, — une grande faute... Je veux l'expier... Je ne sais pas comment, mais je l'expierai... Et je veux qu'il le sache... Lui voler son enfant?... mais vous ne comprenez donc rien !... Il est à lui plus qu'à moi, maintenant, cet enfant qui m'aimait par-dessus tout, et que j'ai trahi ! oui, trompé, trahi, entendez-vous... que je n'ai pas su garder et qui m'attend... et qui m'appelle en ce moment même !... Entendez ceci, entendez-moi bien : ou mon mari me re-prendra, ou je mourrai ! Sur quel ton faut-il donc le dire, pour être comprise et pour être crue ?

Pierre s'était levé. Il était pâle, effrayé d'elle. Il sentit définitivement qu'il la perdait juste dans le moment où il l'aimait le plus, et sans arrière-pensée !

— Pardon ! dit-il. Pardon ! Je ne vous parlerai plus jamais de moi, plus jamais. Mais, quoi qu'il arrive, vous retrouverez toujours mon dévouement, entier, absolu...

Cet être sensitif, mobile, influençable, était entraîné à la confiance par la fran-chise de la malheureuse femme. Il l'avait conquise à l'amour coupable : elle venait de le conquérir au respect. Avec cette naïve, le sceptique penchait du côté de la bonne naï-veté. Le pauvre enfant n'avait pour cela, en somme, qu'à se laisser être vraiment lui-même, qu'à oublier d'analyser sa propre âme et de la retenir au bord des sentiments simples, comme il est séant de le faire sous prétexte sans doute que ces sentiments-là ne sont pas dignes des intellects supérieurs.

On entrait dans le port. Quelques instants après, les cais-ses arrivèrent... Pierre les fit descendre toutes trois dans la petite salle à manger.

Quand il les annonça à Elise, non sans quelques ménagements, elle se leva, toute pâle, le des-sous des yeux subitement creusé d'un cercle noir, puis elle chan-cela et dut se rasseoir. Il se précipita et de nouveau lui offrit à boire.

— Oui, dit-elle, un peu d'eau.

Elle mouilla ses lèvres, puis, — du bout des doigts, — ses tempes.

— Il entend me dire par là que tout est bien fini !... Croit-il donc que c'est possible quand il y a l'enfant ? Ah ! tenez ! s'écria-t-elle, je comprends ! je comprends ! Comment n'y ai-je pas songé encore ?... Il m'aura vue revenir ici, avec vous !... Et il ne m'a pas vue quand j'ai essayé de mourir ! Il aura pensé que j'acceptais tout, que je vous pré-férais à tout, que je voulais bien de la faute prolongée et de la honte !

Il se rapprocha d'elle.

— Allez-vous-en ! Laissez-moi ! Allez-vous-en ! je veux m'habiller et partir d'ici au plus tôt, je veux aller le trouver ! et me tordre, m'écraser à ses pieds ! obtenir mon pardon ! supplier mon enfant... mon enfant surtout... qui croyait en moi ! qui y croit encore... Allez-vous-en ! Allez-vous-en ! Je veux partir ! partir d'ici au plus tôt !

Elle étouffait. Elle se renversa dans son fauteuil.

Il vint s'asseoir près d'elle, et, gravement, lui prenant cette fois la main comme à un homme :

— Ne vous abandonnez pas, par pitié :

soyez forte... Tout ce que vous feriez dans ce moment troublé ne serait pas bon. Ecou-tez, vous avez en moi un ami sûr. Croyez-le ; je vais vous le prouver. Nous allons partir tout de suite avec le bateau...

Elle l'interrompit :

— Je veux m'en aller ! je veux m'en aller !

— Par pitié, par pitié, dit-il, écoutez-moi patiemment... Nous irons près de Toulon, devant la villa de mes parents... Dès ce soir, j'expliquerai à ma chère mère tout ce qui s'est passé, tout ce qui est à présent, et vos terreurs et vos espérances. Quand elle saura comment je vous aime et que, si les circonstances vous permettaient un jour de m'accepter pour tel, je serais avec joie et reconnaissance votre mari, — ma mère viendra vous voir ici : c'est elle qui nous dira ce que nous devons faire... C'est elle qui nous sauvera de nous-mêmes ! Croyez-moi, ce bateau est le seul asile sûr en ce moment. Partout ailleurs, vous seriez vue. Ici vous êtes cachée... Et vous y resterez sans moi. Je vais descendre à terre. Je serai à Toulon avant vous. Je vais donner mes instructions au capitaine.

Elle protesta encore, de tous ses gestes.

— Je veux m'en aller ! murmurait-elle obstinément.

— A Saint-Raphaël surtout, vous ne devez pas être vue sortant d'ici aujourd'hui. Il faut rester à bord, croyez-moi.

Elise avait relevé la tête. La sagesse de ce qu'il venait de dire la frappait enfin. Elle regardait Pierre avec un air plus calme.

— Seulement, ajouta-t-il, il est bien entendu que vous serez sage et que...

Il n'osait achever... Elle réfléchit, décidément calmée.

— Soit, je vous promets, dit-elle d'un ton tranquille, de ne rien tenter contre moi-même, avant d'avoir causé avec la sainte femme dont vous m'avez souvent parlé.

De nouveau, elle pleura. C'étaient des larmes de fin de crise. Elle dit encore :

— Je vous remercie.

— Dans une demi-heure, je viendrai vous dire au revoir, fit-il... Il faut d'abord ouvrir ces caisses, et voir si rien ne vous manquera ici.

Il la laissa seule.

VII

Elle se leva, ouvrit une des caisses, poussa un cri. Elle avait reconnu tout d'abord le portrait de Georges. Elle le baisa mille fois.

L'effet fut tout différent de celui qu'avait rêvé Marcant. Il avait voulu lui paraître méchant. Elle le trouva bon, au contraire, d'avoir songé à cela : « Il ne veut pas me séparer de notre enfant, tout à fait... Oh ! oui, il est bon !... Elle quitta le portrait, le reprit, le quitta de nouveau. « Enfin, songea-t-elle, il faut être raisonnable et m'habiller avant tout... J'aurai le temps de te regarder, mon cher amour ! » Elle avait repris le portrait, elle le quitta encore...

Quand elle trouva le portefeuille, l'argent, elle les baisa avec emportement. Tout cela, au lieu de la blesser, la touchait, lui semblait de l'indulgence, du pardon, de l'espérance accordée...

C'est qu'elle se repentait profondément, et qu'elle ne pouvait imaginer que cela ne se vît pas. Elle était vraiment rachetée déjà, par l'immensité de sa douleur, la profondeur de son repentir.

Pierre revint.

— Eh bien ? dit-il.

— Eh bien, répondit-elle, j'espère !... Voyez ! ajouta-t-elle.

Elle regardait le portrait de Georges et le lui tendait. Lui, juste dans le même instant, il posait sur la cheminée un petit cadre qu'il apportait.

— Et voici, dit-il, celui de ma mère... A demain !

Il prit sa main, y appuya ses lèvres aimantes, la regarda un instant avec douceur et sortit.

Quelques minutes après, le youyou qui avait conduit à terre Pierre Dauphin revenait vide, était hissé à bord.

VIII

On frappa à la porte d'Elise. Le capitaine parut, sa casquette à la main.

— Je viens prendre l'ordre de départ, madame... Pouvons-nous partir ?

— Oh ! oui, tout de suite ! dit-elle.

— Chaque fois que vous appellerez, madame, je serai prévenu, et ce sera moi, si vous le permettez, qui me présenterai d'abord. C'est l'ordre de M. Pierre.

— Merci, dit-elle.

— Du reste, ajouta le brave homme, le temps est admirable et je compte bien pouvoir arriver ce soir non pas à Toulon, mais dans le petit golfe de la Garonne, à trois cents mètres du château de M. Pierre...

— Madame Dauphin, sa mère, pourra certainement vous rendre visite à bord ce soir même. C'est le désir de M. Pierre.

— Merci, merci, dit-elle, sur un ton d'infinie douceur.

Le capitaine se retira.

L'*Ibis Bleu* sortit du port... Elise ne voulut pas voir s'éloigner le rivage de Saint-Raphaël. Elle n'aurait pu supporter cela... Elle s'était jetée sur le lit, et, écrasée enfin par la fatigue physique, elle s'endormit.

IX

Marcant n'osait plus quitter cette salle à manger d'hôtel. Il attendait que l'*Ibis Bleu* eût disparu à l'horizon, derrière Camarat. Et le yacht n'était encore que devant le Lion de Mer.

Dauphin, à peine à terre, avait pris une voiture qui le conduisit à Fréjus où il déjeuna en attendant le train. A Saint-Raphaël, il eût craint, malgré toutes les précautions, de rencontrer Marcant.

Georges attendait qu'il plût à son père de sortir. Il était impatient de voir la mer, d'y lancer son petit bateau, de le regarder en songeant à l'autre...

— Est-ce que nous sortons, papa?

— Pas encore.

Marcant fumait, silencieux. Georges se mit à étudier en détail son bateau.

— Il n'y manque rien, mon papa... C'est tout à fait comme sur le véritable!... Regarde!

Il arrangeait une corde, un bout de voile, mettait le gouvernail bien droit, et souvent revenait au nom écrit sur l'arrière, s'émerveillait de le lire, de l'épeler : I. B. I. S. I-BIS, —BLEU. Il en examinait les moindres détails afin de l'identifier entièrement à l'autre, de bien s'imaginer complètement que c'était un vrai bateau, d'y retrouver, par la pensée, la maman qu'il adorait et dont l'absence inexplicable le laissait consterné.

Tout en jouant, il vint à se dire : « Papa aussi est bien malheureux! » Il eut le sentiment qu'il fallait maintenant moins parler de sa mère, puisqu'à chaque fois son papa semblait avoir plus de peine, fronçait le sourcil, devenait pâle... mais l'idée ne lui vint pas de renoncer à son jouet, de le cacher... Il lui sembla au contraire que, jouer avec, c'était la meilleure manière de penser à sa maman sans le dire, et, par conséquent, sans tourmenter son papa...

Toutes ces réflexions se faisaient jour avec lenteur dans sa petite âme qui s'agitait sur elle-même, s'efforçait vers la conscience, et y arrivait par brusques petites secousses douloureuses.

X

— Un homme est là qui désire parler à Monsieur Marcant.

Marcant se leva, s'éloigna un peu de Georges.

— De quelle part?

— Il vient de la ferme Antoinette.

— Attends-moi là, Georges.

— Oui, papa.

Marcant passa dans la pièce à côté, dans la salle de billard où un homme l'attendait. C'était Cauvin.

Il se trouvait qu'on était au dimanche, et le paysan avait pu s'habiller et venir « en ville » sans attirer l'attention de personne.

— Que voulez-vous? dit Marcant avec brusquerie. Les effets de misé Saulnier? Je serai chez moi demain matin.

Cauvin secoua la tête. Il était grave. Il avait son chapeau sur la tête et il songea à l'ôter, ce qui indiquait un sentiment d'humilité étrange chez un paysan du Var.

— Je viens pour une autre affaire, dit-il. Je sais que vous êtes un très brave homme, monsieur Marcant, et qui comprenez les choses. Alors je viens vous donner les explications qu'il faut. Et c'est, pas moins, une chose difficile!...

Il se gratta la tête derrière l'oreille. Ce grand gaillard, bien découplé, cet homme mûr était singulièrement intimidé. On voyait qu'il faisait une démarche d'importance. Il était rasé de frais. Il sentait le linge à peine sorti de l'armoire pleine de bouquets de lavande, et le savon commun des barbiers de village.

— Qu'y a-t-il enfin? dit Marcant.

— Personne ne vous a rien dit? interrogea Cauvin.

— A quel sujet?

Cauvin esquiva la question.

— Je sais pourtant que l'on cause pas mal de nous, même un peu trop, répliqua-t-il. Voici donc l'affaire.

Il tourna son chapeau entre ses deux mains, puis le posa sur le bord du billard, appuya son poing dessus, et dit, tout d'un trait :

— Si vous ne voulez pas faire arriver un grand malheur, mon brave monsieur Marcant, si c'est un effet de votre bonté, — vous ne raconterez à personne que misé Saulnier — pardonnez-lui! — n'a pas couché cette nuit à votre villa... Si cela vient à être connu, son mari — comprenez bien — l'apprendra, pour sûr... Il y a des gens — j'en ai des preuves — qui cherchent à nous mettre mal ensemble, — à me faire quitter la ferme... Et si Saulnier apprend la chose, il se pourrait faire qu'il devine tout le reste. C'est un homme, celui-là, dont on ne sait pas les pensées, et ses regards ne sont pas toujours très bons. Je vous parle comme il est nécessaire, pour empêcher qu'il arrive peut-être de grands malheurs. Le plus grand serait, je pense, le chagrin que nous ferions à la petite Toinette... Vous lui voulez du bien, n'est-ce pas, à la petite? Son idée de mariage avec le brave François, que vous connaissez, vous a paru bonne, à vous aussi? Tout le bonheur de la petite est là. Et si Saulnier vient à se fâcher, si le monde vient à connaître l'aventure, son mariage resterait en plan. La mère et la grand'mère Tarin, qui ne badinent pas, ne voudraient plus d'elle, la pauvre mesquine! Et ça, rien que d'y penser, ça fend le cœur!... Il y a encore autre chose qui marcherait en suite de ça. C'est que je devrais, moi, quitter la ferme et peut-être bien le pays. Et ça, par exemple, oh! non, je ne pourrais pas!

Il crispait ses gros poings.

— Voilà ce que je vous devais comme explication après y avoir beaucoup réfléchi. J'ai été forcé de parler, malgré que ce soit difficile, car autrement, pour sûr, vous, monsieur, ne sachant rien et ne pouvant pas deviner, vous auriez naturellement pu parler « de trop » ! simplement en disant à Saulnier pourquoi vous avez renvoyé sa

Il comprit, et il eut un mouvement violent de colère et de dégoût.

C'était donc partout la même chose ! fourberie, trahison, saleté partout, sous le nom d'amour ! L'adultère était donc installé chez ces paysans comme ailleurs ! C'est l'adultère qui avait poussé cette servante, cette femme de quarante ans, hors de chez lui, en même temps que la dame ! et c'est pour l'adultère que le pauvre petit avait été deux fois abandonné, laissé tout seul en pleine nuit !...

Ses épais sourcils se froncèrent.

— Qu'ai-je à voir là dedans ? dit-il en détournant les yeux. Cela ne me regarde pas. Je n'ai ni à vous trahir, ni à vous aider. Débrouillez-vous !

Cauvin, à son tour, fronça les sourcils. Une pensée mauvaise le traversa. Il eut une sourde envie de dire : « Nous ne nous tairons de notre côté que si vous vous taisez ! » Il

femme, tout juste ce qu'il ne faut pas qu'il sache !

— Elle n'était donc pas à la ferme, cette nuit ? interrogea avec naïveté le pauvre Marcant.

Cauvin le regarda profondément :

— Non, monsieur, dit-il en secouant la tête, non, elle n'était pas à la ferme.

Cela fut prononcé d'un tel accent que Marcant comprit.

Tout le passé de ces gens s'éclaira à ses yeux. Il se rappelait maintenant plus d'un détail qui aurait dû l'éclairer plus tôt.

sentit qu'avec cet homme-là pareille menace n'arrangerait rien, au contraire ! Il eut un sourire d'ironie triste qui plissa le coin de ses yeux, aux tempes, et il dit, résigné, humble :

— Je vois, vous n'avez pas tout compris... non, pas encore tout... Il y a, dans cette affaire, une chose plus terrible que toutes les autres... et que, par-dessus toutes les autres, pour le repos de la fillette innocente, il faut tenir cachée, — surtout de Saulnier !... Je ne pense qu'à cette enfant-là, comme de juste, la pauvre ! Elle n'en est pas responsable... Je dois tenir à elle comme à mon enfant, — comprenez-moi, — et je calcule que je ne peux pas mieux m'expliquer !...

Il s'arrêta, respira profondément, comme un homme qui, en train de se noyer, fait, dans une seconde, provision d'air à la surface de l'eau.

Il reprit, tout embrouillé dans ses efforts :

— Je ferai tout pour elle, aujourd'hui comme toujours. C'est pour elle que toute ma vie j'ai travaillé. Pour elle, je dois tout faire. Je lui donne tout parce que c'est mon devoir.

Il répéta :

— C'est mon devoir !

Et il poursuivit :

— C'est pour elle que je suis venu. Je lui dois de la protéger jusqu'à la fin. Il ne faut pas, — c'est entendu, — que son mariage soit manqué ! Mais il y a encore cette chose-ci, que je ne veux pas, moi, la perdre ! Je ne veux pas quitter la ferme — ni le pays. Toute l'affaire, même, est là. — On excite, je vous dis, Saulnier contre moi, depuis quelque temps ! des gens qui voudraient s'associer avec lui à ma place, maintenant que le bien est relevé par mon travail... vingt ans de travail !... Et si on sait quelque chose de l'affaire de cette nuit, on nous dénoncera, et il se pourrait faire qu'il vienne lui-même vous demander ce qu'il y a eu. Dites-lui n'importe quoi, nous vous en prions, mon brave monsieur... Dites-lui que vous allez quitter le pays ou que Marion ne faisait pas assez convenablement les choses pour vous, — mais pas la vérité, nous demandons ça en grâce, car nous serions tous perdus, — vous voyez bien ! — et moi le premier !

Comme Marcant continuait à se taire, l'homme pensa qu'il ne consentirait pas. Une fureur de fond le secoua. De nouveau, ses poings se crispèrent; il tortura et jeta à terre son chapeau neuf, et, entre ses dents : « Quitter le pays? où irais-je? Non, il est trop tard, ce serait ma mort ! »

Et, l'air terrible, comme ceux qui sont prêts au crime :

— Je ferais un malheur plutôt !

Marcant réfléchissait toujours. L'homme se tut, comme à bout d'arguments et même de force. Il soufflait.

Marcant ne répondait toujours rien.

Cauvin ajouta d'un dernier effort pénible :

— Pourquoi feriez-vous tout ce mal, dites !... à la petite surtout ! Qu'est-ce que ça vous rapporterait?

— C'est bon ! dit Marcant.

— Alors, vous m'avez promis?... Je peux m'en aller tranquille?... insista Cauvin.

Marcant sentit de la pitié mêlée à son dégoût :

— Oui, allez tranquille, dit-il en quittant la place.

Il entendit Cauvin qui le suivait en disant :

— Je savais bien que vous étiez un brave homme...

Marcant se retourna :

— Comment avez-vous pu me retrouver ici?

— Oh ! on vous connaît bien déjà dans tout le pays ! Saint-Raphaël n'est pas si grand ! Je n'ai eu qu'à demander. On m'a dit : « Il est entré là... » Adieu, monsieur Marcant. Pardon, excuse !

— Adieu.

L'homme s'en alla.

XI

Ainsi, dans ce pays, il ne pouvait entrer ni sortir sans qu'on le sût. Sans doute, son malheur était déjà connu, commenté. Il allait être épié. C'était dimanche; les dames sortaient de la grand'messe. La colonie d'été jasait sur la terrasse de l'établissement des bains. Il eut peur, au moment de sortir, des regards de tout le monde. Il eut peur d'une question indiscrète adressée à son fils. D'un autre côté, quelle leçon faire à Georges? quelle réponse lui dicter? Dans ce trouble, il fit demander une voiture et partit avec son enfant pour faire une grande promenade.

— Si tu laissais ton bateau, puisque nous allons dans le bois ! essaya de dire Marcant.

— Pourquoi donc, papa? Puisque nous sommes en voiture, dit Georges, il ne peut te gêner !

Ils partirent ainsi, à l'ombre d'un tendelet blanc, sur lequel ruisselait la torride lumière d'été, — tous deux assis au fond de la voiture ouverte; — et sur la banquette, en face d'eux, il y avait le petit *Ibis Bleu*, ballotté par les cahots comme par une tempête...

XII

L'*Ibis Bleu* avait dépassé Camarat et serrait de près la côte. Il voyait devant lui l'île du Levant.

Le capitaine vint demander à Elise si elle voulait déjeuner, et, comme elle hésitait à répondre :

— Il faut manger un peu, dit avec douceur le brave homme.

Il demanda la permission de rester là, un moment; il resta tout le temps du court repas, accepta, au dessert, un verre de vin, fit son possible pour la distraire.

Elle voyait qu'il avait des instructions. Elle était touchée de les lui voir exécuter si fidèlement.

— La vue de la côte est belle par ici... dit-il. Il faut porter un pliant sur le pont.

Il porta lui-même le pliant, et, désignant du doigt la côte :

— Voyez la longue plage de Cavalaire. Tout le monde dit que c'est très beau... Et voici les Maures.

Le massif des Maures s'avançait sur la mer en promontoires hauts, et sombres de verdure. On eût dit des sphinx colossaux, le poitrail large au-dessus des eaux, les pattes étendues, et endormis éternellement dans une majesté mystérieuse. Il y avait je ne sais quel contraste entre la gaie lumière du ciel et la ligne sévère de ces petites montagnes qui ombraient là mer au pli des golfes. Malgré elle, Elise fut distraite une seconde de sa peine aiguë par le spectacle de ces choses tranquilles, inconscientes, qui n'ont d'autre destin que de vivre, de boire le soleil et la pluie, de donner leur fleur et leur fruit sans qu'il puisse se mêler à leur amour toujours égal ni passion, ni scrupules, ni remords.

Elle respira longuement.

— J'aime mieux être à l'intérieur, dit-elle.

Elle n'était plus en accord avec l'harmonie, avec le rythme de tout.

Elle rentra.

— Il faut que je vous quitte, madame.

— Merci, je vais essayer d'écrire un peu.

Elle essaya en effet d'écrire à Marcant. Elle ne put pas longtemps. Elle n'osait pas. Elle ne savait plus comment l'appeler ! Elle souffrait beaucoup. Elle avait posé devant elle le portrait de Georges. Elle le prit, se leva, alla de nouveau sur le pont, à l'arrière, à l'abri du rouf. Là, accoudée, elle regarda l'eau... et elle fut tentée... « Personne ne me verrait !... » Elle se trompait. Un homme veillait. Pierre avait pensé à tout.

Dans tous les plis des Maures, là-bas, apparaissait une maisonnette, une vigne, une bande de terre cultivée qui disait le bonheur de vivre. C'était là, vraiment, la Provence Heureuse, mais Elise n'en remarquait plus le charme que pour sentir qu'il avait cessé d'agir profondément sur elle, et, avec amertume, elle l'accusait de l'avoir séduite et perdue !

« Oui, oui, c'est bien cela, songeait-elle confusément, c'est la grâce de ce pays, sa lumière, c'est tout en lui, qui m'a parlé de choses auxquelles je n'avais jamais songé. »

Elle se prenait à la détester, maintenant, cette terre verte et fleurie où tout parle d'amour, d'éternelles épousailles.

Le Lavandou, sur sa plage de sable, et la paisible Bormes, cette rose des Maures, épanouie là-haut parmi les myrtes et les pins de la montagne, apparurent et disparurent. Les *Iles d'Or* passèrent à leur tour. Elle fuyait de temps en temps ce spectacle, rentrait dans la chambre, prenait un livre aussitôt rejeté, baisait mille fois le portrait de son enfant, écrivait sa peine, ses remords, ses supplications à Marcant, brûlait ses lettres, une, puis trois, puis quatre, — et remontait encore sur le pont, rêvant de mourir sur l'eau profonde et maudissant ce pays de lumière, de joie, d'amour, qui lui avait inspiré la faute, et qui, maintenant, assistait à sa peine sans y prendre aucune part.

Elle eut encore plusieurs crises de larmes qui l'apaisèrent beaucoup. Epuisée de lassitude, elle s'étendit de nouveau sur le lit, eut le bonheur de s'assoupir encore un peu.

Vers cinq heures et demie l'*Ibis* mouillait en face du château de M. Dauphin, au fond de la petite baie de la Garonne, dans l'est de la rade de Toulon.

Le capitaine vint annoncer à Elise qu'une embarcation amenait à bord madame Dauphin.

XIII

Pierre, depuis une heure, s'était confessé à sa mère. Son père était à Marseille et cette absence simplifiait tout...

Quand il était arrivé chez sa mère, il avait craint de l'impressionner et s'était composé un visage.

Il ne voulait pas qu'elle devinât du premier coup un malheur, qu'elle pût se l'exagérer par avance, il voulait la préparer, lui conter posément l'histoire, parler avec ménagements, entrer dans tous les détails pour lui faire prévoir doucement la catastrophe, et enfin, de son mieux, excuser Elise... Mais quand il se présenta souriant d'un air dégagé dans la chambre de sa mère, la vieille dame posa ses lunettes sur son ouvrage, et se levant brusquement :

— Il t'arrive un grand malheur ! dit-elle. Qu'est-ce que c'est?

Elle tremblait sans cesse pour lui. Elle le savait aventureux. Elle redoutait à toute heure l'épée d'un rival, la balle d'un mari. Elle ne pouvait l'empêcher, ce grand fils, de vivre à sa guise, et elle se consumait à l'attendre, à le conseiller quand il revenait à elle, sans trop oser lui faire honte de sa vie oisive. Elle priait pour lui avec des ferveurs passionnées. Elle bénissait parfois l'incident, fût-il douloureux, qui le lui ramenait, repentant, pour quelques semaines... Alors elle le pansait d'une main douce infiniment, lui faisait sentir toutes les indulgences de

la tendresse des mères... et, en fin de compte,
le rendait ainsi, sans le savoir, plus tendre,
et par là plus faible, plus prêt aux défail-
lances, — plus affamé d'un amour chimé-
rique où il aurait trouvé, avec les joies du
caprice et de la passion, la sécurité qui nous
berce sur les genoux maternels !

C'était là peut-être l'explication de ce caractère inconsistant, de cet âme de Don Juan
faible, enfant gâté dont les scepticismes
étaient souvent brutaux, cruels, implacables,
toujours dangereux, parce que, sans s'en
douter, il demandait follement à l'amour
égoïste de toutes ses maîtresses d'être un
peu semblable à la tendresse dévouée des
mères !

A ce mot, « il t'arrive un grand malheur »,
il fut émerveillé, écrasé d'amour ! Il sentit
fondre tout son cœur.

Et d'un jet, il dit tout à la mère :

— Oui, oui, un grand malheur, ma mère !
J'aimais une femme... Le mari sait tout.
C'est une noble, noble créature, entendez-
vous? Dans le premier mouvement de désespoir elle a tenté de se tuer... Elle veut ravoir
son enfant... Elle est folle, éperdue... Moi,
je suis responsable... Il faut empêcher des
malheurs plus grands... Si elle vient à
mourir, songez donc ! Je deviendrai fou... Il
faut m'épargner un remords terrible... Il
faut la sauver... Vous seule le pouvez, ma
mère. Il faut la voir, lui parler, par
grâce !

La mère hésita, protesta d'abord. Il était
si exalté ! Elle voulait savoir... S'il s'était
trompé? S'il avait affaire à une aventurière?...

Alors, il fut éloquent, il parla d'Elise, la
peignit comme elle était, tendre, simple,
bonne...

— Si tu savais, maman, les respects
qu'elle a pour toi !... Comme elle m'a envoyé
vers toi au lieu de me retenir près d'elle,
quand je te croyais malade !

— Mais enfin, celle que tu veux que
j'aille voir, mon pauvre enfant, c'est ta
maîtresse !...

— Mais je vous ai dit, ma mère, que si
son mari lui impose le divorce, j'ai, si cela
se peut, le devoir, sachant ce qu'elle est, de
l'épouser. C'est cette idée seule qui la récon-
ciliera avec elle-même, qui la rattachera à la
vie. Mais il faut, elle me l'a dit, que ce soit
vous qui lui parliez...

— Je ferai ce que tu voudras, mon
pauvre enfant !... mon pauvre enfant !

Et, heureuse de voir qu'il n'était pas question de duel, de péril mortel, la mère promettait d'aller voir Elise, — sans oser croire
encore qu'elle eût à faire à une honnête
créature... Peut-être même espérait-elle qu'il
s'agissait d'une aventurière, afin d'éviter
un mariage dans ces conditions. Enfin, —

elle irait voir... et ainsi, s'il le fallait, elle
serait mieux à même de défendre son fils.

« Il est si naïf ! » songeait-elle.

XIV

Le capitaine était allé prévenir Elise.
Peu d'instants après on frappa à sa porte.

— Entrez, dit-elle en se levant.

La mère de Pierre Dauphin entra.

Les deux femmes se regardèrent.

Elise était toute pâle, les yeux rougis,
tout mouillés encore. La mère, pâle aussi.
Ses cheveux abondants et tout blancs.
Toutes deux vêtues de couleurs sombres.
Elise, en même temps, humble devant la
mère, fière devant la dame inconnue, sup-
porta un coup d'œil inquisiteur sans trop
en souffrir parce qu'il était bienveillant.

Enfin, la vieille dame s'avança, et tendit,
à la fois, d'un geste lent, très doux, ses deux
mains.

Elise, brisée, se laissa tomber sur le divan,
et près d'elle s'assit la visiteuse qui ne lâ-
chait pas ses mains. Alors, d'un mouvement
qu'elle ne put maîtriser, Elise, heureuse de
dérober son visage au regard qui s'attachait
sur elle, appuya sa tête sur l'épaule de
Mme Dauphin — et ferma les yeux... Elle
sentit qu'une des mains de la vieille dame
l'abandonnait et se posait sur ses cheveux.
De son œil pénétrant, madame Dauphin
avait jugé déjà la qualité de cette âme.

— Quelle honte !... murmura Elise, la
voix étouffée.

— Je ne sais pour l'instant qu'une chose,
ma chère enfant, c'est que mon fils vous a
jugée digne de lui... et de moi-même... Voilà
pourquoi je suis venue.

Prudente, au fond, madame Dauphin, quoi
que gagnée à Elise par une sympathie im-
médiate, se méfiait d'elle-même, et se surveillait, attentive à ne pas engager sans
recours l'avenir de son fils... Aussi avait-elle
souligné, d'un accent particulier les mots :
pour l'instant.

D'autre part, si elle n'eût pas indiqué que
le mariage, promis par Pierre, lui paraîtrait,
le cas échéant, une chose admissible, comment se fût-elle présentée d'une façon digne
d'elle-même?

Elise ne vit qu'une chose : on admettait,
comme possible de sa part, au moyen d'un
divorce à l'amiable, l'abandon de son Georges. Elle eut un sursaut de terreur... Elle
cria :

— Merci, merci, madame, mais c'est impossible cela ! La vie ne me sera possible
que si je revois mon enfant, qui mourrait
de mon absence. C'est de lui seulement qu'il

faut me parler, de lui seulement, par pitié !
— Tout le reste aggrave ma faute, mon péché,
mon crime ! Oh ! madame !... oh ! madame !...
madame ! que de pitié ! que de bonté !...
dont je suis indigne !...

Madame Dauphin s'était résignée à la
volonté de son fils. Elle ne pouvait pas
d'elle-même souhaiter un tel mariage. La
vivacité d'Elise à en repousser l'idée au nom
de son enfant la conquit personnellement.
Elle cessa d'agir par amour maternel, par
faiblesse pour Pierre, par pitié pure pour
Elise, par charité et peut-être contre ses intérêts. Elle sentait à présent son intérêt
d'accord avec les désirs d'Elise. Elle acheva
de mettre à son aise la malheureuse femme.

— Alors, dit-elle, qu'allons-nous faire ?
il faut trouver un moyen de toucher votre
mari. C'est cela, n'est-ce pas, que vous dé-
sirez de moi ? Moi, je suis prête, comme mon
fils le souhaite, à tenter quelque chose de
ce côté... mais il faudra y réfléchir beaucoup,
et sans doute attendre un peu... Cela n'est
pas tout simple, vous le comprenez ?...

— Je ferai, pour mon enfant, tout ce
qu'on voudra, tout, tout !... Oh ! avec quelle
impatience je vais attendre ce moment où
enfin vous pourrez parler !... Vous seule, vous
pouvez, madame ; seule, une femme comme
vous peut obtenir ma grâce !... Et si elle
m'est refusée... pardonnez-moi, madame,
vous qui êtes si noblement pieuse... pardonnez-moi ! mais je n'aurai plus la force, le courage de vivre !... Ah ! cria-t-elle encore, vous
me plaignez, je le vois, je le sens, mais aussi,
vous devez avoir, au fond, du mépris pour

moi, et ma vue ne peut être pour vous qu'un
supplice...

— Il y a, dit doucement la vieille dame,
des existences qui sont restées pures, et qui,
pourtant, connaissent l'appel, le vertige
attirant des fautes dans lesquelles elles ne
sont pas tombées... Elles savent, celles-là,
qu'on est préservé quelquefois, par un hasard seulement, par une circonstance légère,
inattendue, et qu'il y a peu d'âmes entièrement blanches. Il n'a manqué à beaucoup
d'entre nous que l'occasion favorable. Qui
donc, au moins en pensée, n'a pas péché
une fois dans sa vie ? Le mal est puissant, —
et l'hypocrisie seule a des sévérités sans
rémission... Dieu juge le fond des cœurs !

Elle s'accusait presque, sainte-
ment, pour adoucir à l'autre femme le goût amer de la faute.

— A demain, dit-elle. Repo-
sez-vous ici, tranquillement, car
mon fils a raison : tout autre
asile vous serait moins sûr. Ici,
personne ne vous verra. Et, demain, mon fils partira pour
Paris. — Elle ajouta : Vous
avez changé d'hôte dès à présent,
ma chère enfant. Autour de votre
habitation, vous le voyez — le
paysage n'est plus le même.
Vous n'êtes plus ici chez mon
fils, vous êtes chez moi.

... Dans un mouvement d'admiration et d'humilité reconnaissante, Elise prit un pli de
la robe de la mère et le baisa.

XV

Le lendemain matin, Elise ne
pouvait pas se lever. Elle était sans force,
prise d'une fièvre ardente.

Madame Dauphin, revenue de bonne heure,
la rassura :

— Je ne vous quitte plus, lui dit-elle.
Dans un moment je serai installée à bord et,
pour être mieux à portée d'un médecin,
je vais donner ordre au capitaine de conduire
le bateau dans la rade de Toulon. Il est heureux, croyez-moi, que nous ayons cet asile,
loin de tous les yeux.

Une heure plus tard, en effet, l'*Ibis Bleu*
gagnait Toulon. Et sur la côte merveilleuse,
en voyant passer à toute vapeur ce yacht
correct, élégant, svelte, si joli, où criait dans
la fièvre, prise de délire, la victime d'un
drame d'amour, quelques bourgeois, sédentaires et envieux, songeaient, accoudés aux
balcons rustiques de leurs bastides, aux ba-
lustrades de leurs terrasses : « Qu'ils sont heu-

reux, ces riches qui passent dans ce beau yacht de plaisance, entre les deux bleus ! »

XVI

Pendant la nuit qui suivit le départ d'Elise, le pauvre Marcant, à bout de forces, avait fini par s'assoupir, après avoir endormi Georges.

Au milieu de la nuit, il fut réveillé par un appel de l'enfant.

Il accourut..

— Qu'as-tu, mon petit?

L'enfant avait peur. Il avait fait un mauvais rêve. Il voyait un bateau sur la mer, loin, bien loin, et la tempête arrivait. Sa maman sans doute était sur ce bateau. Mais il ne pouvait pas la voir. Il l'appelait, mais le vent empêchait ses cris d'être entendus... Il suivait toujours le bateau qui plongeait dans la mer, comme ça et comme ça. Comment suivait-il? il ne savait pas. Et puis, tout à coup, le bateau avait chaviré; il était descendu au fond de la mer comme celui de la rade d'Agay et l'enfant avait pensé que sa maman serait noyée ! Et de la peur, il s'était réveillé en appelant son père.

Marcant se sentait devenir fou. Ce supplice d'entendre toujours, sans cesse, l'enfant parler de sa mère, l'appeler de ses désirs, de tout son amour, de son désespoir, allait-il donc être éternel? Ni lui ni l'enfant n'y résisteraient ! Il s'assit près du petit lit, prit les mains de l'enfant dans les siennes, lui parla, essaya de lui conter une histoire gaie — de chanter même. Mais tout cela demeurait inutile, et il s'y épuisait en vain.

Il avait télégraphié à sa vieille bonne, Germaine, de venir au plus tôt; que sa maîtresse était très malade; qu'il avait besoin d'elle pour le petit. Il comprenait qu'il devrait se séparer parfois de Georges, afin de pouvoir résister à son malheur et vivre pour l'enfant lui-même.

Puis Germaine était arrivée.

— Germaine, madame est partie.

— Partie?

— Oui, Germaine. Et il faut dire à l'enfant qu'elle est en voyage, qu'elle reviendra... Il faut le consoler, n'importe comment.

— Elle ne reviendra donc pas ?

Il la regarda attentivement :

— Non, Germaine.

Il appuya sur le mot. La vieille servante comprit, mais ne put en croire ses oreilles.

— Je suis sûre que madame reviendra. Je ne sais pas ce qu'il y a eu, mais elle reviendra, il le faut. Vous ne voudrez pas tuer le petit. Je le connais, moi. Il ne vivra pas sans sa mère, ni elle sans lui.

Et la vie nouvelle avait commencé, morne, lourde, accablante.

Il était en congé ! C'était ça, ce congé qu'il s'était promis de passer si heureusement avec elle, en Italie, comme deux nouveaux amoureux. Parmi les bagages qu'il avait amenés de Paris, il y avait une caisse entière pleine de cadeaux pour Elise ! Il ne l'ouvrit pas. Il la fit monter dans une soupente... Et puis il fallut écrire à l'oncle. Il lui mentit, ne voulant pas écrire ces choses, se réservant de les conter de vive voix.

Il se demanda s'il ne ferait pas bien de quitter Saint-Raphaël, de voyager avec Georges, mais il se sentait pris d'une effroyable torpeur morale: il n'avait plus envie de rien. Rien ne l'intéressait plus. Il sentait sa vie finie, bien finie.

Georges continua à prendre les leçons du vieux professeur, mais le bonhomme se plaignait des distractions perpétuelles de l'enfant, que son bateau occupait par dessus tout. Une monomanie, ce bateau. On voulut le lui retirer. On le cacha. Ce furent des cris aigus à fendre l'âme. Il fallut le lui rendre. Il ne mangeait plus ou si peu ! Germaine s'épouvantait. Le médecin, appelé, conclut :

— Cet enfant est doué d'une impressionnabilité excessive. On a dû lui faire une peur. Il y a quelque chose d'anormal, de maladif dans une telle sensibilité. Il faut y prendre garde. Je ne sais, monsieur, quels obstacles s'opposent à ce qu'on lui rende sa mère. Ce serait, je crois, le seul remède. Il a pour elle un de ces amours passionnés dont les enfants meurent parfois. Mon devoir est de vous le dire.

Marcant ploya la tête et répondit :

— C'est bien, merci, docteur; revenez, je vous prie, quelquefois, mais il n'y a pas, je le vois, de remède en notre pouvoir.

Le médecin revenait et l'enfant dépérissait.

Marcant lui donnait des leçons d'arithmétique, corrigeait ses petits devoirs et constatait par lui-même que l'esprit de Georges était dévoré, rongé, par une pensée unique : sa mère. Il semblait souvent absent de lui-même.

— A quoi penses-tu?

— A l'*Ibis Bleu!*

Cette réponse suivait si obstinément cette question, que le père renonça à la poser.

Il marchait maintenant courbé, tout vieilli en un mois, grisonnant, chaque jour, blessé sur sa blessure, par un mot du petit, par sa seule vue.

Mais il ne lui venait pas à l'esprit de rappeler la mère. « Elle l'a quitté ! elle l'a tué ! » Qu'y puis-je? A quel devoir ai-je manqué? Que me reproche ma conscience? Rien ! » Et pourtant il n'était pas content de lui-même. Est-ce qu'il n'aurait pas dû écouter Elise, ne a condamner qu'après l'avoir entendue ? N'aurait-il pas dû peser les circonstances de sa faute, voir s'il n'y en avait pas d'atténuantes ? Est-ce qu'il y aurait parfois un devoir pénible affreusement, mais un devoir dans le pardon, dans l'oubli des fautes, dans ce qu'il avait appelé jusqu'ici le mépris de sa propre dignité ? » A cette question, il ricanait. « Où est-elle d'ailleurs ? Qu'est-elle devenue ? Comment se fait-il qu'elle ne donne plus signe de vie, pour son enfant, depuis un long mois ! Est-ce qu'elle serait morte ? »

— Papa, elle ne reviendra donc jamais, maman ? Est-ce qu'elle serait morte ?

Il eut envie d'en finir d'un coup, de répondre : « Oui ! »

Il ne crut pas en avoir le droit.

— Non, dit-il. Je ne sais plus.

Et il pleura. Georges vint se nicher sur ses genoux, dans ses bras, et sans rien dire, lui caressa le visage, les yeux, avec sa main, comme il faisait à sa mère.

— Ah ! cruel enfant adoré !

C'était tous les jours des scènes pareilles. Georges finit par vouloir que son *Ibis Bleu* couchât pas trop loin de lui, à portée de sa main, sur la petite table où était sa veilleuse.

Marcant vivait ainsi, dans une agonie.

XVII

Elise, pendant ce temps, tout de bon agonisait.

Dans cette magnifique rade de Toulon, le joli yacht, sur le pont duquel on voyait parfois se promener une vieille dame, intriguait tout le monde, les officiers de l'escadre surtout.

On avait interrogé les hommes du bord.

Ils ne disaient rien mais prenaient des airs de mystère.

De Saint-Raphaël, qui n'est pas loin, un bruit vague arriva jusqu'ici. Le nom de l'*Ibis Bleu* devint un nom qui parlait à l'imagination des choses terribles et charmantes. On voyait tous les jours un médecin connu rendre visite au yacht. Et les jours passaient, inquiétants...

La pauvre mère écrivait à son fils, chaque jour :

« On espère la sauver, « mais elle est bien mal... « Sois tranquille, on la « sauvera. J'ai pu avoir « des nouvelles de l'en- « fant qu'un de nos « amis a vu plusieurs « fois à la promenade « à Saint-Raphaël. Cela « fait prendre patience à la mère. Je ne « lui dis pas que l'enfant a l'air souffrant. « Je lui dis seulement qu'on l'a vu se « promener.

« Une chose qui est faite pour te toucher « heureusement, c'est qu'en ces tristes jours « elle a tout à fait gagné mon cœur. Elle est « héroïque sous l'étreinte du mal, et aussi « de la douleur morale. Elle n'a jamais pro- « noncé une parole qui ne sonnât avec justesse « la bonté, la résignation, et la tendresse « pour son enfant. Elle parle de tous avec « le mot qu'il faut, celui que dicte seule la « délicatesse la plus subtile du cœur.

« Elle a pour moi, enfin, des mots atten- « drissants, des respects, des nuances de « reconnaissante affection qui m'inspirent « pour elle l'estime que tu souhaites. Et bien « entendu, elle ne pense qu'à une chose, à « rentrer dans la maison de son enfant, pour « le servir à genoux, dit-elle jusqu'à la fin « de sa vie. »

Madame Dauphin ne pensa-t-elle point à écrire à Marcant ? Elle y pensa, elle essaya ne fut jamais contente de ce qu'elle écrivait, ne savait pas même par quelle phrase se présenter. Et, de jour en jour, elle renvoya, puis finit par se dire que ce silence prolongé ne serait peut-être pas sans utilité, avec un dur obstiné tel que son fils lui avait dépeint Marcant... Ce silence même pourrait user sa ténacité. Le jour où elle arriverait avec des nouvelles (et ces nouvelles-là !) il aurait une secousse. On ne pouvait, d'un pareil homme, espérer un changement spontané de sentiment. Il fallait essayer de provoquer en lui une brusque révolution.

Voilà pourquoi elle finit par ajourner volontairement l'heure de s'adresser à Marcant. Elle expliqua ses vues à Elise, lui fit espérer que ce moyen de l'attente était le meilleur. Et Elise ne demandait pas mieux maintenant, toute faible comme elle était, de laisser dire et de se laisser faire, de tout abandonner à ce bon génie, à cette vieille dame assise près de son lit, et qui lui rappelait sa mère à elle, et les paisibles veillées de la rue de la Barre, au temps où elle était une enfant.

— J'en suis sûre, il ne faut pas se hâter. On compromettrait tout. J'y ai bien réfléchi, disait madame Dauphin.

— Je vous crois, vous avez raison, murmurait Elise, ramenée, par l'affaiblissement, à des docilités de petite fille.

Elle disait même quelquefois :

— Je me sens toute petite, toute petite fille devant vous ! Ce sera quand vous voudrez. Puisque j'ai des nouvelles de mon Georges, cela suffit pour le moment. Il faut une expiation de quelque temps, n'est-ce pas? Et près de vous, elle est trop douce encore !

On ne pouvait dire au juste quelle maladie elle avait eue. Ç'avait été un ébranlement violent, funeste de tout l'être. Maintenant elle toussait. Un des poumons était repris.

Enfin elle put se lever, monter sur le pont, sous la tente, y passer des heures à la fin des jours, jusqu'au moment où le salut des Couleurs faisait crépiter les coups de feu à bord des grands cuirassés de l'escadre. Alors, quand on rentrait les pavillons, elle rentrait aussi, avec des mélancolies accrues par cette cérémonie, qui est émouvante dans la paix des ciels d'été tout rouges sur l'horizon.

— A présent, il est temps, je pense, de tenter sur votre mari quelque chose, dit un jour madame Dauphin. Sans doute vaudrait-il mieux qu'une autre que moi y allât, mais nous n'avons personne à qui faire notre con-

fidence... Et puis, maintenant, j'ai si bien appris à vous connaître ! Je parlerai si bien de vous ! Je vous aime si sincèrement !

Madame Dauphin partit un matin.

XVIII

L'après-midi elle se faisait annoncer chez Marcant, par une carte de visite sous enveloppe. Elle ne voulait pas le surprendre

trop complètement. Elle voulait être accueillie pour elle-même, et que sa mission fût d'avance acceptée de lui. La carte portait ces simples mots :

« Je suis une vieille femme, monsieur, qui
« viens à vous avec des paroles de paix,
« et qui désire embrasser un cher enfant de
« la part de la malheureuse mère. »

Marcant, blême, la rejoignit au salon, après avoir ordonné à Germaine de garder Georges dans sa chambre et de ne le laisser paraître sous aucun prétexte.

— Je vous écoute, madame.

— Je viens remplir une véritable mission, et si c'est moi qui viens, monsieur, c'est que la personne qui m'envoie n'a pu, dans son entière solitude, s'adresser à personne autre...

Madame Dauphin dit alors tout ce qui pouvait sauver Élise, sa tentative pour mourir, son repentir, la nécessité où sa maladie l'avait mise de ne pas quitter l'*Ibis*; et que le séjour sur ce bateau, où elle ne l'avait pas laissée seule un seul jour, était une circonstance heureuse, puisqu'il avait permis un secret absolu. Elle insistait sur ce point, avec délicatesse, le plus habilement qu'elle pouvait, s'arrangeant pour répéter que, depuis le jour où l'*Ibis Bleu* avait quitté Saint-Raphaël, Pierre avait quitté l'*Ibis Bleu*. Depuis ce jour-là il vivait à Paris avec son père... Et maintenant Elise, après sa longue, son inquiétante maladie, était abîmée, mourante — plus touchante que jamais, rachetée mille

lois par tant de douleur et de repentir.
— Rendez la mère à l'enfant !

Et la vieille dame pleurait,— noblement, profondément bouleversée — et elle attachait sur Marcant un œil plein d'attente.

Le rude homme, pâle, ne bronchait pas. Immobile sur sa chaise, l'œil fixé sur une fleur du tapis, il se taisait.
— Eh bien? interrogea-t-elle.

Il eut un de ces mots qui paraissent horribles à force de banalité, dans les moments critiques où l'on implore un miracle.

Il dit :
— Que voulez-vous que j'y fasse?

La bonne dame eut un moment de révolte. Elle oubliait que cet homme avait tous les droits et celui de se montrer dur, surtout en sa présence.
— Encore un mot, dit-elle, puis-je embrasser l'enfant?

Il la regarda.
— A quoi bon? fit-il. Vous ne le connaissez même pas.
— La justice elle-même, répondit-elle, pourrait devenir abominable, à force d'être aveugle aux mérites des coupables, et sourde à toutes leurs explications.

Il se leva.
— Madame, dit-il, j'apprécie, comme il se doit, une démarche dictée, j'en suis certain, par la pitié pure.

Madame Dauphin demeura assise :
— Ecoutez, monsieur, je vous sais bon et là-dessus vous ne me tromperez pas. Je vous sais noble de cœur, croyant à toutes les droitures. Eh bien, écoutez les paroles d'une mère : Je vous jure que si elle y consentait, que si vous le permettiez, je n'hésiterais pas à la prendre pour fille !

Marcant éprouva une commotion horrible dans son cœur. En même temps, il lui sembla qu'il était souffleté. Qu'est-ce que cela voulait dire? Quelles paroles singulières venait de prononcer la propre mère de l'homme qui?...

« Voyons, voyons, je veux voir clair ! »

Il se rassit et regarda en lui, d'un grand effort. Ses traits, bouleversés, peu à peu reprirent une expression de calme... Il regarda la personne qui était devant lui et ne vit dans ses yeux que bienveillance et pitié... Il comprit qu'on n'était pas venu pour le braver chez lui, mais seulement pour défendre Elise à outrance !
— Je suis bien malheureux, madame. Vous le sentez, n'est-ce pas? Plus malheureux, ce n'est pas possible. Ecoutez-moi à

votre tour. Vous avez fait ce que vous avez pu, par pitié, par charité. C'est un sentiment divin qui vous guide. Eh bien, je n'y peux pas répondre. Je ne suis qu'un homme, un homme outragé, un homme irrité. C'est vous qui avez raison, mon esprit le sait, mais mon sang ne peut pas vous obéir. Je suis prêt à admirer de la part d'un autre le sacrifice que vous croyez pouvoir me demander ; mais, moi, je ne peux pas le faire... Je ne peux pas... C'est mon dernier mot.

Elle sentit que le rideau de fer était descendu, que la séparation était faite sans recours possible.

— Adieu, dit-elle avec un peu de roideur.

— Permettez-moi de vous prier d'attendre un instant encore, dit-il doucement, si vous voulez embrasser mon Georges.

Elle fut émue à en mourir.

— Merci pour la pauvre mère, murmura-t-elle.

Marcant commanda dans l'escalier :

— Germaine ! amenez-moi Georges.

Il revint et Georges entra. L'enfant était un peu pâlot... il tenait dans ses bras, serré comme un trésor, son petit bateau — toujours !

Il alla droit à son père.

— Figure-toi, dit-il, Germaine voulait me faire quitter mon *Ibis Bleu !*... C'est la première fois qu'elle est méchante avec moi, Germaine...

Puis il regarda la dame, attentivement.

— Voici une dame qui veut t'embrasser.

— Est-ce qu'elle apporte des nouvelles de maman ?

— Non ! non ! dit vivement Marcant. Allons, embrasse la dame et va-t'en !

Il le fit. Elle le retint un instant entre ses bras, le regarda dans les yeux — et le laissa aller. Il courut bien vite retrouver Germaine.

Quand elle fut près de sortir :

— S'il allait en mourir, lui aussi ? dit-elle avec bonté.

— Ce n'est pas moi qui l'aurait tué ! répondit Marcant d'un air sombre. Il en mourra, c'est possible. Alors, j'en mourrai aussi. Eh bien, à qui la faute, et qu'y puis-je ?

Elle n'avait plus qu'à partir.

Elle n'eut pas envie de lui tendre la main. Il l'accompagna cérémonieusement au seuil et jusqu'à sa voiture.

XIX

On était au mois d'août. Il était quatre heures et demie à peu près. Aussitôt après le goûter de Georges, à l'heure où tout s'apaise, Marcant prit son enfant par la main et sortit.

Il rusait quelquefois avec le petit, afin de l'empêcher d'emporter son bateau. Ainsi il ne se faisait plus prendre chez lui en voiture. « Nous irons loin, aujourd'hui, disait-il. Tu te fatiguerais à le porter, ou bien ce serait moi. » Et lorsque l'enfant s'était rendu à cette raison, le brave Marcant prétextait une fatigue et prenait une voiture en route. Quant à s'opposer directement aux volontés du petit, qui était si pâle, il en avait de moins en moins le courage. Cet homme si entêté, si solidement campé dans ses moindres volontés, était sans force contre ce regard d'enfant maladif qui se levait vers lui et montait à travers des larmes !

Il se servit ce jour-là de sa ruse ordinaire et le cocher qu'on prit en route ayant choisi la direction de Fréjus, il le laissa faire. Quand on eut dépassé la petite ville :

— Où allez-vous, cocher ?

— Nous allons faire le grand tour, revenir par Villépei, Saint-Egulf et la plage.

— C'est bien, allez.

Ils traversèrent la plaine où les vignes nouvelles portaient de lourdes vendanges, en train de mûrir, longèrent, au bout de la plaine, les collines, pour revenir vers la plage.

Là, Georges eut un grand bonheur.

— Oh ! papa, cria-t-il, debout dans la voiture et battant des mains. Oh ! papa ! des chèvres blanches ! Oh ! papa ! qu'elles sont jolies ! J'en voudrais une !

Il fallut descendre et admirer les jolies chèvres. Il y en avait bien deux cents. C'étaient des mauresques, toutes blanches, en effet, avec les cornes tordues en lyre, énormes sur leur fine tête. Petite race, maigre et dévorante, nourrie seulement de la coriace végétation des Maures, chêne vert et lentisque.

Georges caressa une chèvre qui ne se laissa pas toucher longtemps. Encore fallut-il que le petit pâtre la maintînt par les cornes. Georges voulut boire du lait de « sa chèvre ». Il n'avait pas eu, depuis longtemps, un caprice nouveau. Marcant fut heureux ; il aurait voulu acheter la chèvre.

— Mais, dit-il à Georges, qu'en ferions-nous ensuite ?

Georges, par bonheur, répéta d'un air capable :

— C'est vrai, qu'en ferions-nous ensuite ? Elle ne pourrait pas coucher avec moi dans ma chambre, n'est-ce pas ?

Cette idée le fit rire aux éclats. Marcant respira profondément. Il se prenait à espérer, pour l'enfant, l'oubli.

Ils quittèrent les chèvres. La voiture arriva au bord de la mer, et là, tournant à gauche, commença à suivre, le long de la plage, la chaussée inégale, faite de sables et de cailloux sans cesse arrachés par la lame. Le chemin devint si tourmenté qu'il fallut descendre de voiture. Georges se mit à bondir, à courir vers la vague, à fuir devant elle brusquement, avec des entrechats comiques. Il criait :

— Je suis une chèvre blanche !

sable, pria son père d'en ôter les piquants, et comme son père lui dit que les chardons étaient la nourriture des petits ânes, il se mit gentiment à faire des hi-han, qui se confondaient avec son joli rire perlé.

Visiblement, il la narguait, la vague. Il finit par lui chanter.

> Tu ne m'attraperas pas !
> Tu ne m'attraperas pas !

Le mer était bonne, ce jour-là. Elle jouait avec l'enfant, lui léchait parfois un peu le bout de ses petites bottines, le taquinait, le faisait rire.

Il cueillit des chardons bleus, dans le

Marcant n'osait lui dire : « Qu'as-tu donc à être si content ? » Il avait peur de tout gâter, de faire envoler cette joie rare, si nouvelle, — mais l'enfant, au pont de l'Argens, qu'il fallait passer avec précaution, — les poutres étant encore toutes disloquées par la mer, — revint de lui-même prendre sa main et lui dit, sans provocation, d'un air entendu, très grave :

— Tu comprends, je suis bien content

8

parce que j'ai deviné quelque chose...
— Et quoi?...
— Eh bien, je ne sais pas si tu penses comme moi, mais je suis sûr que la dame d'aujourd'hui devait venir de la part de maman !

Marcant demeura stupéfait... Son cœur se serra.

Ainsi son espérance était fausse ! L'enfant ne se reprenait pas à vivre en dehors d'elle — plus que jamais en elle au contraire.

XX

Quand le pont fut passé, Marcant fit signe à la voiture qui les suivait de s'arrêter. Il s'assit au revers de la chaussée, sur les galets et sur le gravier, avec la mer devant lui, et il regarda, l'âme perdue, cet infini, toujours agité d'un grand remuement inutile.

Georges, autour de lui, continuait à courir, à gambader.

D'un côté toute la mer, et de l'autre cet homme, seul, assis sur le bord. Il la regardait, et dans son âme vide, cet infini tenait peu de place encore ! Il lui semblait bizarre, ce désert affreux, incapable, malgré toutes ses puissances, de porter le pas d'un homme. L'audace d'y naviguer lui semblait perverse, et toujours châtiée. Une rêverie le prenait, où dominait le sentiment horrible de la folie de tout, du néant des activités qui, toutes, aboutissent à des naufrages... La mer? Ah ! il n'avait pas besoin des cruautés inconscientes de son enfant, et de voir le petit bateau de Georges pour mieux sentir tous ses malheurs. La mer était là qui les lui rappelait sans cesse, avec chacune de ses vagues, avec chacun de ses murmures — avec son vide quand elle apparaissait déserte, avec ses bateaux quand surgissaient des voiles, avec son immensité redoutable, avec ses sourires et ses colères — abîme traître toujours, partout apparu de tous les points de ce pays horrible ! Il allait décidément le quitter, ce pays. Il le détestait, maintenant. La visite d'aujourd'hui le décidait à fuir... « Elle est encore à bord de l'*Ibis Bleu*. C'est bien, qu'elle y reste ! Qu'elle l'épouse même, cet homme, j'y consens. On divorcera à l'amiable, sous un prétexte... Je ne veux pas être vengé d'elle autrement que par ses remords qui sont poignants — je le sais aujourd'hui — et qui seront éternels... »

Quand il leva les yeux, pour chercher l'enfant, il le vit à quelque distance, en conversation réglée avec un pêcheur, au bord de l'Argens. C'était maître Saulnier.

XXI

Il alla vers eux vivement. Il craignait une question perfide de Saulnier, une réponse dangereuse de l'enfant, qui pourrait être fatale à la pauvre petite Toinette.

Maître Saulnier préférait toujours le *vartourin* à la bêche et à la charrue. Il l'avait avec lui, et aussi son râteau à pêcher des clovisses; et il étalait ses captures sous les yeux ravis de Georges.

— Je vous dirais bien d'en manger, mais il faut, comme vous savez, que ça dégorge dans l'eau de mer, avant !...

« Ah ! bonjour, monsieur Marcant !... Il y a bien longtemps qu'on ne s'est pas vu?... Est-ce que vous vous êtes fâchés, avec ma femme, donc? Qu'est-ce qu'elle vous avait fait... dites-moi?

— Rien, dit Marcant. J'ai fait venir de Paris ma vieille servante.

— Bon, bon. C'est bon. On n'est pas fâché pour ça, alors?

— Non, dit Marcant avec répugnance.

Chacune des paroles de Saulnier semblait pleine d'intentions, avait l'air de dire plus qu'elle ne disait. Etait-ce qu'il savait, ou bien voulait-il apprendre? Tendait-il une amorce, ou voulait-il donner une marque de sa perspicacité?

Son petit œil regardait Marcant avec une expression tout à fait bizarre. Ses pattes d'oie riaient aux tempes, exprimant cette ironie d'habitude, si agaçante, qu'on ne peut pas accuser d'être intelligente et qui, pourtant, a l'air suraiguë !

— Allons, allons, cela va bien, cela va bien, répétait-il dans sa barbe terreuse qu'il caressait de ses doigts humides de sa pêche, tout pleins d'une odeur de vase.

Et, de nouveau, il regardait Marcant d'un air drôle.

On eût dit qu'un esprit mauvais, mais passif, était pris sous cette forme humaine répugnante et lourde, et qu'impuissant à mal faire, embusqué sous ces sourcils en broussaille, il se contentait d'être le témoin joyeux des douleurs qui naissent des fautes.

Il provoquait peut-être et utilisait pour lui, en restant passif, bien des choses mauvaises, l'esprit de malice enfermé dans cette brute. Et ses seules raisons d'être passif et de se cacher dans une brute étaient peut-être paresse, poltronnerie et certitude de profiter sans peine et sans risque des vices d'autrui. Un démon inférieur, dangereux, semblait s'agiter dans le regard de cet homme sale, y apparaître et s'y masquer vivement, dans la même seconde.

Cet homme effrayait, inspirait un malaise, et rassurait tout de suite par son air de grande bêtise. Il le savait et en jouait parfois. Race de sorciers.

Il ramassa son butin dans un panier, mit son râteau sur son épaule et dit, en clignant de l'œil :

— Alors, vous venez avec moi jusqu'à la ferme Antoinette? Si vous n'êtes pas fâché, vous ferez bien ça. La femme verra le petit maître avec bien du plaisir, je pense du moins.

— Non, merci, dit Marcant tout sèchement, nous n'irons pas.

L'homme s'arrêta, vira un peu sur lui-même, et le long bâton noir du râteau qu'il portait sur l'épaule tourna dans le bleu du ciel comme un grand geste bizarre... Il regarda Marcant fixement :

— Ah! dit-il.

Sa patte d'oie riait. Une méchanceté sortit, aiguë, de ses yeux... Marcant ne put s'empêcher de songer encore à la démarche qu'avait faite auprès de lui l'autre paysan, ce Cauvin... il y avait un mois. C'était un autre homme, celui-là! Il songea à la fillette, à Toinon... pauvre petite!... Elle était bien intéressante; et si honnête la famille dans laquelle elle devait entrer et où la vieille grand'mère racontait des histoires simples et douces comme celle des deux jupons blancs. Est-ce qu'il fallait laisser détruire l'avenir de la jeune fille? Dans sa misère, ne devait-il pas l'aider un peu, cette innocente, « à bien tourner », comme disent les bonnes gens?

Il regarda Saulnier qui semblait épier ses réflexions. Il craignit d'éveiller les soupçons de cet être bas et dangereux... « S'il se doutait de quelque chose? Ça ne sera pas du moins ma faute!... Il faut endormir sa défiance, qui me paraît bien éveillée... »

Au fond, le madré imbécile savait peut-être à quoi s'en tenir sur Cauvin et sur sa femme. Peut-être avait-il depuis longtemps tout deviné. On pouvait supposer que son air bête lui servait à ne point paraître complice de sa propre déchéance. Avant tout, sans doute, il tenait à ce Cauvin qui, sans le priver des services que rendait sa femme au ménage, la lui prenait un peu, mais en échange, faisait à sa place toute la besogne du domaine et l'enrichissait, lui, toujours davantage... Il était difficile à remplacer, ce Cauvin... qu'il détestait.

Maître Saulnier continuait à regarder Marcant.

Oui, cet être louche et trouble se plaisait par-dessus tout à inquiéter les gens. Il aimait à épier leur inquiétude, leur malaise, et c'est alors que sa patte d'oie semblait indiquer quelque intelligence. Elle disait une ironie vraiment démoniaque, une finesse maligne qui n'empêchait pas la bêtise épaisse, l'ignorance de tout. Son étincelle de méchanceté luisait dans les ténèbres d'une stupidité opaque.

Saulnier considérait Marcant avec cette étincelle-là au fond de ses petits yeux.

— Vous ne venez pas? c'est tant pis! dit-il. J'aurais donné au petit monsieur ce que Toinon lui avait promis!

— Mon écureuil! cria Georges. Oh! mon papa, allons-y! j'aime bien mieux ça que la chèvre, c'est moins gênant!

Marcant avait pensé que Saulnier voulait les voir, Marion et lui, en présence, et que s'il y résistait, il allait faire naître, dans cette tête de demi-fauve, quelque idée redoutable. De plus, il avait maintenant une occasion de faire plaisir à Georges, et il sourit.

— Allons, dit-il, chercher l'écureuil!

Ils s'acheminèrent vers la ferme Antoinette.

— Veux-tu que nous rentrions à pied, Georges?

— Oh! oui, papa, avec l'écureuil!

Marcant congédia la voiture.

XXII

Ils cheminaient vers la ferme où, à ce moment, la jolie Toinette, courbée vers le fourneau bas, veillait et virait sa soupe, pour les deux hommes qui allaient rentrer. La mère était allée à Fréjus pour quelque emplette urgente.

Cauvin, au milieu de la plaine, achevait d'abattre, avec l'aide de plusieurs bûcherons, le grand chêne dont le vieil ombrage et les racines portaient tort à une plantation de vigne nouvelle.

Toinette était seule à la maison.

Tout à coup, se retournant, elle fit un petit cri. François Tarin, son fiancé, la regardait faire du dehors, par la fenêtre étroite.

— Tiens, « tu es toi », François? dit-elle émue.

— Eh bien, oui, c'est moi, dit-il lentement.

Elle continua de vaquer à ses affaires à travers la salle. Il se fit un silence. Et François reprit :

— Je viens de la chasse.

— Et tu rapportes quelque chose?

— Rien qu'un perdreau, dit-il. Les perdreaux marchent avec des ailes; ils m'ont fatigué.

Il y eut encore un silence. Elle allait, venait, prenait du gros sel dans le petit coffre oblong suspendu au mur, et le mettait dans sa soupe, qu'elle remuait de sa cuiller de bois.

— Tiens! dit-il, j'ai pris dans la colline ce « brou » de lavande pour toi. Sens comme ça sent bon!

Il le lui lança au visage, comme elle passait pas trop loin de lui. Elle saisit la branchette contre sa poitrine au moment où elle retombait et, après l'avoir respirée, la fixa soigneusement dans la cordelette de son tablier.

— Ça sent bon, dit-elle.

Il y eut encore un long silence. Elle était debout, surveillant sa soupe, le couvercle de sa marmite dans une main. Elle se sentait regardée et le cœur lui battait un peu. L'odeur de son brin de lavande lui disait l'amour. Lui, il la trouvait jolie et se sentait troublé. Emu déjà de sa fatigue dans le bois, il palpitait de vie ardente et jeune. Il désirait. Séparés comme ils étaient là, ils s' sentaient reliés par un courant de quelque chose de doux, de bon, qui allait de l'un à l'autre, à travers la chambre.

Ils étaient heureux comme ça.

— Tu m'aimes? dit-il enfin.

Elle tourna les yeux vers lui, son couvercle de fer-blanc toujours à la main. Leurs regards s'échangèrent, lourds, tout chargés du plus fort d'eux-mêmes.

— Alors, approche-toi que je t'embrasse !

Elle alla lentement à la fenêtre. Il lui prit la tête à deux mains et la baisa sur la bouche à pleines lèvres.

Le couvercle tomba avec un bruit terrible. Ils se mirent à rire grossement. Elle ramassa le couvercle qu'elle alla remettre sur le pot.

Puis elle prit dans l'armoire des assiettes qu'elle posa sur la table, et ensuite le pain, les verres, les bouteilles.

— Ecoute un peu, fit alors François. J'ai, pas moins, quelque chose à te dire.

— Eh quoi? dit-elle tranquille.

— Voilà. C'est de la part de ma mère et, comme elle me l'a dit, je te le répéterai. C'est « sur la question » de notre mariage.

Elle fut attentive, et fronçant le sourcil :

— Est-ce qu'elle ne voudrait plus, la mère?

— Ce n'est pas ça, Toinette, ce n'est pas ça du tout, et c'est un peu ça. Et ce serait bien dommage que le refus de consentir qui, au commencement, devait nous venir du côté de ton père, arrive maintenant du côté de ma mère. Je vais te dire comme elle m'a dit. Vous avez ce Cauvin qui, de tout temps, a toujours été ici, du matin au soir, prenant avec vous tous ses repas, commandant tout à la ferme, et plus maître que Saulnier qui est ton père. Eh bien, dans tous le pays, m'a dit ma mère, cela, vois-tu, vous fait mépriser !... Depuis longtemps on n'en parlait plus, il paraît, mais souvent les enfants sont cause, surtout au moment des mariages, qu'on revient sur les choses d'avant, et maintenant on en reparle dans tout Fréjus et ailleurs, entends-tu ! — et il faut nécessairement que Cauvin s'en aille d'ici, si toi tu veux entrer, Toinette, dans la maison de ma mère. Voilà ce qu'a songé ma mère, qui est une femme de bon conseil. Et ma grand'-mère a songé de même. Et ce qu'elles ont décidé, moi aussi, je le trouve bon. Les choses sont comme elles ne devraient pas être. Et si Cauvin s'en va d'ici, ma mère, alors, sur la question de notre mariage, dira *oui*; mais s'il reste, elle dira *non*. C'est décidé et à cela, je ne peux rien changer, entends-tu, parce qu'il faut, je le reconnais, que ça soit comme ça... C'est trop juste.

Il la regardait. Elle avait fiché les regards en terre... et elle songeait.

— Ça va bien, dit-elle enfin; ça ira comme ça et tu as raison !... j'y avais pensé quelquefois. J'avais compris quelquefois des mots qui se murmuraient parmi les travailleurs, aux vendanges ou à la moisson. Et c'est ce qui fait que je ne l'aime pas plus qu'il ne faut, ce Cauvin, depuis longtemps. Et je le comprends bien, va, que ta mère a raison !

Alors ils se turent. On entendait voler les mouches.

Il dit encore :

— Vois un peu alors ce que tu as à faire pour nous donner satisfaction. Et adieu, Toinette, « à se revoir » !

— Je parlerai, dit-elle, sois tranquille. Je dirai ce qu'il faut.

Il tourna le dos et lentement disparut.

XXIII

Marcant et Georges arrivèrent avec Saulnier.

— Va chercher l'écureuil, Toinette, que tu as promis au petit monsieur.

On parla de l'écureuil qui, lâché en liberté dans une chambre voisine, refusait souvent de se laisser prendre.

— Je vais essayer, dit Toinette.

— Emmène-moi ! s'écria Georges.

Il la suivit, en lui tenant la main.

Cette question de l'écureuil domina tout, en sorte que tout le monde fut mis à l'aise: misé Saulnier qui, à peine arrivée, commença de servir la soupe à son mari, Saulnier qui tout de suite s'était attablé, et Cauvin, qui arriva le dernier.

— Bonsoir à tous, dit-il dès le seuil.

Il n'eut pas l'air d'attacher d'importance à la présence de Marcant.

Il était tout échauffé et tout préoccupé de son travail. Il expliqua qu'il venait d'abattre le chêne. Là-dessus, il s'anima.

— C'est des arbres de riches, ça, monsieur ! Ça vous mange la terre, figurez-vous ! mille litres de vin, voilà ce que nous boit un fainéant comme ça, lorsqu'on le laisse faire ! Aussi, moi, quand j'en tiens un, je vous jure, mes amis ! que je ne m'endors pas dans les branches, là-haut ! je ne m'ennuie pas, non ! je cogne avec bonheur dessus. — Ah ! canaille, c'est toi le mangeur de sève, de vigne

et de soleil? attends un peu ! et à chaque
coup qui fait trembler le bois, le cœur me
saute de plaisir, mon homme !...

Cauvin prit sa place à table, près de Saulnier.

— Allons, j'ai faim ! à la soupe !

Il était superbe, l'homme, manches retroussées, le cou solide, le front emperlé
de sueur. A le comparer à Saulnier, Marcant se prenait à excuser Marion ; et il s'étonnait de son indulgence. Il subissait une sympathie qui, très fortement, l'attirait vers ce
Cauvin. Il le regardait avec plaisir dans l'aisance de ses mouvements, debout dans sa
force active ou assis au repos.

Cauvin jouissait de retrouver la ferme
chaque soir.

C'était, pour ce travailleur rude, le bon
moment de la journée.

Il regardait cette maison — où il apportait
l'aisance, où deux femmes soignaient son
feu et sa nourriture — comme sa propre
maison. Il l'aimait. Si forte était son habitude de se considérer là comme chez lui,
que l'idée de quitter un jour la place lui semblait une monstruosité. Qu'il pût y être forcé
un jour, cela lui semblait, après tout, impossible. Ç'eût été, dans son idée, l'injustice
même ! Et il arrangeait en esprit tout son
avenir. Quand la fillette serait mariée, eh
bien, il ne serait pas loin d'elle, ici ; et il pro-
fiterait des visites qu'elle ferait à sa mère.
Le foyer lui resterait. Il continuerait à se
réjouir, le soir, lorsqu'au retour de son travail, il verrait devant lui, du fond de la plaine
humide, en hiver, au lieu de sa cabane vide,
glacée et noire, un flot de lumière luire par
la fenêtre de la ferme ; et, l'été, en regardant,
du plus loin, monter, au-dessus du toit,
la fumée qui dit : la soupe est prête. Et sans
remords, bien accommodé à sa position fausse,
Cauvin se réjouissait. La présence de Marcant, ce soir, achevait de le mettre en sécurité.

Marcant faisait donc plus et mieux qu'on
ne lui avait demandé ! Cauvin souriait, et,
en maître, il dit, comme il achevait la première bouchée :

— Voulez-vous faire comme nous, monsieur Marcant?

Banale phrase d'hospitalité que le paysan
ne manque jamais de réciter à quiconque le
voit prendre son repas, et qui lui permet de ne
pas le retarder. Cette invitation, qui est de
rigueur, sous cette forme, chez les paysans
attablés, Saulnier ne l'avait pas faite.

Cauvin ajouta :

— C'est de bon cœur.

— Merci, dit Marcant, nous allons vous
dire adieu.

Il se prenait à songer aux dessous de cet
intérieur.

Ainsi, la fourberie quotidienne s'asseyait

tous les jours à cette table, aux côtés de
la pauvre fillette innocente, avec misé Saulnier ; avec Cauvin, cet homme à mine si ouverte ! avec le sordide Saulnier ! Marcant
était écœuré ; il se trouvait complice par sa
présence. C'était assez. Il voulait maintenant s'en aller au plus vite.

Toinette et Georges revinrent.

— Oh ! papa ! qu'il est joli ! je l'ai vu
sauter et courir ! Il s'était perché tout en haut
d'une armoire qui est dans cette chambre.
Il tenait dans ses mains quelque chose qu'il
mangeait, en remuant le nez comme un petit
lapin ! Et — figure-toi comme c'est drôle —
il avait retroussé sa queue qui montait par-
dessus sa tête, ouverte comme une ombrelle !
Oh ! papa, qu'il est joli !... mais nous
n'avons pas pu le prendre !... Quand pourras-
tu ?... dit-il à Toinette, j'ai tant envie de
l'avoir à moi !

Toinette expliqua comment l'écureuil, saisi
un instant, lui avait encore échappé. On l'at-
traperait à la nuit. Elle le porterait à Georges
le lendemain.

XXIV

Elle disait cela distraitement. Elle était
toute préoccupée.

— Qu'as-tu? lui demanda sa mère.

— Je suis avec mes pensées, répondit-elle,
et elles ne sont pas toutes gaies.

Marcant s'apprêtait à sortir.

— Allons, Toinette, viens à table, dit
Cauvin.

Il prononçait ces mots d'un ton si singulièrement doux de la part d'un paysan, que
Marcant, touché tout à coup, s'arrêta pour
le regarder encore.

S'il avait bien compris, cette Toinette
était sa fille, à ce Cauvin. C'est pour elle
surtout — maintenant que sa passion pour
la femme devait être apaisée, usée par le
temps — c'était pour ne pas abandonner
sa fille qu'il acceptait maintenant sa vie de
ruse, de mensonge, de honte ! Il se rappelait
que ce Cauvin ne gardait rien pour lui de ses
salaires, donnait tout à la fillette ; il se rappelait les confidences, là-dessus, de misé
Saulnier, le jour de leur première visite avec
Elise. Quel singulier mélange de bons sentiments et d'habitudes coupables ! Dans tout
ce fumier de ferme, il y avait cette perle : le
pur attachement, l'amour de ce traître,
— dévoué à la fillette innocente !

— Vous ne partirez pas sans goûter de
notre lait, monsieur Georges? dit misé
Saulnier, obséquieuse.

Elle avait servi un bol, sur une petite table
qui se trouvait près de Georges.

— Non, nous partons, insista Marcant.
— Je veux bien le lait, papa.
— Alors, dépêche-toi... Dépêche-toi, il se fait tard !

Georges trouva le lait bon. Il le buvait à petites gorgées — puis il reparlait de son écureuil.

— Vous l'aurez, vous l'aurez, pour sûr, dès demain.

la tête un peu baissée, le regard un peu relevé et, farouche, elle était là, résolue, comme une bête au ferme. Elle avait son idée. Toinette.

La présence de Marcant, qui lui avait toujours été bon, lui paraissait protectrice, favorable de plusieurs manières à un coup d'éclat. Devant Marcant, pensait-elle, jamais son père n'oserait la battre !

Les hommes mangeaient, le couteau au poing, le poing sur la table, la joue gonflée.

— Eh bien, Toinette? alors? tu ne viens pas à table, ce soir?... répéta doucement Cauvin.

Gaiement, par taquinerie gentille, il ajouta :

— Il est tombé aujourd'hui, le grand chêne que tu aimais tant... Tu sais ce que je veux dire, petite?... Le nid de la caille est gâté.

— Vous, — ne m'ennuyez plus ! dit-elle. Le temps de rire est passé.

A ce mot, tous la regardèrent.

Elle s'était collée au mur, dans un coin,

— Allons, à table ! cria tout à coup Saulnier, bourru, la bouche pleine.

Misé Saulnier, qui évitait sans cesse le regard de Marcant, eut une inquiétude vague. Elle se fit douce :

— Viens, ma fille, viens. Elle est bien bonne, ta soupe. Tu l'as bien soignée.

— Qu'as-tu? interrogea de nouveau Cauvin, qu'as-tu, ma fille?

Il la regardait avec bonté.

— Serais-tu malade? N'as-tu donc pas faim?

— Non ! dit-elle tout à coup, d'une voix nette, brève, décidée. Non, je n'ai pas faim, maître Cauvin... et je n'aurai plus jamais faim ni soif, à cette table — tant que vous y serez !

Et elle la montrait du doigt, la table.

L'homme devint blanc comme un linge. Il releva la tête. Son couteau tomba de sa main.

— Qu'est-ce que c'est? hurla Saulnier.

La mère s'était levée, décontenancée, troublée à ne savoir que penser ni que dire :

— Voyons, Toinette, voyons, ma fille? Qu'est-ce qu'il t'a fait? qu'est-il arrivé?

Saulnier cria :

— Elle est folle, je pense ! A table tout de suite, mauvaise peste ! avance ici, je te dis, galère !

Mais Cauvin se mit debout.

— Avant de l'injurier, maître Saulnier, dit-il, je calcule qu'il est juste de l'écouter. Cela convient... Vous savez bien qu'elle a été toujours sage et raisonnable...

— Je te dis qu'elle est folle ! gronda Saulnier hors de lui.

— Non, je ne suis pas folle, dit alors la petite — et vous allez bien comprendre — et ce brave monsieur qui est là peut en être le juge — j'en suis bien aise. Et voici ma raison. Mon fiancé, François Tarin, est venu tout à l'heure et m'a dit comme ça : « Le compère Cauvin est toujours à votre table, matin et soir, même les dimanches, et il commande tout dans votre maison. Eh bien, cela est mauvais, cela fait parler le monde depuis longtemps. Enfin ça vous fait mépriser !... » Voilà ce que m'a dit celui que j'aime — et, si les choses restaient ainsi, mon mariage serait perdu !... Réfléchissez, maître Cauvin. Vous n'êtes pas même mon parent. D'être mon parrain, ça n'est guère... Voilà ce que j'avais à dire. Voyez en conséquence ce que vous avez à faire, vous, et si je dois perdre tout mon avenir pour un étranger, après tout !

Marcant souffrait pour cet homme, pour ce père, chassé du logis par sa fille. Le châtiment lui était brusque et terrible. Il était pâle de plus en plus. On eût dit un condamné à mort. Il frémissait, frappé en plein cœur, comme son chêne sous la hache.

Saulnier se leva, étendit le bras, prit dans l'angle du mur un bâton qui était là...

— Ah ! carogne ! attends un peu ! Tu n'as pas crainte, canaille !... Le compère est de la famille ! et ma maison est à moi !... Tu n'as pas le droit d'y parler !

Il essaya de se dégager de l'angle où il était pris, entre la table, le mur et la chaise de Cauvin.

Marcant, stupéfait, prêt à intervenir au besoin, curieux en même temps, écoutait, attentif à toutes ces passions, à ces douleurs qui s'agitaient devant lui.

Georges renversait un peu de son lait, tout rencoigné contre son père — effrayé, mais silencieux, sûr qu'il était d'être protégé.

Alors Cauvin étendit un bras vers Toinette, et de l'autre arrêta Saulnier...

Misé Saulnier pleurait, la tête sur la table, le visage caché dans ses deux bras. Elle murmurait : « La malheureuse ! la malheureuse ! » mais elle se sentait prise, et n'osait rien de plus.

— Eh bien... c'est tout réfléchi, dit Cauvin lentement. Je calcule qu'elle a raison... C'est moi que ceci regarde, n'est-ce pas? C'est moi qui en dois souffrir le premier? eh bien, je pense, moi, Saulnier, et je vous dis qu'elle a raison !... il faut que ce soit bien vrai — songez-y ! — pour que je la défende moi-même !... Mais c'est qu'elle a raison ! répétait-il avec insistance, comme pour se mieux pénétrer d'une chose qui, par un côté, l'étonnait.

Il reprit en effet :

— Moi qui ne lui veux que du bien, comment n'ai-je pas pensé tout seul au préjudice que je lui cause tous les jours que Dieu fait?... Il y a vraiment des choses qu'on ne pourrait pas expliquer !... Elle a raison, Saulnier ! et c'est moi qui vous le dis !... Alors, je m'en vais... je m'en vais tout de suite... je n'achèverai même pas la soupe qui est dans mon assiette... Bonsoir à tous; j'ai mon compte... je ne m'attendais pas à ça, par exemple ! mais c'est comme ça : qu'y ferons-nous à présent?... Bonsoir, la compagnie !

Tout en parlant, il se préparait à partir; il rabattait sur ses poignets les manches de sa chemise; il mettait sa veste... Enfin, il alla prendre son carnier au mur, tout près de Toinette, qui était sa fille, sa chère fille, et qu'il frôla du coude sans même faire le mouvement de lui tendre la main... Rien ! il prit son carnier, le jeta sur son épaule et s'en alla vers la porte ouverte, par où l'on voyait que le jour baissait un peu... Au seuil, il se retourna.

— Mais c'est qu'elle a raison ! dit-il une dernière fois... Et ce n'est pas seulement votre maison que je quitte, Saulnier, je quitte aussi le pays, et pour toujours !... Dors tranquille, petite... Adieu !

Il disparut.

XXV

Saulnier, haussant les épaules, s'était remis à manger. Sans doute il ne croyait pas à ce départ, ou bien, voyant qu'il n'y pouvait rien, il prenait tout brusquement son parti. « Il en trouverait d'autres, des associés ! » Il préférait, en tous cas, pour l'instant, sa pitance à toute réflexion.

Misé Saulnier gardait sa position, la tête entre ses bras, pour cacher sans doute la honte qui était sur son visage.

— Viens ! dit Marcant à Georges.

Toinette pleurait, silencieuse.

— Bonsoir, dit-elle, monsieur Marcant. Elle ajouta à travers ses larmes : — J'irai demain porter l'écureuil.

— Oh ! oui ! dit Georges.

Et pour la remercier, il se haussa sur ses petits pieds et tendit ses bras. Elle l'embrassa de tout son cœur.

— Donnez le bonjour à votre maman, dit-elle.

Les autres n'en avaient pas parlé.

— Oui, dit Georges, quand elle reviendra. Soyez tranquille, je m'en souviendrai !

Elle les accompagna dehors et là :

— Pardonnez-moi, monsieur Marcant, dit-elle, d'avoir parlé devant vous. Mais il fallait que ça se dise, et puis, je sais que vous avez rendu visite à la maison de mon fiancé et que les gens vous ont plu, et que mon mariage vous convient; et de vous voir là, ça m'a fait courage.

Marcant s'en alla, tenant la petite main de son enfant et la serrant parfois d'une pression convulsive. Il songeait, songeait.

XXVI

Marcant songeait, en entraînant son Georges sur la chaussée de sable et de cailloux que venait éclabousser la mer, au soir tombant.

Devant lui, là-bas, sur la même route en talus, sans se retourner, marchait Cauvin. Marcant et Georges le suivaient du regard.

Il y avait derrière eux — au-dessus de la découpure noire des collines — du rouge triste dans le ciel, et cette pourpre teignait par instant la mer, çà et là, d'un reflet de sang.

La mer était à leur droite et elle gémissait. A leur gauche s'étendait la plaine, dans laquelle les étangs étincelaient au loin, bordés d'arbres noircissants.

Tout s'attristait des adieux du jour. On entendait parfois un appel prolongé, lointain et qui semblait s'éloigner encore, un cri d'homme ou d'enfant, un aboiement de chien, un grincement d'essieu. Devant eux, un peu à gauche, tout le haut profil lointain des Maures Grises, Fréjus et son vieux clocher. Devant eux, un peu à droite, l'église neuve, blanche, du Saint-Raphaël des villas, se dressait auprès du petit port, et le mât d'un grand bateau marchand portait sa flamme tricolore presque à la hauteur des dômes.

Les moineaux de toiture quittaient les arbres de la plaine et regagnaient leur asile accoutumé, sous les gouttières du village, par delà lequel se dentelait le sommet de l'Esterel, hérissé d'aiguilles rougeâtres, rougies encore par le dernier trait du soleil. Au-dessus de l'eau, là-bas, se dressait Agay, dont le Lion de Mer, vu d'ici, semblait n'être qu'un promontoire surbaissé, très avancé sur l'eau, bête en sentinelle, accroupie, de couleur fauve sur les vagues brunes.

— Pourquoi qu'il s'en va, cet homme, papa?

Marcant ne répondit pas. L'enfant, voyant son père absorbé, respecta son silence et regarda les étoiles naissantes.

Cauvin avait disparu : il venait d'entrer dans sa cabane.

Marcant approchait de cette cabane avec une curiosité poignante.

Partait-il tout de bon, cet homme? Ou n'était-ce là qu'une feinte? Ne lui avait-il pas dit sa volonté farouche de ne jamais quitter la ferme? Ne lui en avait-il pas donné à entendre les raisons profondes?

— Je ferais un malheur, plutôt.

Cette parole, il l'avait dite d'une voix sourde, en crispant de rage ses gros poings énergiques. Elle résonnait encore aux oreilles de Marcant...

... C'était une cabane très délabrée, en planches inégales, mal jointes, de six mètres carrés environ, traversée par tous les vents, pénétrée, rongée par le sel de mer, une sorte d'abri troué, souvent rapiécé, abandonné sans doute par quelque pêcheur. C'est là que vivait le pauvre homme dont le travail enrichissait la ferme Antoinette. Il rentrait là, tous les soirs, dans toutes les saisons, quelque temps qu'il fît, afin de n'être pas trop loin de ce qu'il aimait — de la femme, soit, — mais surtout de sa fille. Il quittait tous les soirs la ferme où il y avait de la lumière et du feu, pour ce trou de bête sauvage où il faisait froid, où il faisait noir.

La porte misérable était ouverte. Marcant se présenta au seuil. Il y avait, sur un des côtés, au-dessus du sol, un cadre dont les deux extrémités touchaient les murs de bois. Dans ce cadre, de la paille. Au chevet de ce lit sauvage, une tablette, avec une chandelle de suif fichée dans une pomme de terre coupée en rondelle plate, et creusée d'un trou au milieu. L'emplacement vide qui restait, l'homme, qui était incliné, l'occupait tout entier. Il était baissé, l'homme, et dans un sac de grosse toile, un peu troué, il mettait quelques effets, un gilet, deux vestes, une culotte, trois chemises, tout cela fripé. Par là-dessus, il enfonça le double fer d'une pioche, un couteau-scie... Et puis, rien autre. Il se leva, en soupirant : « C'est comme ça ! » le mot qui, fréquemment répété ici, exprime le fatalisme de la race.

— Eh bien, vous partez, vraiment, comme ça, maître Cauvin?

— Comme vous voyez, monsieur Marcant.

— Et où allez-vous ?

— Est-ce qu'on sait ? J'irai devant moi... La France est grande et le monde aussi ; et avec deux bons bras, on a partout du travail. Voilà pourquoi je n'ai peur de rien !

Il sortit et, la bonne humeur de la race reprenant ses droits :

— La bicoque est à louer, dit-il, avec les meubles ! Bah !... je la laisse à un plus pauvre !

Il riait tout haut, à présent, triste tout en dedans.

La curiosité rendit Marcant féroce d'insistance :

— Alors, vous partez, comme ça, vraiment, et pour toujours ?... sans regret ?

Cauvin leva sur lui un œil profond. Les derniers rayons du jour éclairaient ce regard brillant :

— Si vous vous rappelez les choses qu'il a fallu que je vous dise un jour, mon brave monsieur Marcant, lors vous comprendrez sans peine que, pour la petite, il faut que je parte. Pour elle, je dois tout faire, et je ferai tout, et sans peine !... sans regret, comme vous dites !

Et, généralisant aussitôt à la manière des simples, qui ont la tradition orale de la sagesse :

— On ne saurait jamais trop faire pour ses enfants !...

Marcant sentait, dans cet homme, une grandeur.

— Voulez-vous me donner la main ? demanda-t-il.

— Oh ! ça, volontiers ! dit l'homme. Ça me fait plaisir, croyez-le, et même un gros, un gros plaisir.

Pour serrer la main de Marcant, il posa à terre son carnier qu'il tenait par la courroie, tandis que, de sa main gauche, il serrait sur sa poitrine le bout noué du sac qui se bombait sur son dos.

Ayant pressé la main de Marcant, il reprit par la courroie son carnier, le jeta sur son épaule :

— Dieu vous conserve, dit-il, vous et votre enfant... Vous êtes un bien honnête homme.

Et, piquant droit à travers champs, il marcha vers Fréjus, sans plus jeter un regard en arrière.

Marcant suivait des yeux, avec attendrissement, cette échine un peu courbée sous le fardeau... Cela lui rappelait le père Marcant, qui avait longtemps couru ainsi les chemins, sa balle au dos, pleine de livres... et lui, Denis, qui en avait lu tant et tant, de ces livres ; lui, qui était devenu un beau monsieur, fier de sa science, pourquoi ne se sentait-il pas de taille à faire, aussi simplement que ce pauvre homme pour sa fille, le sacrifice de sa passion à ce petit enfant qu'il tenait par la main, et qu'il ne lui faudrait pas perdre pour cela ?...

« Mais cet homme expie quelque chose, se disait-il, immobile. Moi, je n'ai rien à expier !... Je ne dois pas comparer nos deux destinées. » Une voix lui disait : « N'importe ! tu ne sais pas aimer comme celui-ci ! Et puisqu'il est un coupable, lui — bien faire doit lui être plus difficile qu'à toi ! »

Et à mesure que l'homme s'éloignait, il prenait, aux yeux de Marcant, une taille démesurée... Il allait — son fardeau sur l'échine, sa lourde peine au cœur — seul, à l'inconnu... s'enfonçant peu à peu dans l'ombre croissante où, tout d'un coup, il se perdit...

— On ne le voit plus, l'homme ! dit Georges.

Il ajouta aussitôt :

— Je suis fatigué...

XXVII

Marcant se baissa, le prit dans ses bras, et fit, ainsi chargé, les cinq cents mètres qui le séparaient de la ville.

Tout en marchant il riait au petit, lui disait des choses drôles, l'agaçait gentiment, chatouillait son petit nez, ses lèvres, du fin bout de sa barbe. Et l'enfant se mit à rire aux éclats.

— Il y a longtemps, dis, petit père, que tu n'as pas ri comme ça avec ton Georges ! cria-t-il tout à coup, au milieu des rires. — Tiens ! ajouta-t-il, où allons-nous donc ?...

Ils étaient au seuil du bureau télégraphique, à l'entrée de la ville, près du pont sur lequel, juste à ce moment, passait un train... Ce n'est qu'une fois dans le bureau que Marcant déposa à terre son cher fardeau.

Marcant, debout, écrivait.

— Est-ce que maman, dis, petit père, reviendra par le chemin de fer ?

— Pour sûr, dit Marcant.

Il avait écrit ce télégramme :

Madame Elise Marcant,
à bord de l'Ibis Bleu, rade Toulon.
Venez.

DENIS MARCANT.

Il reprit la feuille et ajouta :

Surtout, prévenez. Je serai gare.

Puis, ayant considéré cette phrase un instant, il l'effaça pour écrire :

Serez attendue gare.

Il lui semblait impossible de recevoir en personne, dans un lieu public, celle qu'il ne pouvait plus ni désespérer, ni embrasser à son arrivée.

Le paysan Cauvin ne se doutait guère qu'il venait de sauver plusieurs êtres à la fois.

Tout exemple de dévouement est ainsi fécond à l'infini. Si toutes les moissons venaient à périr, moins un seul grain de blé, ce grain de blé tout seul suffirait bientôt à nourrir les mondes.

XXVIII

Elle était désespérée au récit que lui faisait madame Dauphin de la réception de Marcant, et ne voyait d'issue que la mort, quand la dépêche arriva.

Ce fut le baume sur une plaie nouvelle, mais le coup nouveau avait été rude.

— Dieu veut ma mort, je le vois, dit-elle. Je n'ai pu avoir cette joie qu'après une dernière angoisse. Et je sens bien d'ailleurs qu'on ne me rappelle que pour une vie de martyre. On me rappelle pour notre enfant, mais on ne pardonne pas... Du moins, je suis préparée...

Elle partit le lendemain.

En quittant le bateau maudit, dans l'embarcation qui l'emmenait à Toulon, elle eut une défaillance.

Restée à bord de l'*Ibis Bleu*, madame Dauphin, de loin, lui faisait un dernier signe d'encouragement.

— Nous ne nous verrons plus, madame, lui avait dit Elise. Quoi qu'il arrive, tout nous sépare. Je vous supplie de me garder votre pitié qui m'a rendue à moi-même. Moi, j'emporterai pour vous, jusque dans la mort, une éternelle reconnaissance... Tenez, ne me refusez pas ce souvenir, bien qu'il ait quelque valeur. C'est le seul bijou qui me vienne de ma mère; elle le tenait elle-même de sa famille. Quelque chose de ma vie est attaché à cet objet... Prenez-le, madame, c'est véritablement le legs d'une mourante.

Madame Dauphin accepta le précieux souvenir, devina bien des choses au fond de la pensée d'Elise, ne lui donna rien d'elle qu'une mignonne *Imitation de Jésus*, bien usée, fanée sous sa couleur d'antique soie à petites fleurs vieillottes.

Elles s'étaient quittées ainsi.

XXIX

Madame Dauphin écrivit à son fils aussitôt.

Il n'avait pas cessé d'avoir des nouvelles par sa mère, en sorte que, peu à peu, Elise lui était devenue sacrée comme une épouse, à cause de l'affection que lui portait sa mère. Cet esprit sceptique, très proche du mysticisme, se tenait maintenant pour moralement marié. C'était lui qui divorçait! lui à qui on lui arrachait une épouse! il était inconsolable! Il traînait à Paris, dans les fêtes, sa supportable, mais sincère douleur, sous les apparentes légèretés de l'homme du monde. En même temps il trouvait à tout cela un charme indicible. Il se sentait héros d'aventures. Il revivait un nouveau roman. Il quittait quelquefois une réunion animée et joyeuse, en pleine soirée, pour rentrer chez lui et dans son cabinet où tous les luxes l'attendaient avec tous les confortables, chaussé d'escarpins exquis, tout le corps bien à l'aise caressé en des vestons de chambre qui étaient des chefs-d'œuvre de l'art du tailleur, et dont il avait la faiblesse d'expliquer parfois à ses amis la forme et la couleur — il écrivait un sonnet mélancolique. Comme le sonnet n'était jamais publié, il ne se le reprochait pas, mais on l'entendit dire parfois d'un air convaincu, au milieu d'une conversation littéraire :

— Le sonnet est véritablement une jolie forme, beaucoup trop négligée.

Il songea tout de suite qu'Elise et Marcant ne tarderaient pas à quitter Saint-Raphaël, et conçut le projet d'acheter la villa de la Terrasse afin d'y vivre quelque temps, enseveli dans une triste solitude, entre ces murs où elle avait vécu, devant cette mer sur laquelle ils s'étaient aimés une seule nuit... hélas !

Il s'arrêta à une idée qui lui parut plus convenable : la villa une fois sienne, il la ferait abattre; il n'en resterait pas pierre sur pierre. Cela était bien digne d'un don Juan richissime, et qui avait vraiment aimé — une fois !

Et c'est en effet ce qu'il lui fut donné de mettre à exécution deux mois plus tard, lorsque Marcant eut rejoint sa préfecture. La villa fut rasée et dans le petit jardin, où poussèrent bientôt les ronces, on put voir, pendant des années, au bout d'un poteau un écriteau avec ces trois lignes, en belles majuscules noires sur fond gris :

TERRAIN A VENDRE

S'ADRESSER AUX AGENCES

FACILITÉS DE PAIEMENT

XXX

Elise, dans le compartiment des dames seules, se sent emportée vers son enfant.

C'est Germaine qui l'attendait sur le trottoir de la gare.

— Monsieur est là, en voiture.

Elise dut s'appuyer au bras de sa bonne. La portière du landau s'ouvrit. Marcant mit pied à terre. Elle n'osait le regarder.

— Montez, dit-il.

Elle s'assit dans le landau fermé, muette, le cœur battant à se rompre. Elle leva sur son mari un regard craintif, aussitôt abaissé. Leur silence les martyrisait tous deux.

— Je vous ai rappelée, ma pauvre Elise, parce que l'enfant meurt de votre absence. Vous voudrez bien me pardonner de ne pouvoir faire davantage. J'ai essayé : je ne peux pas. Je vivrai près de vous, mais isolé de vous par mon travail... — Nous nous verrons seulement aux repas. Cela ne vous changera guère. Nous essayerons d'empêcher l'enfant de trop voir notre mal, qui est irrémédiable. Votre amour pour lui doit vous inspirer.

— Denis ! murmura-t-elle, joignant les mains vers lui, avec une envie folle de se les tordre, de tomber à ses genoux, là, dans cette voiture, de s'écraser à ses pieds.

Il vit tout ce mouvement en elle.

— Surtout, pas de scènes — jamais. De la volonté ! de la patience ! une résignation énergique ! des actes constants ! — voilà ce qu'on vous demande.

Jamais le maître, en lui, n'avait eu plus d'autorité, de décision impérative, et aussitôt obéie.

Comme ces enfants dont on réprime les larmes en ne les plaignant pas, elle devint plus forte aussitôt.

— Vous êtes bon, encore trop bon ! Je ferai tout pour vous plaire !... et pour le consoler, lui !

— C'est bien, dit-il, c'est cela qu'il faut. C'est le devoir qui vous reste.

XXXI

Il la conduisit à sa chambre.

— J'ai envoyé Georges à la promenade avec son professeur. Il faut pour lui, vous le devinez, beaucoup de ménagements.

Il la laissa seule avec Germaine, et descendit attendre son Georges en bas, au salon, inquiet un peu de l'émotion qu'il allait causer au pauvre petit, cherchant une manière de lui annoncer la grande nouvelle.

Georges arriva peu après et, dès le seuil, il se précipitait en coup de vent vers le salon, dans le corridor...

— N'est-ce pas, père, que maman est de retour ?

— Comment le sais-tu ?

— Regarde !

Dans le corridor, elle avait laissé tomber sa voilette en croyant l'épingler à son chapeau, et Georges, la trouvant à terre, l'avait reconnue ou plutôt devinée sienne.

— C'est à ma maman ! c'est à ma maman elle est revenue !... Où donc qu'elle est ?

Marcant n'eut pas la force de le conduire à l'escalier.

— Dans sa chambre, mon Georges !

Elle, là-haut, debout sur le palier, appuyée au chambranle de sa porte, entendait, espérait... Elle attendait la permission !

L'enfant montait vers elle, quatre à quatre, avec un bruit du diable, secouant la rampe de ses bonds, glissant, trébuchant à chaque enjambée, et se rattrapant aux barreaux, montant comme on dégringole, fou de joie.

— Maman ! maman !

Elle se laissa tomber à genoux, défaillante, pâle comme les morts, et elle l'embrassait, le tournait, l'embrassait encore, lui tirait sa blouse d'un mouvement machinal de mère soigneuse, arrangeait ses cheveux, le baisait, l'écartait d'elle pour le revoir, le repoussait pour le reprendre, éperdue, emportée dans un tourbillon de sensations anciennes, retrouvées et toutes neuves, qu'elle avait cru ne plus jamais éprouver ! « Ah ! elle en mourrait, pour sûr !... »

— Mon Georges ! Georges ! mon petit ! mon petit enfant chéri ! mon amour ! mon Georges ! mon petit Georges ! enfin !

Elle se mourait de l'aimer, et se ranimait sur place pour l'aimer toujours davantage; et lui la regardait, puis sautait entre ses deux bras qui le lâchaient un peu par force, posait cent mille questions à la fois, chantait des *tra-la-la* enfantins, regardait parfois les vitres, la mer et le ciel au travers, trouvait tout beau, tout nouveau, tout joyeux... même cette mouche qui « tapait » contre la vitre :

— Regarde-la, maman !

Il mêlait tout à sa joie, jusqu'à l'oubli du grand motif qui le rendait si content.

— Tu ne sais pas ? j'ai un écureuil ! veux-tu le voir tout de suite ?... Non ?... tout à l'heure alors... Tu m'achèteras une cage, dis ? une ronde, qui tourne, tu sais ?... Pourquoi es-tu restée si longtemps ? et puis, surtout, partie sans nous rien dire ?... Je ne pouvais plus dormir ni manger sans toi... je me cachais de papa, des fois, pour pleurer, parce que, lui aussi, je voyais bien qu'il était trop triste !... Une autre fois, il faut avertir... Quand on est averti, n'est-ce pas, c'est bien différent !...

XXXII

« — Une autre fois, il faut avertir ! » Ce mot devint la règle de la conduite d'Elise.

Elle ne pensait pas vivre longtemps. Elle voulut employer son reste de vie à préparer sa mort, à annoncer son départ. Tout était là pour elle. Et cela, elle le fit avec sérénité, avec des gaietés même, pour que l'enfant — elle disparue — n'eût plus, en songeant à elle, que des souvenirs de paix et de tendresse calme !

Marcant assistait à cela, et plus d'une fois il en fut ému, mais une impossibilité de pardonner était en lui comme une chose solide, une glace qui ne voulait pas fondre !

Le rideau, qui s'était abaissé entre leurs deux âmes, ne se relevait pas.

Elles ne communiquaient plus.

Marcant s'essayait quelquefois à être « gentil », « aimable » pour elle, mais cela ne *venait pas;* et chacune de ses paroles, quand il voulait lui marquer une approbation, un bon sentiment, dénotait tant de contrainte que le silence eût été moins cruel.

Elle, tout à l'idée de consoler l'enfant, en devint moins sensible aux froideurs du père. A mesure qu'elle croyait réussir dans sa tâche les joies pures qu'elle en éprouvait se mettaient sur ses douleurs et les lui faisaient oublier presque. C'était en effet, maintenant, une âme sainte, et beaucoup n'ont jamais péché, qui sont, à côté de celle-ci, sans mérite et noblesse.

Un jour, dans les commencements, Georges avait dit :

— Je sors avec papa, j'emporte mon *Ibis Bleu* pour le mettre sur l'eau.

— Ne l'emporte, pas, Georges.

— Pourquoi, maman ?

— Je ne peux pas t'expliquer, mais ça fait, pour sûr, de la peine à ton père.

— Je l'emportais toujours, quand tu n'y étais pas...

Elle ferma les yeux, de douleur, pour cesser de voir un instant; pour se retrouver dans sa nuit.

— Eh bien, s'il te laissait faire, c'était par bonté pour toi. Ton père t'aime plus que je ne t'aime moi-même, puisqu'il ne t'a pas privé de ce jouet. Veux-tu me le donner, à moi ?

Georges, les yeux très ouverts, levés au plafond, semblait chercher tout en l'air l'explication de tout ça.

— Oui, maman. Pour quoi faire ?

— Donne-le-moi, sans rien me demander

— Oui, maman.

Le lendemain, elle lui apportait une belle cage pour son écureuil, une cage très compliquée, très belle — où la petite bête se mit à tourner, à tourner comme un chien de cordier dans sa roue.

Georges battit des mains.

Elle avait préparé sa fable.

— Devine combien elle m'a coûté?...

— Au moins cent francs !... non !... mille francs !

— Non, rien du tout, dit-elle. On me l'a donnée... en échange de ton bateau.

— Mon bateau !... je ne l'aurai plus?...

Il paraissait consterné.

— Puisque tu me l'avais donné, j'en ai fait ce que j'ai voulu.

Il réfléchit un moment.

— C'est vrai, dit-il, il était tien; il n'était plus mien... je te l'ai donné bien volontiers.

Elle souriait, heureuse.

Alors, la voyant contente de lui, il se jeta
à son cou, il mit la bouche contre son oreille
et d'une voix, soupirée par tendresse, mais
avec le sentiment confus qu'il fallait parler
bas à cause d'un secret qu'il y avait quelque
part :

— Puisque papa ne l'aimait pas, mon
bateau, écoute... tu as bien fait !

Marcant entendait beaucoup de ces choses.
Plus d'une fois il surprit cette phrase : « Ton
père t'aime bien plus que je ne t'aime ! » Et
elle énumérait des preuves; elle montrait
à son Georges toutes les tendresses du père;
elle lui parlait de la peine qu'il se donnait
pour le nourrir, pour le faire beau et bon,
pour le faire instruire.

— Oh ! mais je sais bien ! je sais bien,
maman !... Quand tu n'y étais pas, je ne peux
pas dire comme il m'a gâté ! Il m'habillait,
il me mettait au lit; il me mettait mes bas !...
Il était ma maman à ta place, voilà !

Elle songeait avec bonheur qu'elle morte,
le père saurait la remplacer.

— Seulement... dit Georges.

— Seulement? interrogea-t-elle, troublée.

— C'est drôle, il ne me parlait pas de toi,
— jamais !

Vivement elle répliqua :

— Je le lui avais défendu !

C'était la réponse du dévouement étourdi,
pris à l'improviste. Ce tendre mensonge
voulait expliquer le père à son avantage.
Marcant l'entendit. Il le trouva sublime, et
cependant il ne sentit pas son cœur revenir.

— Et pourquoi tu le lui avais défendu?...

— Parce que j'étais partie sans rien dire :
et il fallait que tu penses à moi le moins souvent possible.

— Oh ! ça n'y faisait rien. Je pensais
toujours à toi !

XXXIII

... Quand elle dut quitter Saint-Raphaël,
c'est justement alors qu'elle aurait dû y
arriver pour sa santé.

Les médecins le dirent. Mais elle n'aurait
plus voulu rester seule. Elle voulait suivre
son martyre. Elle en avait besoin. Elle y trouvait sa volupté, toute l'espérance.

Marcant rejoignit avec elle sa préfecture.
Un vaste hôtel glacial dans une ville morte.
Il n'y eut pas de bal du préfet, cette année-là.
Marcant se donna tout entier à ses admi-
nistrés. Il faisait tout par lui-même. Il laissait la mère et l'enfant des journées, des soirées entières, dans ces grands appartements,
sinistres à force de hauteur de plafond, de
vastes espaces vides, où tout éclairage était
toujours insuffisant.

Le médecin de la préfecture, consulté
un jour de crise, dit à Marcant :

— Elle est touchée. Il y a des complica-
tions qui m'échappent. Je reconnais, dans
toutes les maladies, des cas où certaine « malignité » indéfinissable s'en mêle... Qu'est-ce
que c'est? Nous n'en savons rien. C'est la
fine blessure empoisonnée de l'invisible :
c'est la mort. Quant à elle, puisque vous exi-
gez l'absolue sincérité, elle est condamnée.
En a-t-elle pour six mois, ou davantage,
ou pour quelques semaines? je ne sais plus.
Ce qui est certain, c'est qu'elle est perdue.

Elle ne se démentit pas. Marcant s'irritait
parfois contre lui-même, de ne pouvoir paraître affectueux. C'était *plus fort que lui;*
il n'y a point d'autre expression pour dire
cette invincible impossibilité qu'il éprouvait à lui parler comme autrefois... Il ne
l'avait plus embrassée, jamais. Sa brutale
sincérité n'avait pu se résoudre à cette comédie, même pour Georges.

Elle le regardait toujours timidement,
comme les pauvres chiens qu'on a trop bat-
tus. Du reste, il évitait de la regarder en
face, sentant que, malgré lui, il mettrait dans
son regard une sévérité qui n'était plus dans
sa volonté.

Maintenant, se voyant faiblir chaque jour
davantage, elle parlait à son Georges du départ possible, mais involontaire : de la mort.

— Pourquoi est-ce qu'on meurt?

— Parce que le bon Dieu le veut. On ne
peut pas faire autrement : on quitte son mari,
son enfant. On les regrette beaucoup, mais
il faut partir. Et eux, ils ne doivent pas pleurer longtemps pour ne pas faire de la peine
aux morts... — Elle reprenait : — Quand je
t'ai quitté une fois, je ne t'ai pas dit adieu.
Aussi, tu vois, maintenant, je t'avertis !

— Oh ! reste avec nous, maman !

— Encore un peu de temps, oui, je veux
bien, si je peux... le plus longtemps que je
pourrai.

Elle l'enseignait ainsi, le consolant, par
avance... Un jour, il courut à son père,
qui travaillait dans son grand cabinet :

— Maman se trouve mal !

Il sanglotait...

Marcant se leva précipitamment. Il courut, étonné de lui-même, bouleversé.

Elle s'était jetée sur son lit.

— Ce n'est rien, dit-elle en souriant un
peu, mais je suis heureuse de vous voir. Merci.

Sa main pendante caressait les cheveux
longs de Georges.

La tête un peu relevée sur l'oreiller blanc,
elle regardait Marcant qui, debout au pied
de son lit, la regardait aussi, immobile. Leurs
yeux, depuis une certaine fois, ne s'étaient
plus rencontrés, ni surtout fixés.

Lui, il était grave, tristement sévère,
toujours malgré lui.

Elle, tout de suite, avait cessé de sourire.

Elle voyait, dans les yeux de Marcant, cette sévérité involontaire, ce je ne sais quoi de dur, qui ne voulait pas fondre, qui était le reproche, la justice peut-être, le châtiment à coup sûr. De haine dans ce regard, il n'y en avait point, mais peut-être quelque

qu'avec des mots elle n'y parviendrait pas... « Oh ! s'il pouvait voir dedans ! songeait-elle, mais voilà : on ne peut pas ! »

Et vers lui elle élevait son regard où tout cela était pourtant visible. Toute son âme, dans la transparence et la lumière de ce regard, nageait et appelait. C'était comme une

chose de pis : l'indifférence. Ce n'est plus *elle* qu'il semblait regarder, mais, comme toujours, une étrangère. Et pourtant elle se sentait le cœur de l'Elise d'autrefois... épuré même... Pourquoi donc ne la reconnaissait-il pas ?

Cette impuissance à lui montrer son âme était douloureuse en elle. Elle sentait bien

supplication de noyée qui appelle d'en bas pour être sauvée. « Oh ! remonter jusqu'à toi !... Oh ! être aimée encore de toi, ne fût-ce qu'une seconde, une seconde terrestre que j'emporterais à l'éternité ! N'ai-je pas été telle que tu l'as voulu, en ces derniers jours ? Ma faute n'est-elle pas rachetée encore ? Mon repentir ne m'a-t-il pas lavée ? Où Dieu

pardonne, où ton esprit pardonne, ton cœur
ne peut-il se rendre? Tu n'es pas maître, je
le sais, de l'aimer encore un instant, mon
âme défaillante, mais c'est bien là mon désespoir : que l'amour infini ne puisse pas créer
l'amour !... Denis ! Denis, ces yeux qui te
parlent encore vont se fermer à la lumière !
Quand tu la verras sans moi, demain, il
sera trop tard pour nous deux !... Ne l'em-
porterai-je pas avec moi, l'involontaire pardon d'amour, pour exciter celui de Dieu,
et faudra-t-il que je compte sur la seule pitié
du juge ?... L'agonie des martyrs n'est pas
une agonie, puisqu'ils se sentent aimés
de celui pour qui ils meurent !... Denis !
Denis ! mes yeux s'éteignent, mon âme en
eux s'éloigne... Mon âme s'en va où tu ne
peux la suivre !... Georges ! Denis, mon Dieu !»

Elle ne prononça pas un seul mot. Elle
regardait avec son âme, et son âme parlait
dans ses yeux, derrière un trouble infini
qui, lentement, les voilait.

Marcant regarda d'abord, sans l'entendre
cette angoisse de supplication; et, tout à
coup, il l'entendit avec son âme, venir à lui
du grand lointain où elle s'enfonçait...
Alors ses yeux à lui s'attendrirent... et aussitôt Elise, ineffablement, sourit... Il retrouvait l'Elise d'autrefois, car le visage tourmenté de la jeune femme se mit à redevenir
apaisé, celui de la jeune fille... Leurs âmes
se reconnurent, se confondirent un instant,
hors du monde, heureuses l'une de l'autre...
Il avait bondi vers elle... Il était sur ses
lèvres... Il reçut, dans un baiser, son dernier souffle...

Et il demeura là, un instant, immobile,
étonné de vivre, éperdu de l'avoir une
seconde accompagnée par delà la mort,
dans un prodige de l'amour, de celui que
n'explique aucune parole, et que l'amour
des sens nous cache, même quand tous deux
se trouvent unis, aussi subtilement qu'à la
lampe — la flamme !

FIN

COLLECTION ILLUSTRÉE A **95** CENTIMES
EN RELIURE ARTISTIQUE : 1 FR. 50
(Chaque ouvrage forme un volume in-8°)

AICARD (Jean), de l'Académie française, *Tata*. Illustrations de Suzanne Minier.
— *L'Ibis bleu*. Illustrations de L Couturier.

ALANIC (Mathilde), *Norbert Dys*. Dessins de Marchetti.

ALLAIS (Alphonse), *Pas de Bile*. Illustrations de Métivet.

ARÈNE (Paul), *Domnine*. Illustrations de G. Koister.

CONAN DOYLE, *Premières Aventures de Sherlock Holmes*. Illustrations de G. da Fonseca.
— *Nouvelles Aventures de Sherlock Holmes*. Illustrations de G. da Fonseca.
— *Le Drapeau Vert*. Illustrations de Paul Thiriat.
— *Les Exploi s du Colonel Gérard*. Illustrations de Paul Claudel.

CORDAY (Michel), *Le Charme*. Illustrations de Jordic.
— *Mariage de Demain*. Illustrations de H. Thiriet.

CORRARD (Pierre), *La Bohème s'amuse*. Illustrations de Mirande.

COURTELINE (Georges), *Coco, Coco et Toto*. Illustrations de Barrère.

CUNISSET-CARNOT, *Étrange Fortune*. Illustrations de Fraipont.

DANRIT (Ct Driant), *Robinsons Sous-Marins*. Illustrations de Dutriac.
— *Robinsons de l'Air*. Illustrations de Dutriac.

DAUDET (Alphonse), *Tartarin de Tarascon*. Illustrations de Dutriac.
— *Tartarin sur les Alpes*. Illustrations de Dutriac.
— *Sapho*, Illustrations de Ch. Atamian.
— *Port-Tarascon*, Illustrations de G. Dutriac.

DAUDET (Ernest), *Mademoiselle de Fougères*. Illustrations de H. Thiriet.

DÉROULÈDE (Paul), *Feuilles de route*. Illustrations de R. Arus.

DUVERNOIS (Henri), *Nane, ou le Lit conjugal*. Illustrations de Guillaume.

D'ESPARBÈS (Georges), *Le Roi*. Illustrations de H. Lanos.
— *La Légion Étrangère*, Dessins de Mahut et de légionnaires.
— *La Grogne*, Illustrations de H. Thiriet.

FEYDEAU et DESVALLIÈRES, *Champignol malgré lui*. Illustrations de Léonce Burret.

FLAMMARION (Camille), *Stella*. Illustrations de S. Minier.

FRÉMEAUX (Paul), *Derniers jours de l'Empereur*. Illustrations documentaires.
— *Souvenirs d'une petite amie de Napoléon*. Illustrations documentaires.

GACHONS (Jacques des), *La Châtelaine*. Illustrations de A. Pécoud.

GERMAIN (Auguste), *Premier prix du Conservatoire*. Illustrations de Silbert.

GILBERT AUGUSTIN-THIERRY, *La Savelli*. Illustrations de Léonce Burret.

GYP, *Le Friquet*. Illustrations de Kauffmann.
— *Sœurette*. Illustrations de André Leroy.
— *Pervenche*. Illustrations de G. Nicolet.
— *Geneviève*. Illustrations de G. Nicolet.
— *L'Amoureux de Line*. Illustrations de Ch. Roussel.

HERMANT (Abel), *Nathalie Madoré*. Illustrations de H. Causon.

HEYSE (Paul), *L'amour en Italie*. Illustrations de M. Baldo.

HORNUNG, *Raffles*, cambrioleur amateur. Illustrations de Fonseca.

IDA SAINT-ELME, *Une Contemporaine de Napoléon*. Illustrations de Métivet.

LA VAUDÈRE, *Le Mystère de Kama* Illustrations de Ch. Atamian.

LAVEDAN, de l'Académie française, *Mam'zelle Vertu*. Illustrations de Jordic.

LE GOFFIC (Ch.), *La Double Confession*. Illustrations de Pégot-Ogier.

LEMAITRE (Claude), *Cad't Oui-Oui*. Illustrations de Simont.

LEMONNIER (Camille), *Amants joyeux*. Illustrations de Bigot-Valentin.

LEROY (Charles), *Le Colonel Ramollot*. Illustrations de Vallet.

MAEL (Pierre), *Pilleurs d'Epaves*. Illustrations de H. Lanos.

MAIZEROY (René), *L'Ange*. Illustrations de G. Nicolet.

MANDELSTAMM (Valentin), *Jim Blackwood, jockey*. Illustrations de André Leroy.

MARNY (Jules), *La Femme de Silva*. Illustrations de Fabiano.

MONTÉGUT (Maurice), *Le Mur*. Illustrations de Ricardo Florès.

PROVINS (Michel), *Nos Petits Cœurs*. Illustrations de Métivet.

ROBERT (Louis de), *La Reprise*. Illustrations de H. Thiriet.

ROD (Edouard), *L'Incendie*. Illustrations de H. Thiriet.

RODENBACH, *Bruges-la-Morte*. Illustrations de M. Baldo.

SÉMANT (Paul de), *P'tites Femmes de Régiment*. Illustrations de l'auteur.
— *Ce Sacré Poilut !* Illustrations de l'auteur.

SIMON (Jules), de l'Académie française, *Mémoires des Autres*. Illustrations de Paul Thiriet.

THEURIET (André), de l'Académie française, *Mon Oncle Flo*. Illustrations de Bouard.

TRISTAN BERNARD, *Secrets d'État*. Illustrations de H. Thiriet.

WOLFF (Pierre), *Sacré Léonce*. Illustrations de Fabiano.